KB067015

하란사

하란사

조선의 독립운동가, 그녀를 기억하다

권비영 장편소설

특별한서재

차례

◇**일러두기**

–본문 중 '의왕'과 '의친왕'을 혼용해 썼음을 밝혀둡니다. '의친왕'은 이미 일반인들에게 익
숙한 호칭이나, 그것은 일본식 호칭입니다. '의왕'이 옳은 표현이나 그렇게 쓰는 경우가
많지 않아 '이강'이나 '의화군'이란 호칭도 혼용했습니다.

–'하란사'의 본명은 '김란사'인데, 이 책에서는 '하란사'로 표기했습니다. '하란사'는 이화학
당에 입학해 세례를 받고 얻은 영어 이름 '낸시(Nancy)'의 한자 음역에 남편인 하상기의
성을 따른 것입니다. 그러나 김란사 선생의 유족들이 수년에 걸쳐 적극적으로 공론화하
여 본명인 '김란사'로 바로잡았습니다.

서(序)

내 이름을 묻지 마오. 어디서 왔는지도 묻지 마오. 나에게 생명을 준 이를 묻지 말며 나를 키워준 이도 묻지 마오. 어디에서 와 어디로 가는지도 모르는 인생, 그런 것들이 무에 그리 소중한가.

다만 내 목숨을 바쳐 지켜내고 싶은 것이 있으므로 나는 살아갈 이유를 찾는 것이오. 그리하여 하잘것없으되, 더없이 귀한 생명의 가치를 느끼게 해준 존재들에게 머리 숙여 감사하오.

그의 성.

나의 성주.

자, 이제 준비가 되었다. 마음먹었던 일을 결행할 시점이다. 대문을 박차고 거리로 나왔을 때의 기분은 세상을 다 가진 듯이 뿌듯하고 더없이 상쾌하다. 마치, 한 치 앞도 보이지 않는 안개 자욱한 길

을 걷다가 쨍한 햇살을 만난 기분이다. 하늘도 맑다. 발걸음도 가볍
다. 바람 끝자락이 맵긴 하지만 오히려 상큼하다. 이제부터 시작될
일에 대한 기대도 대단하다. 두려움이 없는 것은 아니지만 이왕 마
음먹은 일, 어떤 어려움이 있더라도 끝까지 헤쳐 나갈 것이다. 스스
로의 결정이 기특해서 절로 터지는 웃음을 감출 수 없었다.

그때는 그랬다.

그녀

　사람다운 삶에 대해서 관심을 갖기 시작한 건 어쩌면 그녀 때문인지도 모른다. 그녀는 그날 화영의 집으로 찾아와 비장한 얼굴로 말했다.

　"드디어 떠나기로 했어. 이번 일은 반드시 이룰 거야. 이루어야 해!"

　그녀의 표정뿐만 아니라 목소리에도 긴장감이 느껴졌다.

　"잘 생각했어. 나는 네가 아주 자랑스러워."

　화영은 진심을 담아 말했다. 생각만 하고 실행하지 못하는 자신에 비해, 제 안위를 먼저 앞세우는 비겁한 자신에 비해, 무슨 일이든 덤벼들어 행동으로 보여주는 그녀가 내심 부러웠기 때문에 그런 말을 했던 것 같다. 하지만 그것이 그녀를 본 마지막이었다는 생각에 다다르면 차라리 말리는 게 나았을지도 모른다는 생각이 들었다.

그날, 그녀는 화영에게 왜 작별 인사를 하러 왔던 것일까? 평소 그녀의 성격으로 보아, 길을 떠난다는 인사를 하기 위해 들른 게 의외였다. 유난히 환하게 웃던 그녀의 얼굴이 아프게 와닿았다.

그녀를 마지막으로 본 것은 그녀가 떠나기 전날 아침이었다. 미리 떠난다는 언질을 남겼던 그녀가 다시 찾아온 것도 이상한 일이었다.

"마님, 웬 노인이 마님을 찾는데요?"

삼월이가 쪼르르 달려와 말했다. 몸이 절로 움츠러들 만큼 추운 날씨에 자신을 찾아온 이가 누구일까 궁금했다.

"노인?"

화영은 마침 마당으로 내려서던 참이라 대문 앞으로 가보았다. 머리에 수건을 깊숙이 눌러쓴 노파가 구부정하게 서 있었다. 그 풍경은 마치 오래된 묵화를 보는 기분이었다.

"저를 찾으셨어요? 어디서 오셨어요?"

화영은 노인의 초라한 행색을 살피며 물었다. 노인은 화영과 눈도 마주치지 않은 채 쉰 목소리로 말했다.

"길 가던 중에 목이 말라 그러니 물 한 잔 얻어먹읍시다."

낡은 보퉁이를 움켜쥐고 선 노인을 살펴보던 화영은 의아하게 생각하면서도 삼월이를 불러 물 한 잔을 가져오게 했다.

"아니 그러지 말고, 대청마루에 좀 앉아서 마시고 가면 안 되겠소?"

여전히 고개를 숙인 채로 말하는 노인이 의심스러웠지만 화영은 선선히 그러시라 했다. 어떤 사연이 있기에 이 이른 시간에 물 동냥을 하는지 측은지심이 들었다. 대청마루에 몸을 얹은 노인은 삼월이 가져온 물 한 잔을 천천히 마신 뒤에 화영을 바라봤다. 콧잔등에 얹힌 뿌우연 안경 때문에 그녀의 눈빛이 어떠한지 잘 보이지 않았다. 희끗희끗한 머리칼이 신산해 보였다.

"나를 모르시우?"

노인이 화영을 빤히 바라보았다.

"저를…… 아십니까?"

화영은 노인을 조심스럽게 살피며 물었다. 어디서 본 듯한 인상인데, 어디서 보았는지는 기억나지 않았다. 코끝에 걸린 안경을 추어올리며 화영을 힐끗 바라보는 노인의 남루한 외투가 추워 보였다.

"배도 고픈데 뭐 먹을 것 없겠수?"

노인의 행동이 점점 수상하다. 얼굴엔 버짐 같은 게 잔뜩 피어서인지 피부가 얼룩덜룩했다. 길 가던 거지도 밥을 청하면 주는 게 인지상정이지만, 이 노인은 어딘가 수상한 데가 많았다. 노인은 손에 두꺼운 장갑을 끼고 연신 머리를 매만지며 집 안을 이리저리 둘러보았다.

"입 다실 거야 드릴 수 있지만…… 어디서 오셨소?"

화영은 노인의 행동거지를 유심히 살피며 경계 어린 목소리로 물었다.

"그럼 우선 입 다실 거나 좀 주시오."

노인은 당당했다. 그런 노인을 바라보던 화영은 이런 일도 덕을

쌓는 일이다 싶어 삼월에게 상을 차리라 일렀다. 삼월은 기다린 듯이 상을 봐왔다. 강정에 곶감말이 몇 개와 감주 한 보시기가 얌전하게 놓여 있었다. 호두를 넣어 만 곶감을 허겁지겁 집어 먹는 노인을 보던 화영은 삼월에게 일렀다.

"저 아래 국숫집에 가서 국수 한 단 사오너라."

오늘 새벽에 영감이 집을 나서며 점심은 집에 와 먹겠다고 했다. 유난히 국수를 좋아하는 양반이다. 멸치에 다시마를 넣어 국물을 우려내고 불린 표고를 송송 썰어 고명을 얹는 국수는 생각보다 잔손이 많이 가는 음식이었다. 더구나 손님을 모시고 온다 했으니 삼월에게만 맡기고 있을 수 없어 마음이 바쁘던 차인데, 갑자기 나타난 노인이 성가셨다.

삼월이 바람을 일으키며 뿌르르 대문을 나섰다. 어디든 나갔다 오라고만 하면 신바람이 나는 아이다. 삼월이 나가기 무섭게 노인이 화영의 손을 잡으며 물었다.

"정말 나를 모르시겠소?"

화영은 얼른 노인의 손을 떼어냈다.

"예에? 대체 뉘시오?"

화영의 목소리가 갈라졌다. 그러자 노인이 안경을 벗으며 얼굴을 화영에게 들이밀었다.

"왜 이러십니까?"

화영은 한 걸음 뒤로 물러나 앉았다.

"아이구, 나를 몰라보다니. 서운하네. 나, 란사야."

그녀가 머리에 뒤집어썼던 수건을 벗으며 히죽 웃었다. 생각지도 않았던 그녀의 낯선 모습이었다.

"뭐? 라, 란사?"

화영은 놀라서 한 걸음 더 뒤로 물러났다. 그리고 보니 큼직한 눈매가 눈에 익었다.

"이만하면 성공이네. 친구도 나를 몰라보니."

그녀가 장난스럽게 웃으며 화영을 힐끗 쳐다봤다.

"대체 이게 무슨 일이야?"

어리둥절한 화영과 달리 란사는 침착하면서도 장난스러웠다.

"나, 이만하면 변장에 성공한 거지?"

주위를 살피는 란사의 목소리가 낮아졌다.

"변장?"

화영의 목소리도 덩달아 조심스러웠다.

"응, 나를 몰라보겠지?"

"응. 그런데 왜?"

화영은 여전히 어리둥절했다. 그제야 란사는 장갑을 벗고 허름한 보퉁이를 들고 일어났다.

"나, 간다. 변장을 하고 떠나는 거야. 변장이 잘 되었는지 너한테 확인받고 싶었어. 지난번에 이야기했잖아, 그분하고 떠난다고."

란사는 엉덩이를 툴툴 털고 일어나 마당으로 내려섰다. 기어코. 그녀는 분명 중대한 결심을 한 게 틀림없었다. 지난번에 이야기한 계획을 실행하려는 모양이었다. 대문으로 걸어 나가다 돌아선 그녀가 화영을 한참이나 바라보다 보퉁이에서 구겨진 노트 한 권을 꺼내 내밀었다.

"이거 좀 맡아줘."

"이게 뭔데?"

"그냥 맡아두게. 나중에라도 자네가 보게 될 일이 있을지 몰라서……."

그녀의 말이 왠지 불길했다.

"무슨 그런 말을……. 잘 다녀오기나 해."

어디를 가는지 묻지 않았다. 묻는다고 대답할 그녀도 아니었다. 그러나 분명 중요한 일을 벌이고 있다는 생각은 들었다. 그녀가 하는 일은 비밀이 많았고 은밀하게 진행되는 경우가 많았다. 그래서 굳이 묻지 않았다.

"그래. 돌아오면 또 보세나."

그녀는 그 말을 하고는 빠르게 돌아섰다. 어디에서나 볼 수 있는 노인의 모습으로 분장한 그녀는 마치 연극 무대에 오르는 배우 같았다. 자신의 역할을 다하기 위해 소품 하나에도 정성을 쏟는 모습이었다. 눈썹을 진하게 그려서인지 매우 사나워 보였다. '돌아오면 또 보세나'라는 말에 묘하게 몸이 떨렸다.

그녀가 사라졌다는 소식을 들은 것은 몇 달이 지난 후였다. 평양을 거쳐 신의주에서 압록강 철교를 건너 만주 안동역에 도착한 의화군(의친왕)이 일경의 손아귀를 벗어나지 못하고 다시 국내로 송환된 사건이 일어나자 화영은 그녀의 소식이 궁금해졌다. 그녀가 떠나기 전 은밀하게 남긴 말이 떠올랐다.

"그분과 같이 가기로 했어."

그녀는 조금 들떠 있었다. 그도 그럴 것이, 그녀의 가슴속에 조심스럽게 자리한 그분의 존재를 알고 있기에 화영은 고개를 끄덕이며 웃어 보였다.

"잘됐네."

그분과 떠나는 길에 대한 기대감으로 부풀어 있던 그녀는 마치소녀처럼 부끄러운 표정을 지었다. 오래된 감정임을 화영은 알았다. 그런데 왜 노인으로 변장을 하고 떠난 것일까? 함께 떠나기로 했다는 두 사람이 어찌하여 한 사람은 잡히고 한 사람은 사라진 것일까? 줄을 대 알아볼 생각을 안 한 건 화영의 선부른 행동이 어떤악재가 될지 모른다는 우려 때문이었다. 그렇다면 그녀는 어찌 되었을까?

의화군이 잡혀서 조선으로 송환된다는 소식을 들은 며칠 후, 화영은 정동교회로 향했다. 이럴 때 의지할 수 있는 대상은 하나님뿐이었다. 조용히 무릎을 꿇고 앉아 마음을 내려놓았고 눈을 감았다. 그녀의 환한 얼굴이 어른거렸다. 그녀의 목소리가 들리는 듯했다.

"하나님, 당신의 딸인 그녀를 보호해주세요."

화영은 간절한 마음으로 기도를 올렸다. 하지만 하나님의 응답은 들리지 않았다. 하나님을 믿는 것은 화영에게 아직 요원한 일이었다. 답답한 마음에 교회를 찾아 기도를 해보지만 기도조차 엉성

했다. 정말 기도를 들어주실까? 기도하는 내내 의문이 떠나지 않았다. 진정으로 하나님을 믿어야 하는 건지도 알 수 없었다.

그녀의 소식을 알게 된 건 그 후로도 시간이 꽤 흐른 뒤였다.

"그분은 독이 든 음식을 먹고 돌아가셨다 합니다."

그 말을 전한 사람은 건어물 가게 이 씨였다. 그 말에 망연자실 정신을 놓은 듯이 주저앉아 있는데 이 씨가 아주 은밀하게 한마디를 보탰다.

"배정자가 미행했다는 소문이 돌고 있습니다."

화영은 몸을 부르르 떨었다. 일어나서는 안 될 풍경이 머릿속에 절로 그려졌다. 이토 히로부미의 애첩이라던 배정자가 이제는 드러내놓고 나라를 구하려는 사람들을 훼방 놓고 있었다. 이 씨의 은밀한 한마디를 화영은 의심하지 않았으나, 한편으로는 그조차도 잘못된 정보를 가지고 온 것이었으면 하는 마음이 간절했다.

"아니, 조작된 소문일지도 몰라요."

이 씨가 고개를 갸웃했다.

"뭔가 사정이 있을 겁니다. 그럴 수밖에 없는 사정이 있었을 거예요. 아직 죽었다는 걸 확인한 것도 아니니 어디 가서 그런 소리 하지 마세요."

화영의 단호한 태도에 이 씨도 입을 다물고 말았다. 사실 이 씨도 란사 선생이 죽은 걸 본 것이 아니니 소문내서 좋을 게 없었다.

"병수는 아버지를 만나보았나요?"

"모릅니다."

"음, 란사가 병수를 아버지 만나게 해주려고 데려간 것 같은데……."

"생사도 확인하지 못했습니다."

이 씨의 대답에도 물기가 느껴졌다.

"구더기 같은 년!"

화영의 입에서 독을 담은 욕지거리가 터져 나왔다. 란사에게서 배운 욕이었다. 곧 그녀의 남편이 자신을 찾아올지도 모른다는 생각이 들었다. 하지만 그를 만나도 할 말은 없을 듯했다.

이 씨가 돌아간 후 화영은 그녀가 남기고 간 노트를 꺼냈다. 꽤 두툼한 서양 노트였다. 화영은 조심스럽게 첫 장을 열었다.

내 인생은 나의 것이다. 내 생각대로 사는 것이다. 내 생각은 그곳에 있다. 잃어버린 나라를 되찾는 것! 나는 기꺼이 한 알의 밀알이 될지니.

그녀가 그대로 느껴졌다. 화영은 첫 장만 펼쳐보고 곧 노트를 덮었다. 그녀가 화영에게 노트를 맡기고 간 이유가 짐작되자 소름이 돋았다. 화영은 노트를 보자기에 곱게 싸서 반닫이 깊숙이 넣었다. 아직은 그걸 볼 용기가 나지 않았다. 그녀가 죽었다는 것이 조작된 소문이길 바랐다.

화영은 그녀를 기다리기로 했다.

그녀의 첫인상은 강렬했다. 지금껏 알아온 보통의 여자를 뛰어넘는 행동 때문일 수도 있었다. 화영의 기준으로 보면 그랬다. 달아나는 도둑의 덜미를 잡아 귀싸대기를 올려붙이고 욕을 퍼붓는 여자라니! 그때 생각을 하면 지금도 웃음이 났다. 어쩜 그때 그녀를 만난 것이 화영의 인생 목표가 바뀐 계기였을지도 모른다. 그녀와의 인연은 그뿐만이 아니었다. 서너 번, 그녀와 얽힌 일들이 주마등처럼 떠올랐다. 눈물이 주르르 흘렀다. 진정으로 그녀가 살아 있기를 빌었다. 진정을 담아 기도를 한 것은 그때가 처음이었다. 무력한 자신에 대해 부끄러움을 느낀 것도 그때가 처음이었다. 그녀의 음성이 귓전에 쟁쟁했다.

　"나는 말했어. '나는 이제 가정을 버릴 것이야요.' 내 말에 남편이 피식 웃지 않겠어. 어이없는 표정이기는 하였으나 무시하거나 경멸하는 눈빛은 아니었어. 오히려 그 말을 예상하고 있었다는 듯한 표정이었어. 왜 그리 웃느냐고 내가 정색을 하고 물었지. 그러자 남편이 말했어. '당신 말이 기특해 그러지.' 뭐가 기특하냐고 되묻는 내 말에 '아녀자의 자리를 박차고 다른 일을 해보고 싶다는 뜻이 아니오? 그러니 기특하다 할밖에.' 나는 내 귀를 의심했어. 가정을 버릴 것이란 말을 하면 불같이 화를 내거나 들은 체도 안 할 줄 알았는데 오히려 기특해하다니. '기특하다고요?' 나는 확인하듯 다시 물었어. '그래요. 나는 당신이 집 안에서만 시들어갈까 안타까웠소. 내가 집을 자주 비우니 당신의 벗이 되지 못하고, 친정 피붙이조차 가까이 없으니 너무 외로워하진 않을까 심히 염려했던 바이오. 그런데 무언가를 해볼 생각을 하다니 기특하기 그지없소.' 남편은 나를 끌어안고 등을 툭툭 두드려주었어. 혹시나 반대라도 하면 어떻게 난관을 헤쳐 나가야 하나 염려했는데 너무도 선선하게 내 뜻을 받아준 남편에게 진정 고마웠어. 비로소 남편을 아주 잘 만났다는 생각이 들었어. 나는 걸리적거리는 것 없는 바람처럼 훨훨 날아오를 수 있을 것 같았어."

그녀의 목소리가 바로 곁에서 들리는 듯했다. 그녀의 모습도 곁에 있는 듯이 느껴졌다.

***

그녀는 북촌 거리를 걷고 있었다. 바람도 산산하여 걷기에 좋았다. 북촌 거리를 유유자적 걷고 있으면 자신이 지체 높은 댁의 마님이 된 것 같은 착각에 빠졌다. 그런 착각도 나쁘지는 않았다. 살림살이 넉넉한 반가의 부모를 만났다면 호사를 누리고 살았을지도 모른다. 부모 생각만 하면 그녀는 몹시 우울해졌다. 생각조차 하기 싫은 일이었다. 특히 아버지의 처사는 옳지 않았다. 최소한 그녀의 생각은 그랬다.

단정하게 꽃담을 얹은 기와집이 즐비한 골목을 걷고 있을 때였다. 어디선가 여인의 날카로운 비명이 흩어졌다.

"어머나, 이를 어째. 저, 저놈이, 아이구, 저, 저놈!"

다급한 목소리였다.

돌아보니 잘 차려입은 여인네가 발을 동동 구르는 앞에 보자기를 뺏어든 소년 하나가 줄행랑을 치고 있었다. 그녀는 순간, 그가 도둑이라는 생각이 들었다. 정신없이 뛰어오는 소년의 발을 걸어 넘어 트렸다. 당황한 소년이 쥐었던 보자기를 떨어트린 채 바닥에 뒹굴었다. 여인네가 저만치에서 허둥지둥 뛰어오고 있었다. 바닥에서 일어선 소년의 입가에서 피가 흘렀다. 곧 상황을 파악한 소년은 재빨리 도망치기 시작했다. 그러나 그쯤에서 멈출 그녀가 아니었다. 튼튼한 두 다리로 소년을 따라잡기 시작했다. 소년은 보기보다 허약해서 멀리 가지 못했다. 사색이 되어 멈춰 선 소년은 숨을 헐떡거리며 원망스런 눈초리로 그녀를 올려다보았다. 그녀는 거침없이 소년의 면상을 힘껏 후려쳤다. 소년이 뺨을 싸안고 벌벌 떨었다.

"네 이놈, 어린놈이 벌써 도둑질이야?"

그녀는 소년의 어깨춤을 움켜잡았다. 소년이 몸을 움츠리며 두 손을 마주 비벼대고 울먹이는 목소리로 말했다.

"배, 배가 고파서 그랬어요."

"그렇다고 남의 것을 훔쳐? 이런 빌어먹을 놈, 너 같은 놈은 혼쭐이 나야 돼."

훌쩍 큰 키의 그녀가 비루먹은 말같이 허약한 소년의 어깨를 거칠게 흔들어대며 당장이라도 요절을 낼 듯이 노려보았다.

"어디 사시는 뉘시오?"

여인이 숨을 몰아쉬며 다가와 조심스레 물었다. 예의범절하며 조신한 태도가 양반집 마님 같았다.

그녀는 여인을 바라보다 불쑥 물었다.

"잃어버린 것은 없소?"

그녀의 말에 여인이 보자기를 움켜쥐며 고개를 끄덕였다.

"그럼 되었소. 이놈은 내가 알아서 혼쭐을 내줄 터이니 그만 가던 길 가시오."

곱상하게 생긴 여인이 그녀를 바라보며 말했다.

"바쁘지 않으면 차라도 한잔 대접하게 해주시오. 고마워서 그러오."

"이놈은 어찌하구요?"

"잃은 게 없으니 그만 놓아주십시다. 행색을 보니 형편이 어려운 아이 같은데……."

여인은 측은한 눈길로 소년을 바라보며 그녀에게 말했다. 소년은 잔뜩 웅크린 채로 눈치를 보고 있었다. 그녀는 소년을 잡고 있던 주먹에 힘을 풀었다.

"운 좋은 줄 알아라. 그리고 아무리 어려워도 도둑질을 하면 못쓰느니. 나라를 위한 일은 못할지언정, 품팔이를 해서라도 정직하게 살아야지."

소년이 그녀의 손아귀에서 재빨리 몸을 빼내어 튕겨나가듯 도망치며 소리쳤다.

"시발, 재수 옴 붙었네. 퉤!"

순간적으로 소년의 눈에서 불똥이 튀었다. 세상을 향한 분노의 불길이었다. 그녀는 소년의 입에서 튀어나오는 욕을 듣고는 다시 쫓아가 녀석의 목덜미를 움켜잡았다.

"이런 몹쓸 놈이 있나. 어리다고 그냥 봐주려 했더니. 우라질 놈아, 욕은 너만 할 줄 아느냐. 진짜 욕을 한번 들어볼 테냐, 이 버러지만도 못한 놈아!"

그녀는 이를 악물고 소년의 머리통을 세게 쥐어박았다. 소년의 비명이 자지러졌다. 그 모습을 지켜보던 여인이 배시시 웃으며 소년의 어깨를 쓰다듬었다.

"잘못했다고 빌고 가거라. 이걸로 가다 국밥이라도 사 먹고."

여인은 오히려 동전 몇 닢을 소년의 손에 쥐여주며 등을 떠밀었다. 소년이 빛의 속도만큼이나 재빠르게 사라졌다. 허탈한 건 오히려 그녀였다. 뭔가 역할이 바뀌었다는 생각도 들었다.

"어디 사시는 뉘신지요?"

여인이 재차 물었다. 그녀는 잠시 망설였다. 그런 질문을 받을 때마다 말문이 막혔다. 아니 말하기가 싫었다. 그녀는 여인의 옷매무새를 살펴보다 오히려 큰 소리로 말했다.

"어디 사는 누군지는 알 것 없소. 잃은 거 없다 하니 되었소. 나도 이만 가보려오."

그녀가 몸을 돌려 걸음을 옮기려 할 때 여인의 고운 손이 그녀의 옷소매를 살그머니 잡았다.

"하마터면 큰돈을 잃을 뻔했어요. 집이 가까우니 차나 한잔하고 가세요."

그녀는 여인의 청을 거절할 수 없었다. 아니, 여인에게는 거절할 수 없는 묘한 매력이 있었다. 선이 고운 얼굴이며 반지르르하게 귀티 나는 흰 피부가 아름다운 여인이었다. 그녀도 여인이 어떤 사람인지 궁금하긴 했으나 묻지 않았다. 그녀도 자신에 대해 묻는 것을 싫어하니, 타인에게도 궁금한 것을 묻지 않는 게 습관처럼 굳어버렸다. 단정한 옷매무새로 보아 반가의 여인 같기도 하고, 묘하게 사람을 끄는 미소는 기생 아닐까 하는 생각도 들었다. 여인치고는 키도 크고 몸집도 큰 그녀의 입장에서 보면 자그마한 몸집도 귀엽게 여겨졌다. 그녀는 끌리듯이 여인을 따라나섰다.

"아니, 어찌 벌써 오십니까?"

대문을 열던 머슴이 놀란 눈으로 여인을 바라보았다.

"그리되었네. 삼월이 오라 하시게."

대청마루로 올라서던 여인은 한쪽 손에 움켜쥐고 있던 보퉁이를 내려놓고 그제야 안도의 숨을 쉬었다. 두툼한 것으로 보아 돈이라면 상당한 금액일 것 같았다. 그런데 어찌 여인 혼자 큰돈을 들고 나갔던 것일까? 단정하게 빗어 쪽 찐 머리에 옥비녀를 꽂은 모습이 우아했다.

"마님, 부르셨습니까?"

곧 삼월이라는 여종이 쪼르르 달려와 고개를 깊이 숙였다.

"다과상 좀 내오너라."

올 때처럼 재바르게 쪼르르 사라진 여종은 준비해두었던 듯 정갈한 다과상을 내왔다. 곶감호두말이와 흑임자강정이 얌전히 놓인 접시에, 밥알이 동동 뜬 맑은 식혜가 담긴 깨끗한 유리잔이 정갈했다. 여인은 평정심을 찾은 듯 그녀의 얼굴을 찬찬히 들여다보며 물었다.

"어찌 그리 몸이 재바르시오?"

"아, 뭐, 그저. 여인네치고는 힘이 좀 센 축입니다."

그녀가 어깨를 으슥하며 웃었다.

"키도 크시고 몸집도 크시고."

여인은 찬찬히 그녀를 훑어보며 그녀의 미소에 응답했다.

"여인네로서는 별 매력이 없지요?"

"아니어요. 전 몸집이 너무 작아서 키 큰 이를 보면 부럽기만 하답니다."

여인이 진심인 듯 두 손을 모으고 그녀를 올려다봤다. 그녀는 조금 어색했다. 어린 도둑을 잡아준 데 대한 인사로 집까지 가잔다고 따라나선 자신이 조금 우스웠다. 그녀는 급히 식혜를 마시고 일어섰다. 비질이 잘된 마당에 대여섯 살쯤 돼 보이는 어린 사내아이가 호기심 어린 눈으로 대청마루를 올려다보고 있었다.

"아들인가 봅니다."

그녀는 여인의 고운 얼굴을 보며 그렇게 말했는데 여인은 배시시 웃기만 할 뿐 대답하지는 않았다.

"얼결에 대접 잘 받고 갑니다."

그 집을 나오면서 돌아보니, 남편이 행세깨나 하는 집일 거라는 생각이 들었다. 문득 집을 비운 지 달포나 되는 남편의 얼굴이 그리웠다.

하상기를 만난 것은 그녀의 복일지 몰랐다. 그렇게 생각하고 싶었다. 처음 그를 보았을 때는 아버지와 일 때문에 얽힌 사람이라고만 생각했다. 그녀는 어린 나이에도 무역업을 하는 아버지 일을 돕고 있었으므로 가끔 그를 보는 것이 그리 이상한 일도 아니었다. 하지만 어느 순간부터 그녀를 바라보는 하상기의 눈빛이 예사롭지 않다는 걸 느끼면서 부담스러웠다. 그가 아버지 사업에 지대한 영향력을 끼칠 수 있는 사람이라는 걸 어렴풋이 알았기에 면전에 대고 불편한 말을 퍼부을 수도 없었다. 그녀의 성격으로는 그러고도남을 일이었으나 그에게만은 그러지 못했다. 그러던 어느 날, 아버지가 결혼을 하면 어떻겠냐고 했다. 누구랑요? 그렇게 말하면서도 떠오르는 남자는 없었다. 아버지가 어디 봐둔 남자가 있나 싶어 슬그머니 호기심이 일기도 했다. 그러나 아버지 입에서 나온 소리에어이가 없었다.

"저분 어떠냐? 너를 어여삐 보시더구나. 나이가 좀 많은 걸 빼면 나무랄 데 없는 신랑감이다. 아니, 오히려 과분하지."

그가 하상기였다. 그녀는 기가 막혀 숨이 멎을 것 같았다.

"뭐라 하셨습니까?"

"조선시대에는 반란이 실패로 끝나면 삼족(三族)이 멸족을 당했단다. 저분이 '사육신(死六臣)'인 하위지 후손이란다."

"그게 뭐 어떻다는 말씀이세요?"

딸의 혼사를 이야기하는 마당에 사육신 이야기를 왜 꺼내는지 알수 없었다.

"심지가 있는 분이란 이야기다. 결혼하면 후회하지는 않을 거다. 아비를 돕는 셈치고 저분에게 시집가거라."

얼굴 한 번 안 보고 시집가는 게 다반사이던 시절이니, 아버지의 말은 거역할 수 없는 명령이었다. 하지만 마음속에서 반감이 일었다. 그는 얼핏 보기에도 그녀보다 나이가 엄청 많은 중늙은이다. 그런 사람에게 딸을 시집보내려는 아비의 의도는 뭘까. 아비의 사업을 도울 수 있는 그의 협조와 호의를 얻기 위해서? 그녀는 고개를 절레절레 저었다. 그런 사실을 알고도 모른 체하는 어머니도 미웠다. 때로는 남동생 하나만 끌어안고 애지중지하는 어머니가 계모는 아닐까 하는 생각도 들었다. 집을 떠날 수만 있다면 어디든 가버리고 말리라 생각한 적도 있지만 그녀는 한 발짝도 집을 떠날 수 없었다. 그녀는 절박한 마음으로 찬모로 일하던 할머니에게 넋두리하듯 털어놓았다. 그녀를 부모보다 더 아끼며 도닥여준 할머니였다. 부모보다 더 마음을 얹고 기대던 어른이었다.

"너, 나이가 몇이냐?"

할머니인 그니는 그녀를 보고 종종 그리 물었다.

"열일곱이요. 맨날 그걸 왜 물어요?"

"흐흐, 계집으로 여물었나 보려고 그러지."

그런 말을 할 때는 그녀의 가슴께를 흘끔거리며 쳐다보았다. 그러던 할머니에게 하상기 이야기를 하자, 은근한 목소리로 물었다.

"너, 좋아하는 사내가 있느냐?"

"아니요."

"그럼 그냥 아버지 말 들어라. 나이는 좀 많아도 배울 점도 많고, 아주 너그러운 사람이라더라. 상처(喪妻)를 했으니 새신랑이나 마찬가지. 돈도 많단다."

그 말을 할 때 할머니의 표정은 은근하고 다정했다. 그 순간, 그녀는 할머니 말을 따르기로 했다. 고향인 평양에서 떠나온 이후로 고생고생하다 겨우 안정된 사업을 시작한 아버지였다. 아버지가 그를 사윗감으로 점친 것은 분명 이유가 있을 것이었다.

"본처에게서 난 자식이 넷이나 있긴 해도 어린아이도 아니고, 살림살이 넉넉하니 궁색하지 않아서 좋을 것이야."

늘 배를 곯던 어린 시절의 기억이 누더기 같아 싫었는데 비단옷에 기름진 음식을 배불리 먹을 수 있는 곳으로 혼처를 마련해준 아버지에게 오히려 고마워해야 할 판이었다. 일본의 침략에 속수무책인 나라에서 아버지도 야망이 있을 것이다. 아버지의 말에 따르기로 마음을 먹기는 했으나, 그 순간부터 그녀는 아버지를 머릿속에서 지웠다. 스스로 부모가 없는 고아인 양 살 것이라 생각했다. 고아라고 생각하면 그보다 더 좋은 혼처도 없을 것이었다.

"가서 너만 잘하면 사랑받고 살 게야."

덕담이었다. 할머니로서는 그 말이 진심을 담은 가장 큰 선물이었을 것이다. 가난한 삶을 살아온 할머니는 욕을 잘했다. 부모보다 가까이 지낸 할머니에게 유산처럼 받은 게 있다면 욕하는 것이었다. 삶에 대한 두려움을 욕으로 풀었다. 욕을 하고 나면 마음이 좀 후련해졌다.

첫날밤. 그녀는 사시나무 떨듯이 떨었다. 아버지뻘 되는 남자가 방으로 들어와 그녀의 족두리를 벗길 때 그녀는 눈물을 터뜨렸다. 결혼이 뭔지도 모르고 그저 아버지의 뜻대로 따른 것뿐이었으니 억울한 생각도 들었다. 거기에, 막상 늙은 남자가 곁에 오자 와락 무서운 생각이 들었던 것이다. 욕이 나오려는 걸 참고 이를 악물다가 터진 봇물이었다. 놀란 건 오히려 남자였다. 옷고름을 풀던 손이 멈추더니 한참을 앉아 있다가 자리에 누웠다. 불은 꺼졌고 창밖은 밝았다. 푸르스름한 달빛에 나뭇가지가 흔들리고 있었다. 어둠 속에서 그가 말했다.

"손 안 댈 테니 그냥 잡시다."

한숨 섞인 큰 숨을 쉬고 그는 돌아누웠다. 제 손으로 옷을 벗고 그의 발치에 쪼그리고 앉아 밤을 샜다. 아침 햇살이 방 안까지 들이칠 즈음에 깜빡 잠이 들었다 깨어보니 쓰러지듯 모로 누운 그녀의 어깨에 이불이 덮여 있었다. 그가 누웠던 이부자리는 비어 있었다. 화들짝 놀라 문밖 사정을 살폈다. 하인들이 오가는 소리가 부산스러웠다. 마당을 비질하는 소리, 부엌에서 그릇 달그락거리는 소리……. 그때 남자의 목소리가 들렸다.

"마님 깨신다. 조용조용 움직이거라."

마님……. 그 말이 마음속에 잔잔하게 퍼졌다. 마님……. 입속으로 그 말을 되뇌어보았다. 그에 대한 마음이 봄날 부는 부드러운 바람처럼 바뀌어갔다. 하지만 사랑 따위의 감정은 아니었다. 사실 사랑이 뭔지도 몰랐다.

초야도 치르지 않은 채 그날로 그녀는 '마님'이 됐다. 첫날밤을 제대로 못 치른 사연은 아무도 몰랐다. 다만 찬모인 함평댁만 눈치를 챘으나, 그런 일은 문제가 되지 않았다. 꽃잎 같은 혈흔을 하얀 이부자리에 남긴 날, 이불을 거두던 함평댁이 배시시 웃었다.

인천 별감이라는 벼슬아치인 하상기는 너그럽고 다정했다. 자주 집을 비우는 것이 미안해서인지 무어든 그녀가 하고자 하는 것은 다 허락했다. 전처의 흔적이 곳곳에 배어 있는 동대문 외곽의 집을 대대적으로 수리하고 고친 것도 하상기가 그녀에게 베푼 배려였다. 그것이 나이 많은 홀아비가 나이 어린 여자를 취한 대가라 해도 상관없었다.

그런 데다 그녀는 성격조차 서글서글하고 시원시원해서 하상기의 마음에 쏙 들었다. 골골 앓다 죽은 본처를 보며 느꼈던 갑갑함이 말끔하게 사라지는 기분이었다. 가끔 지나칠 정도로 거칠고 사나워지는 경우도 있지만 그조차 사랑스러웠다. 그래서 자주 집을 비우는 미안함을 메꾸는 방법으로 그녀가 하고 싶은 일을 적극 밀어주었다. 가정을 버리겠다는 말을 했을 때도 하상기는 그 말뜻을 알아들었다. 막 개화 바람이 불기 시작한 터에 여성들이 선교사들에게 공부를 배우러 다니는 일도 그리 나쁜 일은 아니라는 생각을 했기 때문이었다.

그녀는 하상기 밑에서 꽃처럼 피었다.

"요즘 미국 선교사들이 여인들에게 공부를 가르쳐주는 곳이 많다 하니, 나 없는 동안 무료하게 지내지 말고 그런 곳에 가서 동무도 사귀고 공부도 하시게."

무엇보다 듣기 좋은 말이었다. 외국인들이 많이 드나드는 인천에서 별감이라는 벼슬에 있는 덕인지 생각도 고루하지 않고 툭 트인 하상기가 그녀는 고맙기만 했다. 난생처음 하인을 부리는 생활이 흡족했다. 그녀는 차츰차츰 새로운 생활에 적응해갔다. 공부를 가르쳐준다는 선교사들을 보기 위해 정동교회도 기웃거려 보았다. 그곳 사정을 알아보려는 생각이었다. 아무것도 모르는 채로 얼간이 노릇을 하기 싫어 나름대로 알아보고 나서려는 것이었다. 교회에서 울리는 노랫소리도 참 편안하고 듣기에 좋았다. 왠지 그곳에 가면 마음이 편안해질 것 같았다. 환한 얼굴로 서로에게 인사하는 모습도 그렇게 아름다울 수 없었다. 내친김에 위세 당당한 기와집들이 늘어선 북촌 거리도 거닐어보았다. 그러다 그 여인도 만나게 된 것이었다. 그녀가 몰랐던 세상이 그곳에 존재했다.

새로운 이름

"윤화영."

"예, 왔습니다."

화영은 어느 때보다 큰 목소리로 대답했다. 가슴속에 시원한 바람이 부는 듯했다.

"이순분."

저쪽 끝자리에 앉은 그녀도 우렁차게 대답했다. 눈빛이 반짝반짝 별처럼 빛났다. 얌전한 흰색 무명 저고리가 단정해 보였다.

"김마리아."

이름을 불러놓고 선교사는 주변을 훑어보았다. 뒤쪽에서 뒤늦게 자기 이름을 기억한 여자가 조그만 소리로 대답했다.

"김마리아!"

이번엔 앞쪽에 앉은 여자가 대답했다. 동명이인이었다. 배마리아도 있었다. 마리아가 세 명이나 되었다. 화영은 새 이름을 원치 않아 제 이름을 썼다.

"모두 다 왔지요? 이제 공부를 시작합시다."

교실의 맨 앞쪽에 서양인 선교사가 서서 사람들을 쭉 둘러보았다. 모두 책을 펼쳤다. 꼬불꼬불한 글씨가 쓰인 책이었다.

"마이 네임 이즈 화영."

선교사가 화영을 보며 말했다.

"마이 네임 이즈 화영."

모두 진지한 얼굴로 따라 했다.

"모두 이름이 화영이어요? 자기 이름을 말해야지요."

여기저기서 쿡쿡 웃음을 참는 소리가 들리다가 조그만 목소리로 자기 이름을 대입해 말했다.

"마이 네임 이즈…… 순분."

'분' 자에 힘을 주어 말하는 순분의 눈동자가 진지했다. 다른 이들도 자기 이름을 말하고선 신기하다는 듯이 고개를 끄덕였다.

"여러분은 하나님의 자녀입니다. 열심히 공부해서 배우지 못한 여성들을 인도해야 합니다."

눈빛 순한 선교사의 말에 교실에 앉은 여인들이 모두 얌전하게 대답했다. 가난한 집안에서 부모의 심부름이나 하고 살던 여자들이 신세계를 만난 것이었다. 화영도 남편의 배려로 찾은 기회라 생각하니 잔정은 없어도 무덤덤한 남편이 고마웠다.

"요새는 여자도 배워야 한다 합디다. 마침 선교사들이 공짜로 공부를 가르쳐준다 하니 가보시오."

남편의 말에 고개를 끄덕이면서도 화영은 그다지 내키지 않았다. 하지만 하루 종일 안방만 지키고 있는 일도 쉽지 않아 어떤 곳인가 싶은 호기심에 나오게 된 것이었다. 새로운 환경이 어색하기도 했지만 집에서는 못 느끼던 활기를 느낄 수 있었다. 영어를 배우는 것은 괜찮은데 기도하는 시간은 영 불편했다. 하나님이란 낯선 존재가 이해되지 않아 기도 시간만 되면 머리가 아팠다. 선교사들은 공부 시간보다 오히려 기도 시간에 더 열심이었다. 화영은 생각했다. 그래, 공짜로 공부를 시켜주는데 그 정도는 참을 수 있어.

하늘에 계신 우리 아버지, 하고 선교사가 선창을 하면 모인 여자들은 앵무새처럼 그 말을 따라 했다. 다 외울 즈음엔 다른 기도를 일러주었다. 하늘에 계신 아버지라니, 화영은 그 말을 할 때마다 실눈을 뜨고 하늘을 올려다봤다. 하나님은 보이지 않았다. 할머니가 찾던 천지신명도 보이지는 않았다. 그녀를 지켜보던 선교사가 다가와 살짝 웃으며 말했다.

"하나님은 우리 마음속에 계십니다. 언제나 우리와 함께."

화영은 얼른 눈을 감았다. 강압적이지 않은 교육 방식이 무척 마음에 들었다.

며칠 전에도 이름이 없다는 여자가 있어 선교사가 이름 하나를 지어주었다.

"줄리아, 어때요?"

그 여자는 무슨 뜻인지도 모르면서 고개를 끄덕였다. 여자가 화영의 옆에 앉으며 혼잣말처럼 중얼거렸다.

"히히, 멋진 새 이름을 얻었네. 여자 이름이 부팔이가 뭐야. 이름 말 안 하길 잘했지."

가끔 그런 여자들이 있었다. 개똥이, 끝순이, 딸막이 등 듣기에도 부르기에도 불편한 이름을 가진 이들이었다. 그런 여자들은 선교사가 지어주는, 비단옷같이 매끄러운 외국 여자 이름을 얻기 위해 일부러 이름이 없다고 하는 경우도 있었다.

"평생 불러야 할 이름이니 마음에 들지 않으면 다시 짓도록 합시다. 나중에 다시 의논해봅시다."

선교사는 그렇게 말하고는 '마이 네임 이즈'를 되풀이했다. 한문책을 펴놓고 오행과 갑자를 짚어가며 이름을 지어주던 동네 어른들과는 다르게 그들은 이름을 아주 쉽게 지었다.

"마이 네임 이즈 화영."

여러 번 하다 보니 그 문장이 자연스럽게 익었다. 아, 공부는 이렇게 하는 거구나. 화영은 살그머니 미소 지었다.

화영은 그녀를 추억했다. 십자가 앞에 촛불을 켜고 눈을 감았다. 부디 살아 있기를 빌었다. 꿈마다 그녀가 나타나는 것도 그녀가 살아 있는 증거라고 믿었다.

그녀는 여러 가지 모습으로 화영에게 각인되어 있었다. 욕쟁이 사감, 멋쟁이 신여성, 한국 최초의 여학사, 독립운동가, 영원한 친구…….

그녀를 영원한 친구라 여기게 된 것은 화영이 절박한 상황이었을 때 그녀가 힘이 되어준 사건 때문이었다. 도둑놈을 잡아준 이후로 더러더러 화영의 집을 찾은 그녀는 자신의 이야기를 조금씩 풀어 놓았다. 서로 비슷했던 처지가 그녀 마음의 빗장을 조금 헐겁게 한 것 같았다. 나이 많은 사람의 처, 정실이 아니라는 공통점, 어린 나이에 전처 자식을 보아야 한다는 점, 양반 가문이 아니라는 점 등이 비슷한 감정을 형성하는 이유였을 것이다. 남편의 전폭적인 지원을 받는 점도 비슷했다. 다른 것은 화영은 본처가 살아 있는 상황이고 그녀는 본처가 죽었다는 정도였다.

그녀가 화영의 응원군이 된 것은 마침 그녀가 있던 시간에 들이 닥친 본처 때문이었다. 사납게 들어서는 본처를 보고 화영이 놀라고 있을 때, 그녀는 그 상황을 얼른 파악하지 못했다. 대문에 들어서서는 다짜고짜 달려드는 본처를 보고 그녀는 잠시 상황을 살피는 듯했다.

"이년아, 새파란 년이 어디서 남의 서방을 홀려서 살림을 차려? 기생년이라더니 반반한 얼굴 하나 믿고 남의 서방을 꿰차?"

순식간에 화영의 머리채를 휘어잡은 본처는 분을 참지 못해 씩씩거렸다. 하는 짓거리로 보아선 양반 가문의 음전한 여자는 아니라는 생각이 들었다. 하인들은 안절부절못하며 마당을 뱅뱅 돌고 있을 뿐이었다. 어느 쪽으로도 편을 들 수 없는 그들의 처지 때문이기도 했을 터. 화영은 머리채를 빼내려고 용을 쓰고 있었지만 역부족이었다. 촌 아낙의 우악스러운 손길에 속수무책으로 휘둘리는 화영을 살피던 그녀가 대뜸 다가서더니 본처의 머리채를 휘어잡았다.

"뭐 이런 썩을 년이 다 있어? 네 서방이 잘못한 걸 어디다 대고 화풀이야? 네년이 서방 간수를 잘해봐라, 이런 일이 생기나. 밤일도 할 줄 모르게 생긴 년이 어디 와서 행패야?"

나이로 보나 신분으로 보나, 그녀가 그렇게 대들 수 있는 본처가 아니었다. 그럼에도 불구하고 경우 없이 덤벼드는 여자를 보고 본처가 가만있을 리 없었다.

"아니, 이년은 또 뭐야? 어디서 굴러먹던 새파란 년이 남의 집안싸움에 끼어들어?"

"남의 집안싸움이 아니고 내 동생 일이라 끼어든다. 나이 처먹은 게 무슨 벼슬도 아니고, 서방 뺏긴 늙은 년이 어디다 대고 화풀이야? 오히려 새끼 키워주면 고마운 줄 알아야지. 오죽하면 서방을 빼앗겼을꼬."

그녀는 자신보다 어려 보이는 화영을 보고 즉흥적으로 언니 행세를 했다. 나이고 뭐고 상관없이 본처의 머리채를 잡고 흔들다가 마당으로 밀쳐버렸다. 본처의 통통한 몸체가 나뒹굴며 아구구 나 죽네, 하는 비명이 터지자 화영이 오히려 몸을 움츠렸다.

"영감한테 가서 따지시오. 점잖은 체면에 창피하지도 않소?"

붉으락푸르락하던 본처가 안 되겠다 싶었는지 슬금슬금 뒷걸음질을 치기 시작했다. 그 모습을 보고 그녀가 두 손을 탁탁 털며 큰소리를 쳤다.

"첩은 벨도 없는 줄 알아? 만만한 게 콩떡이라고, 나 죽었소 하고 있으니 얕보는 게지. 잠자리가 시원찮으니 서방이 딴짓을 하는 걸 어디 와서 행패야?"

후환이 두려웠지만 우선은 통쾌했다. 체증이 확 뚫리는 느낌이었다. 눈물이 핑 돌았다. 화영은 그녀의 손을 부둥켜 잡았다. 그러고는 그 손을 가져다 자신의 볼에 비비며 울먹이는 목소리로 말했다.

"고마워. 나는 그렇게 대들 엄두를 못 내. 나중에 어찌 될 값에 우선은 후련하이."

그녀는 눈물 콧물 다 짜며 감동하는 화영의 어깨를 툭툭 치며 말했다.

"기죽지 마. 나도 후처야. 난 본처가 죽어서 이런 일을 겪을 일은 없지만 전처가 낳은 자식이 나보다 나이가 많아. 사정이야 어찌 되었든, 인생의 주연은 바로 나야. 어떠한 경우라도 당당해져야 해. 그만큼 노력해서 이 상황을 이겨내야 해."

그 말이 큰 힘이 됐다. 화영은 자신이 가진 그 무엇이라도 다 내주고 싶을 만큼 그녀가 고마웠다.

이화학당에서 그녀를 만난 것도 큰 인연이었다. 화영은 진즉에 이화학당에 들어갔다. 어린 여자를 데리고 산다는 것에 늘 미안한 마음을 갖고 있던 영감님은 화영에게 신식 공부를 해보라고 부추겼다. 선교사들이 한국 여성에게 공부를 가르치는 곳이 있다고 알려준 것도 영감님이었다. 이화학당의 첫 학생이 중전 민비의 영어 통역을 하여 세도를 잡아보려는 욕심을 갖고 스크랜턴 부인에게 찾아온 무슨 벼슬아치의 소실이라는 소문을 들은 적이 있었다. 그 뒤에도 이러저러한 사연의 기혼 여성들이 학생으로 들어왔지만, 얼마 지나지 않아 혼인한 여성은 입학이 불가하도록 이화학당의 교칙이 바뀌었다. 화영이 입학할 때도 영감님이 어찌어찌 줄을 대준 것을 알고 있기에 더욱 고마웠다. 인생의 돌파구 같은 기회였다. 모든 사람이 동등한 인격체로 존중받고 남녀의 차별이 없는 세상에 대한 꿈은 화영을 들뜨게 했다. 간단한 영어를 배우면서도 희열이 차올랐다. 그곳에 오는 여자들 대부분이 비슷한 기대를 안고 있었다. 그러던 어느 날, 화영은 이상한 이야기를 들었다.

"우리 학교에 괴짜가 하나 들어올 모양이야. 교칙을 무시하고 입학을 허락했대."

점순이라는 이름이 너무도 싫어 실비아로 이름을 고친 여자가 말했다. 이즈음 이화학당의 교칙이 많이 달라진 것은 화영도 익히 알고 있었다.

"교칙을 무시하고?"

"응. 그 여자 배포가 대단해."

"무슨 배포?"

"기혼자는 못 들어온다 하니까 기발한 발상을 해서 입학이 허가되었다지."

"기발한 발상이라니?"

"어느 날 그녀가 밤중에 프라이 선생님 앞에 나타났대. 가지고 온 등불을 선생님 앞에서 끄면서 말했다는 거야. 우리가 캄캄하기가 이 꺼진 등불 같으니 우리에게 학문의 밝은 빛을 줄 수 없겠느냐고.

그래서 그를 기특하게 여긴 선생님 덕에 입학 허가를 받았대."

"오호, 그런 용기 있는 여자도 있네."

화영은 그 여자가 궁금했다. 그러다가 그녀가 학교에 온 첫날, 우연히 복도에서 마주쳤다. 화영은 단박에 그녀를 알아보았다. 아, 도둑을 잡아준 여인이, 본처의 패악을 잠재워준 여인이 바로 그녀였다. 반가웠다. 그녀도 화영을 알아보았다.

"여기서 만나다니 반가워요."

먼저 손을 내민 건 그녀였다. 화영은 잠시 미안한 생각이 들었다. 공부할 마음이 있는 줄 알았으면 화영이 권유했어도 좋을 일이었다.

"정말 반가워요."

화영은 그녀의 손을 오래 잡고 있었다.

"오늘 새로운 친구가 들어왔습니다. 환영합시다."

그녀가 교실로 들어서자 모두 박수를 쳤다. 새로운 사람이 들어오면 새로운 희망이 하나 더 늘었다. 여자들의 눈빛엔 그녀에 대한 기대와 호기심이 그득했다.

"자, 자기소개를 해봅시다. 이름이 뭐죠?"

선교사의 말에 그녀가 머뭇거리다 말했다.

"이름? 그런 거 없어요."

학생들이 킥킥거렸다. 그들의 웃음에는 나름대로의 짐작이 있기 때문이었다. 이름이 너무 이상하거나 개똥이, 막순이, 분녀, 뭐 그

런 이름이라서 새로운 외국 여자의 이름을 얻고 싶은 욕심에 거짓
말을 하는 것이라고 생각했다.

"이름이 없어요?"

선교사는 처음이 아니라는 듯 그녀를 바라보며 물었다. 그녀는
딴청을 피우듯이 고개를 외로 돌려버렸다. 큰 키에 잘 차려입은 모
습이 궁색하거나 초라해 보이지는 않는데 이름이 없다니. 모두 서
로 쳐다보며 고개를 갸웃거렸다.

"정말 이름이 없어요?"

란사의 옷매무새를 보고 선교사가 다시 물었다.

"이름이 없다니깐요! 왜 자꾸 물어요? 여기선 이름도 지어준다던
데 나도 하나 지어주시구려."

그녀는 화를 내듯 큰 소리로 말했다. 이름이 없다면서도 조금의
거리낌도 없이 당당했다.

"음, 그럼…… 낸시는 어때요?"

선교사는 한참이나 그녀를 바라보다가 그렇게 말했다.

"낸시?"

그녀는 입속으로 이름을 굴려보더니 고개를 갸웃했다.

"성은 뭐죠?"

"하 씨요."

이름이 없다고 말할 때와는 다르게 성씨는 빠르게 말했다.

"하낸시. 어때요? 잘 어울리지 않아요?"

선교사의 말에 더러는 고개를 갸웃거리고 더러는 고개를 끄덕였

다. 그러나 정작 그녀는 인상을 찌푸린 채 대답이 없었다.

"하…… 낸시?"

낸시라는 이름이 썩 내키지 않는 모양이었다. 그 누구도 선교사가 지어준 이름에 토를 다는 사람은 없었는데 그녀만 용감했다.

"마음에 들지 않으면 나중에 다시 짓도록 합시다. 오늘은 공부를 하고요."

그녀는 첫날인데도 아주 열심히 수업을 들었다. 기도도 아주 열심히 따라 했다. 먼저 들어와 있던 화영을 제친 건 그로부터 서너 달도 지나지 않아서였다. 그녀의 학구열은 대단했다. 화영은 그런 그녀와 급속도로 친해졌다. 나이는 그녀가 두 살이나 어리지만 친구로 지내기로 했다.

"낸시, 선교사님이 지어준 이름은 마음에 들어?"

"썩 내키지 않아서 고쳤어."

그녀가 입을 삐쭉대며 어깨를 들어올렸다.

"낸시가 마음에 안 들어?"

"응, 그래서 란사로 고쳤어."

"란사?"

"응, 낸시를 한문식으로 고쳤지. 화초 란에 역사 사. 그러니 란사가 되던걸. 하란사."

"하 씨는 남편 성씨?"

"응. 난 내 본성이 싫어."

"왜?"

"그냥. 김 씨보다는 하 씨가 예쁘잖아. 그리고 미국에서는 여자가 남편 성을 따른다잖아. 난 미국에 갈 거니까 그게 더 나을 것 같아."

그녀는 그 말을 하면서 얼굴을 찡그리고 고개를 저었다. 뭔가 좋지 않은 기억이 떠오른 표정이었다.

"미, 미국엘 가?"

화영은 생각도 못한 일이었다.

"그럴 생각이야. 그러니 남편 성을 미리 따르는 게 좋을 것 같아."

그녀는 고집도 있고 목표도 뚜렷했다. 어떤 사연이 있어 본성을 버리는지는 몰라도, 그녀는 당당하게 남편 성을 따르겠다 했다. 본명도 모른 채 그녀는 '란사'라는 이름으로 불리기 시작했다.

란사는 조금도 주눅 들지 않고 당당했다. 불우한 처지의 여성들을 위해 일하는 것이 목표라던 그녀는 차츰차츰 자신이 원하는 인생의 길을 닦아갔다.

야무진 란사의 꿈은 진행형이었다. 목표가 뚜렷해서인지 늦게 들어왔지만 금세 화영보다 앞섰다. 캄캄한 어둠 속에서 빛나는 등불처럼 그녀는 그렇게 빛이 났다. 어둠 속에서 빛을 찾아가는 란사의 행동은 거칠 것이 없었다. 남편의 지원으로 일본 유학길에 올라 1년 동안 공부를 한 일도 예사로운 일이 아니었지만, 미국 유학은 정말 놀랄 만한 일이었다. 미리 준비한 것처럼 그녀는 착착 계획을 실천해갔다. 그녀의 성장 속도는 쑥쑥 커가는 나무처럼 무척 빨랐다.

화영은 그런 란사가 부러웠다. 오하이오주에 있는 감리교 계통의 웨슬리언 대학에서 문학사 학위를 받아온 일도 더없이 부러운 일이었다. 한국 여성이 미국에서 문학사 학위를 받은 것은 란사가 처음이라 했다. 그녀는 귀국 후에 스크랜턴 부인이 세운 영어 학교의 교사가 되었다. 그곳은 일반 학교라기보다는 불우한 환경에서 허덕이는 기혼 여성들을 위한 배움터였다. 어쩜 자신의 과거를 떠올려 그런 학교의 선생을 자처했는지도 모른다는 생각이 들었다.

란사는 나날이 빛이 났다. 그녀의 믿음이 뿌리를 내린 것도 그즈음이었다. 하지만 그렇게 속도를 내어 자신의 인생을 가꾸어가는 일이 제 명을 재촉하는 일이라는 걸 알았다면, 화영은 어떻게든 란사를 말렸을 것이다.

"목숨만큼 중한 것이 없지."

화영은 란사를 위해 기도를 올릴 때마다 아쉬운 듯 그 소리를 내뱉었다. 학교에 올 때도 자가용 자동차를 타고 오는 멋쟁이 여자, 남편의 전폭적인 지원으로 그녀가 낳은 아이조차 며느리가 돌보도록 해두고 거침없이 자신의 일을 하는 자유로운 여자. 얼핏 보면 그녀는 모든 복을 다 갖춘 부인임에 틀림이 없었다. 남편은 학교에 간젊은 아내가 늦기라도 하면 하녀를 불러 호통을 쳤다고 했다.

"냉큼 학교로 밥을 날라다 마님 드시도록 해라"라고 할 정도였다. 참 특별한 경우였다. 게다가 학교에 다니면서 아이를 낳았다. 그럼에도 불구하고 육아에 대해선 아무런 신경도 쓰지 않는다 했다. 화영조차도 그녀가 아이를 낳았다는 사실을 뒤늦게 알았다. 원체 마른 몸에 헐렁한 옷을 즐겨 입었으니 유심히 보지 않으면 모르고 지나갈 정도였다. 그렇게 자유로운 여자는 그 시대에 흔치 않았다. 그녀는 유학을 떠날 때까지 아이의 보모를 두었고, 보모가 자리를 비울 땐 며느리가 정성을 다해 키웠다. 그 정도 되면 남편의 불만이 있을 만도 하였으나 남편 하상기는 란사에게 눈이 먼 사람 같았다. 집안에서도 그녀에 대한 대접은 극진했다. 그녀의 위치는 굳건했고 당당했고 거칠 것이 없었다.

당신 뜻대로

란사에게 태기가 있다는 걸 가장 먼저 알아차린 건 어이없게도 며느리였다. 정작 란사 본인은 임신이라는 생각조차 못했다.

"어머니, 아기를 가지신 것 같아요."

며느리가 아주 조심스럽게 말했을 때도 란사는 전혀 실감이 나지 않았다. 며느리의 말을 듣고 보니 그동안의 이상한 몸 상태가 떠올랐다. 음식을 보면 메스꺼워 구역질이 난다거나, 자다가도 음식이 생각난다거나. 난생처음 느끼는 이상 징후들이 란사는 반갑기보다 두렵고 싫었다. 며느리는 그런 증상들이 임신의 징후일 수 있다 했다. 아기를 낳으면 엄마가 되나? 엄마에 대한 살뜰한 정도 없는데 자신이 엄마가 된다는 사실을 생각하면 도망가고 싶었다. 남편은 입을 다물지 못할 정도로 좋아했는데 란사는 그게 더 싫었다. 아이를 낳는 일에 대한 두려움이 점점 커졌다. 급기야는 남편을 붙잡고 통사정했다.

"나, 아기 낳기 싫어요. 무서워요."

란사의 말을 들은 하상기는 불안해졌다. 꽃다운 처녀를 데려와 아내라는 자리에 놓아둔 것이 그 혼자 흡족했던지, 그녀가 임신했다는 말에 하상기는 뛸 듯이 기뻤다. 그런데 란사가 아기를 낳기 싫다는 말을 하는 순간, 어찌해야 할지 몰랐다.

"아기를 낳으면 보모를 들여서 키웁시다."

하상기의 음성은 봄바람처럼 부드러웠다.

"싫어요. 난 무서워요."

란사는 고개를 절레절레 저으며 울먹였다. 당당하고 거침없이 행동하던 란사와는 너무도 다른 모습이었다. 불안해하는 모습이 가여웠다.

"아기만 낳아주면 당신을 공주마마 대접하리다. 보모도 들여서 당신 손끝 하나 움직이지 않게 하겠소."

"그래도 싫어요. 학교에도 창피해서 가기 싫어요. 그래서 더 아기 낳기 싫어요."

평소의 그녀답지 않게 소심하고 유약해 보였다.

"결혼한 여자가 아기를 가진 게 어찌 창피한 일이오?"

"배도 나올 테고 몸매도 두루뭉술해질 테고……. 아무튼 싫어요!"

그녀는 고개를 강하게 저으며 몸을 웅그렸다. 하상기는 그런 란사를 측은한 눈길로 바라보았다. 어린 나이에 임신을 한 것이 무섭게 느껴질 수도 있으리라 여겼다. 그녀의 심정은 백분 이해하지만,

그렇다고 잉태한 생명을 지울 수는 없다. 하상기는 어떻게든 아내를 설득하리라 마음먹었다.

"선교사에게 입학 허가해달라고 당당하게 요구하던 당신은 어디 갔소?"

"그건 그거고. 아기를 낳는 일은 두렵고 무서워요."

란사는 마음을 바꿀 생각이 없어 보였다. 하상기는 어찌하든 란사를 설득해야 한다고 생각했다.

"불편하면 친정에 좀 가 있든지."

"친정 이야기는 하지 마세요!"

"그럼 안 가도 되고. 그런데 이화학당에 다니면서 하나님을 믿게 된 당신이 그런 생각을 하면 안 되지요."

"그게 무슨 상관이라고."

란사가 화를 벌컥 냈다.

"상관이 있지. 이화학당 다니면서 하나님이 있다는 걸 믿는 당신이 생명을 함부로 대하는 건 옳지 않아요."

"……."

그 말에 란사가 움찔했다.

"모든 생명은 소중한 거요. 사람이 이리저리 결정할 사항이 아니란 말이오. 하나님이 주신 자식이오. 이를 거부하면 당신은 죄를 짓는 것이오. 하나님의 뜻대로 해야 하오."

하상기는 그런 면에서 상당히 슬기롭고 지혜로웠다. 그녀가 하나님을 믿는다는 것을 십분 이용한 발언이었다.

란사가 고개를 숙인 채 잠잠해졌다. 조심스럽게 자신의 배를 슬그머니 만지더니 한숨을 쉬었다. 하상기는 속으로 쾌재를 부르며 더욱 다정한 목소리로 란사를 달랬다.

"당신이 아기만 낳아준다면 뭐든 당신 뜻대로 하고 싶은 걸 다 하도록 해주겠소. 음, 유학은 어떻소?"

"유, 유학이요?"

하상기를 쳐다보는 란사의 눈동자가 바르르 떨렸다.

"그래, 미국이나 일본에 가서 당신이 하고 싶은 공부를 하는 거요. 어때요?"

그 말에 란사가 하상기의 얼굴을 한참이나 바라보았다.

"그게 싫음 자동차를 사줄까? 그것도 싫음 해외여행을 할까?"

하상기는 마음이 급했다. 란사의 손을 덥석 잡고는 간절한 눈빛으로 란사를 바라보았다. 아기를 낳기 싫다는 생각에 변화가 없으면, 어쩜 그녀가 도망가버릴지도 모른다는 생각이 들었기 때문이었다.

"……정말 유학 보내줄 수 있어요?"

하상기는 뛸 듯이 기뻤지만, 기쁜 마음을 드러내지 않은 채 란사에게서 눈을 떼지 않았다.

"그럼, 일본이든 미국이든 당신이 원하는 대로 다 해드리리다."

란사가 다시 한번 조심스럽게 자신의 배를 쓰다듬으며 말했다.

"정말 낳기만 하면 돼요? 난 아기 보는 방법도 몰라요. 무서워요."

그럴 때 란사는 겁 많은 소녀였다. 당당하거나 용기 있는 모습은 찾아볼 수 없었다.

"보모를 들이리다. 젖어미도 구하리다. 당신은 그저 아기만 낳으면 되오."

그제야 란사는 마지못해 응하는 것처럼 고개를 끄덕였다. 눈빛에 어린 두려움은 여전한 채로.

"고맙소, 란사, 정말 고맙소."

하상기는 란사를 끌어안고 등을 두드리며 허허 웃었다.

"학교는 계속 다닐 거예요. 풍덩한 옷 입고 배를 가리면 모를 거예요. 난 원체 말랐으니까."

란사가 배시시 웃으며 하상기를 쳐다보았다.

"그건 당신 뜻대로 하시오. 아기 안 낳겠다는 소리만 빼고 뭐든 당신 뜻대로 하시오."

하상기의 품에서 빠져나온 란사가 걱정스러운 표정을 지우고 맑게 웃었다. 그러면서 그동안 하고 싶었으나 하지 못했던 말을 했다.

"정동예배당에서 서재필 씨가 연설하는 걸 듣고 큰 감동을 받았어요. 그분은 미국의 기독교인 남녀가 어떻게 활동하는지에 대해 이야기하셨죠. 그때부터 유학이 꿈이었어요. 난 아기 낳고 몸이 회복되는 대로 유학을 가고 싶어요."

란사의 간절한 말을 듣고 하상기는 조금 더 란사를 이해하도록 해야겠다고 생각했다. 아마도, 아기를 낳지 않겠다고 이야기한 것은 임신했으니 이제 학교를 그만두라는 말을 할까 봐 두려워했던 게 아닐까 여겼다. 아기 때문에 하고 싶은 일을 하지 못하는 출산은 하상기 자신도 원하지 않았다.

그날 이후로 하상기는 주변 사람들에게 젖어미와 보모를 구한다는 소문을 냈다. 란사는 점점 불러오는 배를 쓰다듬으면서도 갈등하지 않았다. 보다 큰일을 하기 위한 준비로 여기며, 탁란을 하듯 아기를 다른 사람에게 맡기는 일에 대해 죄책감이나 미안한 마음을 갖지 않았다. 교회 여기저기에다 보모를 겸한 유모를 구한다고 소문을 내둔 터라 지원자는 의외로 많았다. 하상기가 넉넉한 수고비를 줄 거라는 소문이 나 있었기 때문에 그런지도 몰랐다. 그런 사정이야 란사가 걱정할 바는 아니었다. 다행히 좋은 유모를 구할 수 있었다.

보기에 따라서 란사의 결정은 파격일 수도 있었다. 그중에 여러 사람은 란사가 없는 데서 입방아를 찧었다.

"늙은이가 젊은 후처 치마폭에서 정신을 못 차리더니, 이제 제 새끼를 낳는다 하니 앞뒤 분간도 안 되는 모양이구만. 그런데 여자는 또 뭔 생각이래? 자기 새끼를, 젖도 안 떨어진 핏덩이를 다른 사람 손에 맡기고 유학을 간다는 게 말이 돼? 그러면 안 되지. 암, 안 되고말고."

"남자가 젊은 후처 말이라면 뭐든 다 들어준다잖아. 멀쩡하게 생긴 팔불출이래."

쉬쉬하면서 퍼진 소문은 란사에게도 들려왔다. 하지만 란사의 마음은 변함이 없었다. 아기가 배 속에서 자라는 느낌은 분명 신기하고 경이롭고 벅찬 일이지만, 그 일로 자신의 행로를 바꿀 생각은 조금도 없었다. 란사는 아기를 낳고 난 후 망설이지 않고 유학을 결정했다. 문안교회에 다니던 얌전한 여신도에게 육아를 맡기고 떠날 때, 란사의 표정은 더없이 행복해 보였다.

란사가 떠나 있는 동안 딸아이는 유모 손에 컸다. 란사가 딸을 위해 한 일은 딸아이의 이름을 짓기 위해 하상기와 몇 날 며칠 머리를 맞대고 있었던 정도였다.

"음, 아주 좋은 이름을 지어야 해요. 튼튼하고 총명하고 어여쁜……."

란사는 조금 들떴다.

"그렇지, 좋은 이름을 지어야지. 보자……. 이 아이 사주를 보면……."

그는 안경을 올려 쓰며 옥편을 뒤적였다.

"붉을 자, 구슬 옥. 어떨까?"

"어머나, 좋아요. 제 생각도 그래요. 꿈에 흰옷을 입은 노인이 와서 붉은 옥반지를 주었어요. 그러면서 '귀한 것이니 아끼시오' 그랬어요."

"음, 원옥이란 이름도 괜찮고……."

"원옥이요?"

란사의 음성이 조금 낮아졌다.

"음, 동산 원(園)이나 미인 원(媛)이나……."

"난 자옥이란 이름이 더 좋은데……."

"그럼 호적엔 원옥이로 올리고 부르기는 자옥이라 불러도 되지 않겠소?"

그런 말을 한 것은 란사의 의견을 무시하지 않기 위한 방법일지도 몰랐다. 그녀는 남편의 뜻에 따랐다. 자옥이라는 이름이 나쁘지 않았다. 원옥이라는 이름도 음전해서 좋았다. 하상기는 란사가 미국으로 떠나던 날에 붉은 옥반지를 선물했다.

"이 반지가 자옥이라 여기고 생각날 때마다 아끼시오."

가슴이 뭉클했다. 란사는 진심으로, 손가락에 낀 반지를 자옥인 양 여겼다. 그러나 유모를 엄마라고 알고 지냈을 어린 시절을 빼고라도 자옥은 엄마를 가까이하지 못했다. 란사는 늘 멀리 있었고, 유모 손에서 자옥은 순둥이처럼 잘 컸다. 마치 손님처럼 가끔씩 엄마를 만났고 곧 헤어졌다. 유학을 마치고 돌아와 한집에 사는 동안에도 두 사람 사이는 친숙하지 못했다. 란사는 늘 바빴고 자옥은 보채지 않았다. 마치 엄마의 큰 뜻을 아는 듯이 음전하고 기특하게도 잘 자랐다. 그런 자옥이 이화학당에 들어와 공부를 할 때도 란사는 자옥의 어미가 아니라 선생님이었다. 학교에서도 란사는 자옥을 특별하게 챙기지 않았다. 똑같은 학생이었다. 그럼에도 불구하고 자옥은 한마디 불평도 하지 않았다. 더러 속사정을 아는 친구들이 물어도 자옥은 온화한 표정을 지으며 란사를 두둔했다.

"우리 엄마는 선생님이잖아. 나라를 위해서 할 일도 많으신 분이고."

그래서일까, 두 사람 사이가 모녀지간이라는 걸 아는 사람은 많지 않았다.

  란사가 유학을 떠난 이후 자옥을 처음 만난 것은 귀국했을 때였
다. 아직은 자옥이 어릴 때라 아래위 새까만 투피스에 챙 넓은 까만
모자, 높은 힐을 신고 자신에게 다가오는 란사를 자옥은 '서양 귀신'
이라 불렀다. 무서워하기보다는 빤히 바라보다가 유모에게 "서양
귀신이 우리 엄마야?" 했다. 유모가 어쩔 줄 모르고 손사래를 치면
서 당황했으나 자옥은 태연히 서양 귀신 앞으로 다가와 악수를 청
했다. 란사가 놀란 것은 그뿐만이 아니었다. 분명 내가 너의 엄마
다, 하고 이야기했는데도 란사를 엄마라 부르지 않고 빤히 쳐다볼
뿐이었다. 그러다 '서양 귀신 아줌마'라고 부르기도 했다. 란사는 처
음에 조금 당황했다. 그러나 곰곰 생각해보면 아이를 탓할 일은 아
니었다. 낳기는 낳았으되 한 번도 사랑을 담아 돌봐준 적이 없으니
당연한 결과라고 여겼다. 가슴 한편이 싸했지만 곧 마음을 다독였
다. 그러고는 아무렇지도 않은 듯 말했다.
  "그래, 자주 보지 못했으니 낯설지? 하지만 내가 너의 엄마인 건
변하지 않으니까 서양 귀신 엄마라 부르렴. 그러다 마음이 바뀌면
엄마라 불러도 좋다."
  그 풍경이 안쓰러웠는지 하상기가 어험, 어험, 헛기침을 했다.
  자옥이 란사에게 엄마라고 부르기 시작한 것은 열 살이 넘어서였
는데, 단어는 엄마를 쓰고 있었지만 그 느낌은 여전히 '서양 귀신'이
었다. 그것도 자옥이 제 어미를 몰라보는 것을 자신의 불찰인 양 여

겼던 유모가 애가 닳아 자옥에게 시킨 것이었다. 서운하다는 생각이 없는 것은 아니었으나 여전히 란사는 교회 일과 학생들 가르치는 일로 바빴다. 그러니 모녀 간이라 해도 다정하고 오붓한 시간을 가진 기억이 없었다. 살갑지 않은 자옥이 그리 밉지도 않았고, 자옥 역시 어미에 대한 불평은 크게 없는 듯했다. 서로에 대한 애틋함 같은 건 아예 없다고 봐야 옳았다.

화영의 입장에서는 란사가 좀 이상하다는 생각이 들었다. 어찌 자식을 저리 데면데면하게 바라볼 수 있을까 싶었다. 자식 하나 품지 못한 화영의 처지로는 란사의 행동이 정상이 아니라 여겼다. 그래서 충고를 곁들여 란사에게 말한 적도 있었다.

"너무 오래 떨어져 있어서 낯설겠지만, 이제는 자옥이를 품어야 하지 않겠니?"

란사는 한참 생각하는 눈치더니 담담한 어조로 말했다.

"나보다 잘 키워준 이가 있고, 내가 없어도 잘 커주었으니 그것으로 되었어. 어차피 인간은 홀로 서야 하는 존재야. 그런 면에서 눈물 콧물 짜지 않고 날 원망도 하지 않는 자옥이에게 오히려 고맙다. 날 닮았어."

화영은 란사의 그러한 태도가 이해되지 않았으나 타인을 이해하는 것이 주관적인 기준으로 이루어지는 걸 생각하면 그조차 간섭할 일이 아니었다.

그렇게 냉정했던 란사가 무너져내린 것은 자옥이 요절했을 때였다. 화영은 그때 란사가 자옥의 죽음을 얼마나 슬퍼하는지, 그녀가 어미로서 소홀했던 시간을 얼마나 뼈저리게 후회하는지 알 수 있었다. 그 아픈 시간의 얼마쯤은 화영의 위로가 위안이 되었을까.

호사다마라 했던가. 1915년 그녀의 딸 자옥이 요절했다. 이화 졸업반이었다. 열여덟, 꽃다운 나이였다. 누가 보아도 안타까운 나이였다. 왜 죽었대? 혹시 자살 아니야? 엄마에게 버림받았다고 생각해서 그런 건 아닐까? 수많은 물음표가 난무하는 사이, 어느 날 화영은 란사의 모습이 보이지 않는다는 것을 알았다.

"란사는 어디 간 거예요? 딸이 죽었는데 아무렇지 않게 어딜 간 거지?"

사람들이 타인에게 갖는 관심은 처음엔 자신의 일인 것처럼 깊다. 그러나 그 관심은 곧 상대를 비난하거나 동정하는 것으로 바뀌기도 하고 때로는 무심하게 잊히고 만다. 언제 그런 일이 있었냐는 듯이! 그것이 세월 앞에서는 오히려 공정한 방식이 된다.

화영은 서둘러 란사의 집으로 향했다. 란사의 집은 모든 시간이 멈추어 있었다. 란사는 식음을 전폐하고 허깨비처럼 앉아 있었다. 초점을 잃은 듯한 눈빛과 움푹 팬 볼이 그녀의 마음을 대변하고 있었다. 화영은 그런 란사를 조용히 안아주었다. 흐르는 눈물은 그대로 내버려 두었다. 그제야 란사는 화영의 품에서 울음을 터트렸다. 속에서 끓어오르는 오열이 화영의 마음까지 갈가리 찢어놓는 듯했다. 아무것도 해줄 게 없다는 것이, 어떤 위로의 말도 할 수 없다는 것이 가슴 아픈 시간이었다. 그저 통곡하는 란사를 안아주는 일 외에는 할 수 있는 게 없었다.

피울음을 쏟아내듯 울던 란사가 화영의 품에서 빠져나와 눈물을 닦으며 말했다.

"화영아, 너만 알고 있어야 해. 그 누구에게도 내가 이리 울더라는 이야기를 해선 안 돼. 나는 자식을 못 지킨 매정한 어미니까, 그누가 욕을 해도 달게 들어야 해. 눈물도 사치스럽다는 걸 알아. 화영이 너만 이런 모습을 본 거야. 꿈에서 보았다고 생각해."

그 상황에서 자신을 그리 꽁꽁 싸맬 필요가 있었을까. 그날 이후로 란사가 사라졌다. 주변의 따가운 시선을 견디지 못한 란사가 어딘가로 몸을 숨겼다고 생각했다. 마음속 동굴이나 낯선 외국 땅 어디쯤에.

그러나 그때 란사가 혼자 있었다는 걸 후일 알았다. 아주 낯선 모습으로 홀로 동굴에 숨어 있었던 것이다.

그날의 어두운 시간은 란사에게 지독한 후유증을 낳았다.

하상기는 자옥을 잃은 후 사흘 만에 출장을 떠났다. 늘 출장이 잦은 그였기에 특별한 일도 아니지만, 이번엔 홀로 남을 아내를 걱정했다.

"하필 이럴 때 외국 출장이 잡혀 있소. 중국에 다녀와야 하오."

란사는 애써 웃으며 하상기를 보냈다.

"걱정 마시어요. 잘 견뎌낼 거예요."

란사의 움푹 들어간 볼을 쓰다듬으며 하상기가 말했다.

"내, 곧 돌아와 당신 곁에 있겠소."

란사가 살풋 웃었다. 그러고는 고개를 끄덕였다. 하상기가 집을 나선 뒤 란사는 방문을 닫았다. 은은하게 빛이 들어오는 창문은 커튼을 쳐 가리고 아무도 들어오지 못하게 방문도 잠갔다. 그 순간, 세상이 정지되었다.

그동안 살아온 풍경들이 영화의 화면처럼 스쳐갔다. 태어날 때도 갖지 않았던 자옥에 대한 연민이 마치 여름날 소나기처럼 쏟아져 내렸다. 후회하는 말로도 모자랐다. 온몸 가득히 밀려오는 회한이 가슴을 갈기갈기 찢고 예리한 칼날처럼 후볐다. 자옥의 몸속에 도사리고 있던 병균이 자옥을 괴롭힐 때, 자옥의 마음도 그랬을까 싶었다. 자옥의 몸속에 있던 병균들이 란사의 몸으로 몰려와 마구 가슴을 후벼파는 듯했다. 시도 때도 없이 그런 꿈이 머릿속을 헤집었다.

"아아, 자옥아, 미안하다."

연신 혼자 중얼거리며 울었다. 냉정하기 그지없던 란사의 마음이 바짝 마른 솔가지인 양 버석거렸다. 시도 때도 없이 후회의 순간들이 그녀를 덮쳤다.

"마님, 진지 드셔야지요."

함평댁이 문 앞에서 걱정스런 목소리로 말했고 어진 며느리도 란사의 변화를 걱정했다.

"어머니, 이제 잊으시고 마음을 추스르셔요."

문 앞에 대령한 밥상에서 고기 냄새와 잘 구운 조기 냄새가 났고 무를 넣어 끓인 맑은 소고깃국 냄새도 났다. 평소 같으면 군침이 돌면서 식욕이 일었을 것이며 한 그릇 먹고도 성이 안 차면 밥그릇을 더 채워오라 했을지도 모를 일이었다. 그러나 란사는 아무것도 먹을 수 없었다. 식욕이 일지 않을 뿐 아니라 입안이 모래를 부어놓은 것처럼 서걱거려 아무것도 먹을 수가 없었다.

이틀째 아무것도 먹지 않고 견디던 그날 밤, 란사는 무엇에 홀린 듯이 집을 나왔다. 어두운 밤이었고 아무도 그녀를 본 사람이 없었다. 무엇에 홀렸을까, 란사는 무작정 걷기 시작했다. 어디로 가겠다거나, 누구를 만나겠다는 작정도 없었다. 달빛도 없는 밤길을 허깨비처럼 걸었다. 길이든 아니든 상관없었다. 논두렁에 빠져 진흙을 묻히고 무거운 발걸음을 옮기다가 둠벙에 빠져 온몸이 물걸레처럼 후줄근해졌다. 산속을 헤매다 풀섶에 쓰러져 잠이 들고 나무에 부딪쳐 정신을 잃기도 했다. 마을을 피해서, 사람들이 오가는 길을 피해서, 발길이 닿는 대로 흘러 다녔다. 현기증에 쓰러져 길바닥에 누우면 어지러운 환영이 보이기도 했다. 자옥이거나 하상기이거나 화영이거나. 그들은 먹은 마음도 없이 그녀를 감싸 안고 눈물을 흘렸다. 왜 이래? 무엇 때문에 이래? 그들이 물으면 란사는 고개를 저었다. 몰라, 무엇이 나를 이리 만드는지, 무엇이 나를 이리 힘들게 하는지. 배 속에서 꼬르륵 소리가 났지만 여전히 식욕은 일지 않았다. 그렇게 몇 날을 헤매고 다니던 란사는 어느 날 어둠이 짙어지는 강변에서 풀썩 쓰러졌다. 물소리가 찰박찰박 나는 듯도 하고 나무 타는 냄새가 나는 듯도 하다가 급기야는 전기가 끊어진 듯이 모든 것이 캄캄하게 정지되었다. 세상이 고요해졌다.

"미안해. 자옥아, 미안해. 엄마가 덜 자란 나무처럼 너무 부족해서 그랬어. 생명을 온전히 사랑할 줄 몰라 그랬어."

눈물이 말라붙은 자리, 홀로 누운 자신이 전에 없이 편안했다. 저만치에서 는개가 피는 것처럼 무언가 스물스물 번져왔다. 아니 환한 빛이 쏟아졌다. 하얗고도 긴 손이 란사를 어루만지고 있었다.

일찍 세상을 떠난 딸 때문에 겪어야 했던 고통의 시간은 분명 길었다. 그녀가 사라진 그 며칠간, 세상은 여전히 잘 돌아가고 있었다. 그러나 관심이 없었으므로 무슨 일이 일어났는지는 알지 못했다. 여전히 해는 뜨고 바람도 불었으며 교회에서는 찬송가 소리가 들리고 학교에서는 아이들의 활기찬 목소리가 울려퍼졌다. 활기와 희망이 넘치는 세상은 저세상이 아니라 이 세상이었다.

"정신이 좀 드오?"

란사는 낯선 목소리에 눈을 떴다. 하상기의 얼굴이 코앞에 있었다. 란사는 벌떡 일어나 앉으려 했으나 묶인 것처럼 몸이 움직여지지 않았다. 말간 액체가 길고 투명한 관을 타고 란사의 몸 안으로 떨어지고 있었다. 의사도 보이고 걱정스런 표정으로 서 있는 화영도 보였다. 란사는 눈을 도로 감았다. 아무에게도 들키고 싶지 않은 마음이었다. 누구에게도 위로받고 싶지 않았다. 그저 홀로, 아무 도움 없이 홀로 견뎌내고 싶을 뿐이었다. 화영이 다가와 말없이 손을 잡았다. 란사는 눈을 뜨지 않았다. 화영의 손에서 살그머니 자신의 손을 빼냈다. 그 말뜻을 화영이 읽은 모양이었다. 화영이 물러나며 말했다.

"아무 걱정 하지 마."

눈 감은 채로 시간이 흘렀고 시간 속에서 움직임이 읽혔고 밥도 먹지 않은 채였지만 숨은 이어졌다. 남편도 말했다.

"아무 걱정 마시게."

그건 약속이었다. 란사가 지낸 그 몇 날의 풍경은 그냥 그림 속 풍경으로만 남을 것이었다.

란사는 자옥이 이화학당에 입학하던 날 함께 찍은 사진 한 장을 수첩 속에다 끼워 넣었다. 말보다 더 진한 추억의 풍경이 가슴에 못으로 박혔다. 그녀는 웃고 있었고 란사는 그녀를 꼭 안고 있었다. 열여덟의 순결한 몸뚱이가, 흩어졌던 자옥의 혼이 모여 란사의 품으로 돌아왔다. 붉은 옥반지 속으로 자옥이 스며들었다. 붉은 피가 란사의 가슴속에 흘렀다. 생시와 같은 두려움에 란사는 몸을 떨었다. 마치 얼음 속에 갇힌 듯이 몸을 움직일 수 없었다. 보이지 않는 밧줄로 온몸을 결박당한 채 깊이도 알 수 없는 벼랑으로 떨어지는 듯했다.

남편의 지극한 배려와 보살핌으로 란사는 곧 평상심을 되찾는 듯했다. 그러고는 무섭게 일에 빠졌다. 사람들은 란사가 사라졌던 시간에 대해 궁금해하지 않았다. 원체 바쁜 사람이라 여겼던 터라 안 보이면 어디 외국에 나가 있겠거니 했다.

　이화학당의 첫 사감이 된 그녀의 별명은 '욕쟁이 사감'이었는데, 그 일 이후로도 그녀는 달라진 것 없이 여전히 욕쟁이 사감이었다. 학생들의 행동에 문제가 보인다 싶으면 지나칠 정도로 욕을 하고 함부로 한다고 해서 붙은 별명이었다. 여학생들이 바깥에서 연애라도 하고 다니는 낌새가 보이면 가차 없이 불호령이 떨어졌다.

　"이 뜨거운 년들아, 몸뚱이를 함부로 놀리면 여자 팔자 망치는 거야. 연애편지는 무조건 안 돼. 다 검열할 거니까 꿈도 꾸지 마."

　학생들은 불만이 많았다. 어디서 주워들었는지 자옥이가 란사를 부르던 '서양 귀신'이라는 말도 간간이 들렸다. 하긴 서양 귀신이라 해도 할 말은 없었다. 다만 그 말이 들릴 때마다 자옥의 얼굴이 떠올라 잠시 괴로울 뿐이었다. 그녀는 자옥이 살아 있을 때 보살피지 못했던 것을 속죄라도 하듯 늘 붉은 옥반지를 끼고 다니며 틈이 날 때마다 쓰다듬듯이 만지작거렸다. 어떤 때는 그 반지를 만지작거리며 기도를 하기도 했다. 그러나 겉으로는 여전히 강하고 빈틈없는 욕쟁이 사감이었다. 학생들을 대하는 란사의 행동은 과연 '서양 귀신'이라 할 만했다. 바깥에서 연애를 하다가 늦게 들어오는 학생들에게 몽둥이를 휘두르는 일도 있었다. 거기에 거친 욕까지 곁들였다. 학생들은 모두가 벌벌 떨었다. '호랑이 사감'이라는 별칭은 오히려 애교스러웠다. 하지만 그런 태도는 학생들을 반듯하게 키워 여성의 자존감을 지켜주려는 하란사의 깊은 마음이었다.

　"너희들은 등불 꺼진 저녁 같은 이 나라를 구해야 하는 사명이 있어. 공부를 하는 건 어둠을 벗어날 수 있는 가장 좋은 방법이지. 공부한 자들은 어리석은 백성들을 계도하고 나라를 찾기 위해 노력해야 해. 쓸데없이 연애질이나 하며 청춘을 허비해서는 안 돼. 우리 한 명 한 명이 다 애국자가 되어야 해."

란사의 교육관은 확고했다.

〈관산융마〉 1*

"너, 〈관산융마(關山戎馬)〉를 부를 줄 아느냐?"

어느 날, 영감님이 화영에게 물었다.

"〈관산융마〉요?"

"그래, 부를 줄 안다면 꼭 긴히 쓰일 데가 있는데."

영감의 눈길에 욕심이 그득했다. 순간, 화영은 부끄러웠다. 기생으로 살았다 하나 이렇다 내세울 재주가 아무것도 없었다. 그녀가 기생으로 살 수 있었던 것은 반반한 인물 덕이었다. 그 외에는 잘

---

* 서도지방에서 불리는 영시(詠詩) 또는 율창(律唱)이라고도 하는 시창(詩唱). 서북지방의 기령(妓伶)들에 의해서 주로 불렸다. 노랫말은 조선 영조 때의 문인 신광수(申光洙)가 지은 공령시(功令詩: 과거볼 때 쓰는 시체)로서, 시의 제목은 〈등악양루탄관산융마(登岳陽樓歎關山戎馬)〉이다. 내용은 당나라 시인 두보(杜甫)가 만년에 경승지를 찾아 유람하다가 악주(岳州)의 악양루에 오른 일을 주로 읊은 것이다. 칠언절구로 된 38구의 한시(漢詩)에 한글 토를 달아서 불렀다. 원시의 안팎 한 구를 한 절로 삼아 모두 19절로 이루어졌으나, 제2절 이하의 선율은 제1절의 반복이다.

하는 것이 없었다. 소리도 그저 그렇고, 남자를 녹이는 재주도 없었다. 그저 그녀 인생의 가장 큰 소득은 영감을 얻은 것뿐이었다.

"못 하느냐?"

화영을 빤히 들여다보는 영감의 눈을 피하며 화영은 자신 없는 목소리로 말했다.

"그 시창은 아무나 하는 게 아닙니다. 고도의 기교를 요하는……."

그녀의 말이 끝나기도 전에 영감이 끙, 소리를 내며 돌아앉았다. 전에 없이 화를 자주 내는 영감이 낯설었다. 무슨 일을 꾸미고 있는지 새벽에 나가 밤늦게 들어오는가 하면, 외박을 하는 날도 늘었다. 화영은 생각했다.

'이제 내가 싫증이 나신 게야.'

쓸쓸한 생각에 한숨이 절로 터졌다. 젊고 어여쁜 기생들이 도처에 널려 있고 영감은 돈이 많으니 취할 꽃도 많으리라. 어쩌다 하룻밤이야 눈감아줄 수 있다 하여도 점점 나이 들어가는 자신의 몰골을 보면 조바심이 났다. 게다가 후사도 없다. 아들이든 딸이든 자신의 혈육 하나만 있어도 거기다 마음을 얹고 살 텐데, 본처에게는 셋이나 있는 자식이 화영에게는 단 한 명도 생기지 않았다.

"〈관산융마〉는 어찌 물으십니까?"

"되었다. 말을 해주어도 모를 터. 한 며칠 지방 다녀올 테니 그런 줄 알거라."

영감은 휑하니 일어나 중절모를 쓰고 집을 나섰다. 화영은 내내 궁금했다. 갑자기 왜 〈관산융마〉를 할 줄 아느냐고 물어본 것일까? 이리저리 뒤척이며 긴 밤을 골똘히 생각해도 도무지 가닿는 곳이 없었다. 차라리 어여쁜 기생을 불러달라 하면 할 수 있다. 어미도 그쪽 출신이고 화영 자신도 출신이 그쪽이다 보니 아직껏 연이 닿는 기녀들이 많았다. 그런데 그런 것조차 시들하다. 기생을 오래 했으면 이 나이쯤에는 요정을 하나 차릴 수도 있으련만, 화영은 도통 그쪽으로 관심이 없었다. 그래서인지 요즘 들어 울적한 심사가 더욱 심해졌다. 란사는 양장을 멋지게 갖춰 입고 자동차를 타고 천지사방으로 바삐 돌아다니고, 점점 기품 있고 도도하고 원숙한 여인의 모습을 갖추어가며 학생들을 계도하고 가르치는 일에 열성을 다하는데 자신만 초라하게 늙어가는 것 같아 스스로가 불쌍하게 생각되었다.

"란사를 따라 공부를 더 할 걸 그랬나."

혼잣소리처럼 중얼거렸지만, 란사와 화영의 처지는 많이 달랐다. 영감은 란사의 남편처럼 너그럽지도 않을 뿐 아니라 어느 순간부터 그녀가 바깥으로 나도는 것조차 그리 달갑게 여기지 않았다. 기껏 할 수 있는 일은 이화학당에 가는 일과 교회에 나가 봉사하는 정도였다. 그래도 화영은 그 정도로 만족했다. 욕심내어서 될 일이 아니라고 생각했기 때문이었다.

"저마다 그릇이 다른 게야."

화영은 그렇게 마음을 달랬다. 교회에서 하는 봉사 활동도 보람 있는 일이었다. 무지한 여성을 일깨우고 교회로 나와 공부하도록 하는 일은 선교사들이 원하는 바이기도 하거니와 화영도 보람을

느끼는 일이었다. 비록 란사처럼 빛나는 인물은 아닐지라도 묵묵
히 자신이 처한 자리에서 일할 수 있는 것 역시 행복한 일이었다.
하지만 아직 하나님은 마음속으로 들어오지 않았다. 그것이 가장
힘든 부분이었다. 그녀의 기도는 늘 겉돌았고 확신이 없었다. 나
라는 일제의 탄압으로 휘청거리는데 화영의 좁은 마음은 늘 불안
했다.

　배정자라는 이름을 처음 들은 것은 영감에게서였다. 이리저리
의화군과 다리를 놓아보려다 알게 된 인물이라 했다.
　"자네, 배정자라는 이름을 들어본 적이 있나?"
　"배정자요?"
　"그래, 들리는 이야기로는 그 여자를 통하면 안 되는 일이 없다더
군. 고종의 깊은 신임을 얻고 있는 사람이라던데, 혹시 아는가?"
　영감은 인맥을 동원하여 알아보다 안 되면 화영에게 물었다. 하
지만 번번이 원하는 답을 얻어내지 못했다. 그럼에도 불구하고 화
영에게 묻는 것은 답답한 심사를 알아달라는 투정 같기도 했다.
　"영감님이 모르시는 걸 제가 어찌 알겠어요."
　그러면 영감의 미간이 올라붙고는 혼잣말처럼 중얼거렸다.
　"대체 아는 거는 뭔가?"
　그 말을 들으면 무시당하며 살고 있다는 생각이 들었다. 화영은
란사에게 물어보기로 했다.
　"배정자?"

란사의 얼굴에 불편한 표정이 스쳤다.

"왜 있잖우, 일본인 이토 히로부미의 애첩이라는."

화영은 그동안 알아낸 그 여자에 대한 정보를 란사에게 말했다.

"애첩?"

"말은 수양딸이라는데 잠자리에도 든다니 첩인 거지."

"구더기 같은 년, 어디 붙어먹을 데가 없어 일본 놈하고 붙어먹어?"

란사의 말은 거칠기 이를 데 없었다. 화가 나면 더 그랬다. 얼마나 욕을 차지게 하는지 듣는 사람은 오금이 저릴 지경이지만, 한편으로는 통쾌한 기분이 들 때도 있었다.

오라질 년, 벼락 맞아 뒈질 놈, 배때기에 구멍 뚫을 년, 아가리 찢어 죽일 년 따위는 애교에 속할 정도였다. 특히 잘하는 욕은 '구더기 같은 년'이라는 욕이었다. 그 욕은 하루에 수십 번도 더 했다. 곰곰 생각해보면 '구더기 같은 년'이라는 욕은 큰 욕이었다. 그것은 대개 돈 많은 일본 놈과 붙어먹는 첩년들이나 일본 경찰 앞잡이 노릇 하는 사내놈들에게 거침없이 퍼붓는 욕이었다. 화영은 그런 란사의 거침없는 욕질에 경기를 할 만큼 자지러졌으나 그조차도 자주 들으니 오히려 웃음이 났다. 그러다 그녀 자신도 가끔 그 욕을 했다.

"구더기 같은 년."

그 말을 뱉고 나면 자신도 모르게, 뒷물을 한 듯이 시원했다. 서글서글한 눈매에 시원시원한 란사의 몸매가 자그마하고 동글동글한 화영의 입장에서는 부러운 지경이었다. 걱실걱실한 성격도 좋았다. 가려운 곳을 긁어주는 경우도 많았다. 화영은 점점 란사에게 의지하게 됐다. 마음속에 감춰둔 이야기도 그녀에게는 할 수 있었다. 따지고 보면 화영도 '구더기 같은 년'이었다. 돈 많은 장사꾼의 첩실이라는 점에서는 다를 바 없었다. 하지만 란사는 화영에게만은 그런 욕을 하지 않았다. 한번은 정색을 하고 물었다.

"란사야, 왜 나한텐 구더기 같은 년이라는 소리 안 해?"

그러자 란사가 오히려 눈을 동그랗게 뜨며 물었다.

"그런 말이 어디 있어? 네가 왜 구더기야?"

"나는 돈 많은 영감한테 붙어서……."

그 말을 하는데 울컥했다. 눈물이 핑 돌았다. 란사가 화영을 감싸 안으며 말했다.

"너는 반짝반짝 빛나는 보석이야."

"보, 보석?"

"응, 넌 숨어서 좋은 일을 하잖아. 네 마음속에는 따뜻한 강물이 흘러. 우리는 마음속에 따뜻한 강물이 흐르도록 해야 해. 너처럼."

화영은 란사의 손을 힘주어 잡았다. 그녀의 따스한 눈빛을 마주하자 눈물이 주르르 흘렀다. 란사가 화영의 눈물을 닦아냈다.

란사가 말하는 숨어서 하는 좋은 일. 그건 사실 그녀가 하는 일이 아니었다. 돈 많은 장사치 영감의 비의(非意)였다. 겉으로는 일본 놈에게 붙어 간이고 쓸개고 다 빼주는 것 같지만, 영감의 마음 저 밑바닥에는 망해가는 나라에 대한 분노가 자리하고 있었다.

"보이는 게 다가 아니네."

그는 가끔 그렇게 알쏭달쏭한 말을 했다.

처음 돈 심부름을 하던 날은 그게 돈인 줄도 몰랐다. 진한 인삼 냄새가 나는 상자를 남대문 어느 가게에 가져다주라는 부탁이었다. 하인들에게 시켜도 될 일을 왜 제게 시키나 싶어 내심 부아가 났지만, 그가 은근하게 허리께에 손을 두르며 건넨 말 한마디에 서운한 감정이 스르르 녹았었다.

"어여쁜 자네가 가져다주면 효과가 배가된다네."

삼월이를 앞세워 남대문 시장에 있는 건어물 가게에 가면 무뚝뚝하고 인사성 없는 중늙은이가 시큰둥하니 상자를 받았다.

"잘 전하겠소."

인사라는 것이 고작 그 말뿐이었다. 게까지 갔는데도 맹물 한 잔 내놓지 않았다.

"구더기 같은 놈."

어느새 화영은 란사의 말을 흉내 내고 있었다. 아마도 그 중늙은이는 가게 점원이고, 선물 받을 사람은 보이지 않는 가게 주인일 거라고만 여겼다. 인삼 상자는 장사하는 사람끼리 하는 인사치레일 거라고 생각했다. 그 상자 속에 간간이 상해로 보내지는 군자금이 숨겨져 있으리라는 걸 그때는 몰랐다.

***

란사의 남편 하상기는 자주 집을 비웠다. 일 때문이라고는 하지만 집보다는 바깥으로 도는 날이 더 많았다. 란사는 남편이 하는 일을 자세히 알지도 못하지만 자세히 알고 싶지도 않았다. 그 역시 비밀이 많아 보였다. 어디서 누구를 만나고 어떤 일을 하는지, 업무와 관련된 일은 일체 이야기하지 않았다. 그래도 란사는 불평하지 않았다. 불평을 하려고 들면 오히려 남편이 더할 터이기 때문이다. 미국으로 유학을 가 있는 동안에도, 딸아이를 잃은 후에도, 남편은 한마디 불평도 하지 않았다. 오히려 란사를 더욱 응원했다. 유학 가 있는 동안에는 한동안 함께 미국 생활을 했을 정도로 그녀에 대한 배려가 깊었다.

'부모 복이 없으면 남편 복도 없다던데, 그것도 아닌 모양이야.'

란사는 하상기와의 결혼 생활이 흡족했다. 나이가 많아 젊은 남자 같은 힘은 없어도 늘 자애롭고 따뜻한 배려가 고마웠다. 하상기는 언제나 란사를 응원했다. 그것도 전폭적으로!

"사람마다 생김새가 다르듯, 나라를 위해 해야 할 일도 다를 것이오. 당신처럼 총명하고 바지런한 사람은 쓰임이 다른 이들보다 몇 배, 몇십 배 많을 것이오. 부디 공부를 열심히 하여 이 나라를 위해 일해주시오."

남편의 바람은 진정인 것 같아 늘 고맙게 생각하고 있었다. 물질적인 지원은 물론 정신적으로도 더할 수 없이 큰 위로가 되었다. 그런데도 간혹 의문이 들기도 했다. 혹여 어디 딴 여자를 봐두고 다니는 것은 아닐까 하는 생각도 없지 않았다. 설사 그런다 한들 용서할 수 있으리라는 생각이 들었지만, 그런 생각은 곧 사라졌다. 세상에 그처럼 자상한 남자는 없을 터였다. 오히려 문제가 생긴 것은 란사였다. 란사의 가슴에 비밀스런 물길이 생기기 시작한 것을 그녀 자신도 모르고 있었다. 아니, 애써 아니라고 우기고 있었다. 란사는 더욱 활동적인 여성이 되어갔다.

란사는 어느새 화영과도 거리가 멀어지고 있었다. 천생 여자인 화영은 제 앞가림만으로도 버거워하는 것 같았다. 이화학당을 졸업한 후에는 일주일에 겨우 하루 정도, 주일에나 그녀의 얼굴을 볼 수 있었다. 예쁘장한 얼굴에 귀티 나는 화장을 하고 인형처럼 방긋방긋 웃는 화영은 교회에 나오는 일 외엔 목회 활동도 적극적이지 않았다. 그나마 선교사 게일*의 선교 활동에는 비교적 적극적으로 동조하며 부지런을 떠는 편이었다. 그건 게일의 따뜻한 한국 사랑에 빚을 갚는 기분으로 봉사하는 거라고 했다.

사실 란사가 생각해도 게일의 봉사는 봉사를 넘어선 헌신이었다. 그는 단순한 선교사가 아니었다. 게일만큼 조선에 대해 속속들이 아는 선교사는 없었다. 그는 조선인의 정서와 역사와 문화에 관심을 두었다. 어찌 보면 선교보다는 한국의 문화와 사람들에 대해 더 깊은 관심이 있는 것 같았다. 그는 양반들과 『논어』를 이야기하고 한학을 이야기한다고 했다. 화영은 게일의 선교에 마음이 가 있

---

* 게일의 활동을 크게 세 가지로 구분할 수 있는데 그가 담임한 연동교회에만 국한하지 않고 한국 전체를 상대한 큰 그릇으로서 선교하는 것(선교사)과 가르치는 것(교육가), 글을 쓰는 것(저술가)이었다. 천성이 학자로서 학문에 대한 호기심과 열의가 대단해 아침 6시에 일어나 오후 4시까지 저술에 몰두했다.

었다. 어떻게 자신과 다른 인종에 대해 그리 헌신할 수 있으며 때로는 목숨까지 내놓을 수 있는지 이해할 수 없었다. 그들은 그것을 하나님의 사랑이라고 말했다. 교회를 세워 무지몽매한 사람들을 일깨우고 공부하게 하고 하나님을 믿게 만드는 일은 어느 선교사나 다 하는 일이지만 게일은 분명 달랐다. 배고픈 그들에게 빵을 나누어주고 그들의 일을 자신의 일처럼 도왔다. 다른 민족의 일에 그리 열성을 다하는 게일을 보면 절로 고개가 숙여졌다. 고종의 밀사로 활약하는 헐버트보다 못할 것이 없었다. 빼앗긴 나라를 찾는 방법은 자신이 헌신하는 분야에 따라 다양하겠지만, 게일의 헌신은 고종의 신임을 얻은 헐버트만큼이나 깊었다.

하지만 두 사람은 관심 분야가 달랐다. 정동을 중심으로 선교하던 다른 선교사들과 달리 게일은 서양인들이 없는 곳을 골라 조선 사람들과 어우러져 한글을 익히고 사랑방에 앉아 한학을 익혔다. 그는 조선인들과 밀착하는 선교를 하고 싶어 했다. 굳이 구분을 하자면 화영은 게일의 편에 서 있었다. 헐벗고 힘든 조선 사람들이 모여 있는 곳에서 선교를 시작한 게일은 조선에 대한 애정이 그 누구보다 깊었다. 조선에 도착한 지 7년 만에 책을 번역해 낼 정도로 우리말에 대한 애정도 깊었다. 그들은 모두 조선의 독립을 옹호했고 염원했고 각기 다른 방법으로 조선을 도왔다.

특히 게일은 의화군(의친왕)과도 친했다. 수많은 조선의 관리들과도 친했다. 고종의 정비 명성황후가 시해된 그날도 공교롭게 게일이 고종과 함께 있었던 것으로 알려졌다. 서로의 생각이 다를지라도 나라를 위하는 마음이나 선교를 하는 목적은 그리 다르지 않았기에 란사는 화영의 결정이 믿음직스러웠다. 얼굴이 다르듯 나라를 위하는 방식이 다를 뿐이었다.

**

란사는 1908년 서른여섯이 되던 해에 박에스더와 윤정원과 함께 고종 황제의 훈장을 받았다. 그때 란사는 천하를 다 얻은 듯이 기뻐했다. 상동교회의 전덕기 목사와 정동교회의 목사로 있던 손정도, 이필주 목사와 긴밀한 관계를 맺으면서 그녀의 애국심은 더 두터워져갔다. 나라를 위해 제 역할을 할 수 있다는 것이 더없는 영광이라고 목소리까지 떨며 말했었다.

그런 란사를 보며 화영은 더욱 의기소침해졌다. 무슨 일에든 마음을 쏟지 않으면 미쳐버릴 것만 같았다. 화영은 천천히 일어나 걸음을 옮겼다.

유리문이 달린 방으로 들어가 축음기 가까이로 다가갔다. 영감이 술에 취하면 자주 드나드는 방이다. 바닥에 몇 장의 레코드판이 어지럽게 널려 있다. 아마도 영감이 술에 취해 듣다가 그대로 둔 것 같았다.

"이년은 방도 치우지 않고 뭘 하남. 구더기 같은 년."

괜히 몸종 삼월이를 탓해본다. 란사에게 배운 '구더기 같은 년'이란 욕을 가끔 하면 기분이 풀렸다. 주섬주섬 레코드판을 주워 제자리에 꽂다가 문득 〈관산융마〉를 찾던 영감이 떠올라 레코드판을 찬찬히 뒤졌다. 아, 있다. 〈관산융마〉!

화영은 서둘러 그 레코드판을 축음기에 올린다. 처연하고 쓸쓸한 음색이 가슴을 후벼판다. 가끔 들어본 적이 있는 시창이다. 그러나 기생집을 찾는 남정네들이 즐겨 찾는 창곡은 아니다. 그저 허랑방탕하게, 분내 나는 계집을 끼고 뒹구는 것이 그들의 목적이라 그런 처연한 시창을 즐길 리 없다. 어울리지도 않는다. 화영도 너무 어려워서 엄두도 못 냈던 시창이다. 가끔 순이가 처연하게 부르던 장면이 떠올랐다. 새삼 궁금증이 또 일었다. 영감은 도대체 왜 〈관산융마〉를 할 줄 아느냐고 물었던 것일까? 전에는 곧잘 돈 심부름도 시키더니 이즈음 와서는 일절 그런 부탁도 없다. 마음이 변한 것일까, 다른 방도를 찾은 것일까.

곡조를 따라 몇 소절 흉내 내보다가 마음이 착 가라앉는 것 같아 축음기 바늘을 뗀다. 지지직하던 소음이 사라지면서 모든 게 사라진다. 아무도 없는 듯한 빈집에 덩그러니 놓인 정물처럼 고요한 자신조차 생명력이 없는 것 같아 우울해진다.

"이러고 있으면 안 되겠다. 삼월아!"

화영은 제 몸뚱이 같은 삼월이를 목청껏 부른다. 뭔가, 이 답답한 상황을 떨쳐내야 한다는 생각에 조바심이 일었다.

화영의 남편 조상덕은 기회주의자였다. 무엇이든, 무슨 일이든 자신에게 득이 된다 싶으면 그 기회를 거머쥐었다. 이즈음 그의 욕심은 의화군에게 가 머물렀다. 영왕의 어미 엄비가 자신의 아들을 황태자가 되도록 하기 위해 애쓰고 있다고는 하지만 서열상으로는 단연코 의화군이 앞섰다.

그런데 그는 독립운동에 가담하여 일본의 미움을 사고 있는 황손이었다. 거기에 그에 대한 평판도 몹시 좋지 않았다. 나날이 술판에 기생에, 허랑방탕한 생활을 한다는 것이었다. 그런 소문에도 불구하고 임시정부에서 그를 모셔 가려 한다는 소식을 들은 조상덕은 주판알을 굴렸다. 의화군이 독립운동에 관여하고 있다는 걸 알았으니 어찌하든 그와의 사이에 튼튼한 연줄을 만들어두어야 한다는 생각이 짙었다. 그래야 독립할 경우 앞으로 살 수 있는 기회를 잡을 것 같았다. 물론 조상덕의 생각이 오롯한 건 아니었다. 그의 생각으로는 독립이 그리 쉽사리 이루어지지 않을 거라는 생각이 더 짙었다. 그러나 일단의 여지는 만들어두어야 한다.

"거, 의화군이라는 작자, 여자라면 사족을 못 쓴다 들었네. 가는 곳마다 여자들이 들끓고 그 여자들을 마다않는 게 그 양반이라네."

의화군과 줄을 대려는 작자들이 들끓는 상황에서 조상덕의 욕심은 커져갔다. 그러기에 허투루 하는 말도 놓치지 않고 마음에 담아두었다.

"제가 들은 바로는 그렇지 않다던데요? 기생들과 노는 것처럼 보여도 실제로는 독립운동에 깊숙이 관여하고 있다고 들었는데……."

무심한 듯 뱉는 화영의 말에 조상덕의 눈이 빛났다.

"어디서 들은 소리요? 어느 요정 마담에게서 들었소?"

조상덕의 말소리가 은근하고 조용해졌다.

"제 친구가 의화군과 연줄이 닿아 있어요."

"친구? 누구?"

조상덕이 바짝 다가앉았다.

"하란사라고⋯⋯."

"아, 그 여자. 나도 그 여자 소문은 들었소. 인천 별감의 소실이라
며? 그런데 별감이 잘해주니까 집안 살림도 나 몰라라 하고 밖으로
나돈답디다. 그런 여자하고 어울리지 마시오."

조상덕은 화영의 말을 잘랐다. 몹시 기분이 나쁜 듯 헛기침을 오
래 했다. 화영은 입을 다물었다. 화영과 란사가 가까운 친구라는 사
실은 모르는 것 같았다. 긁어 부스럼 만들 필요는 없는 일이었다.

조상덕에게 화영은 그냥 화초였다. 가끔 물을 주고 만지작거리
며 바라보는 화초일 뿐이었다. 중요한 일을 의논하거나 인간적 유
대 관계를 나눌 상대는 아닌 것이다. 의화군에 대한 정보라도 얻
을 수 있을까 하여 잠시 귀를 기울이던 조상덕은 란사 이야기가 나
오자 입을 다물었다. 그녀에 대한 선입견이 썩 좋지 않기 때문이었
다. 화영도 애써 이야기를 이어갈 생각은 없었다. 하지만 하란사 생
각을 하면 한숨이 절로 났다. 란사와 자신이 비교되는 순간, 자신의
처지가 우울했다. 그렇다고 해서 조상덕이 후안무치의 나쁜 사람
은 아니었다. 살아온 환경이 그를 그리 만들었을 뿐이다. 화영이 기
생의 삶을 살 수밖에 없었던 것처럼.

조상덕은 부지런한 남자였다. 새벽에 일어나 운동을 하며 몸을

다지고 아침을 꼭 챙겨 먹은 후 출타하는 그에게서는 언제나 바람이 일었다. 자신에게 이로운 일이면 여기저기 연줄을 대고, 요정 마담들에게도 귀동냥을 하고, 이리저리 돈줄도 대어서 인연을 만드는 그가 이번에는 의화군과 인연을 만들려고 애쓰고 있는 것이었다.

훤칠한 키에 잘생긴 인물에, 여자들이 꼬일 만하다며 연을 이어주겠다는 작자가 하는 말을 들으니 더욱 구미가 당기는 모양이었다. 더구나 황태자가 아닌가. 비록 이 나라가 일본의 손아귀에 잡혀 휘청거리고는 있다 하지만 그는 엄연한 서열 1위였다. 그가 못할 일이 무엇이겠는가. 조상덕은 의화군의 모든 정보를 수집했다. 그러다 의화군이 〈관산융마〉의 시창에는 사족을 못 쓴다는 이야기를 듣게 됐고, 〈관산융마〉 시창을 기가 막히게 해서 의화군까지 감탄했다는 기생 학선의 존재까지는 몰랐던 터라 자신이 꿰찬 화영이 기생 출신이니 그녀를 앞세워볼까 했던 것이다. 그런데 얼굴만 반지르르한 화영은 그런 데는 태무심이었다. 조상덕은 은근 화가 났다. 〈관산융마〉를 멋들어지게 부르는 어린 기생 학선은 줄을 대기도 어렵다 했다. 그녀가 의화군을 흠모하여 의화군이 부르는 자리에는 만사 제치고 움직인다는 정보를 진즉에 알았더라면 화영에게 그런 말을 묻지도 않았을 것이다. 아무튼 조상덕은 의화군을 모시는 자리를 기필코 만들고 말리라 생각했다. 간간이 독립자금을 대는 일도 게을리하지 않았다. 그건 나라를 위하는 애국심의 발로이기보다는 그 자신이 살아내기 위한 방법이었다.

꼬마 도둑

　병수는 도둑질이 사람이 할 짓은 아니라 여겼다. 그 일이 떳떳한 일이 아니라는 생각은 이즈음 들어 더욱 짙어졌다. 지난번 어떤 부인의 보퉁이를 훔치다 잡혀 욕을 먹고 혼난 뒤로 더욱 그랬다. 그러나 목구멍이 포도청이니 어쩌겠는가. 가진 것 없고 부모도 없는 입장에서는 달리 살아갈 수 있는 방도를 찾지 못했다. 하나 있는 누나는 일본에서 돈을 벌어 오겠다고 떠났다. 아무리 생각해도 일본 순사의 앞잡이에게 속은 것 같았다. 하지만 그녀도 부모 없는 처지에 어린 동생을 책임지려면 돈을 버는 방법밖에 없다고 생각했을 것이다. 누나에게서는 소식이 없었다. 누나가 떠난 후 병수는 더욱 궁핍해졌다. 눈앞에 실지렁이가 고물거리는 어지럼증이 생긴 이후로 병수는 슬그머니 도둑질을 하기 시작했다. 빵 몇 개, 고구마 몇 개, 오로지 허기를 채우기 위한 도둑질이었다. 양심보다는 허기가 더 앞섰다.

이번만 해도 그랬다. 하필 건어물 가게 앞에서 마른 오징어 한 축을 훔치다 덜미를 잡히고 말았다. 그 꼬리꼬리한 냄새에 홀려 자신도 모르게 좌판에 얹힌 오징어 한 축을 재빨리 움켜쥐고 튀려는 순간, 두툼한 남자의 손이 병수의 목덜미를 움켜잡은 것이다.

"이놈!"

돌아보니 덩치도 크고 눈도 부리부리한 털보 아저씨가 병수를 노려보고 있었다. 병수는 순간 납작 엎드려 두 손을 싹싹 비볐다.

"잘못했어요. 배가 고파 그랬어요."

"배가 고프다고 오징어를 한 축이나 훔쳐? 이놈이 큰일 낼 놈이네."

"한 마리만 있으면 되는데 풀어놓은 오징어가 없어서 그만……."

병수는 여전히 두 손을 부지런히 비벼대며 비굴하게 빌었다.

"허허, 그럼 풀어놓은 오징어가 있었다면 한 마리만 훔쳤을 것이다?"

털보가 비쩍 마른 병수를 신기한 듯 바라보며 물었다.

"그럼요, 저는 한 축을 다 먹지도 못해요. 이렇게 비쩍 마른 제가 오징어 한 축을 어찌 다 먹겠어요?"

병수는 가능한 한 불쌍한 표정을 지으며 배를 움켜쥐는 시늉을 했다.

"허허, 그놈. 그럼 내 심부름 하나 할 테냐?"

"심, 심부름요? 그럼 용서해주시는 거여요?"

"그럼, 도둑질한 거 용서해줄 뿐 아니라 국밥도 사주마."

병수의 눈이 휘둥그레졌다. 눈앞에 설설 끓는 국밥이 어른거렸다. 마지막으로 뜨끈한 국밥을 먹어본 것이 언제인지 아득했다. 입안에 군침이 고였다.

"이걸 이 주소로 갖다주고 오면 국밥을 사주마."

털보는 다 낡은 보자기에 싼 작은 상자 하나를 내밀었다. 병수는 얼른 그것을 받았다. 이 자리를 빨리 빠져나가고 싶었다.

"딴짓하면 일본 순사가 널 잡으러 가게 할 거다."

털보는 자못 사나운 표정을 지으며 병수를 아래위로 훑었다.

"암요, 암요. 저는 일본 순사가 제일 무섭습니다요."

병수는 온몸을 부르르 떨며 머리를 절레절레 흔들었다. 떡집에서 떡 하나 훔쳐 먹다가 일본 순사한테 걸려서 곤봉으로 머리와 어깨를 두드려 맞았던 기억이 떠올라서였다. 세상에서 제일 무서운 게 일본 순사였다.

"그래, 그럼 얼른 다녀오너라."

털보는 순순히 고개를 끄덕였다. 병수는 보자기에 싼 물건을 받아들자마자 쏜살같이 달아나기 시작했다. 그 안에 무엇이 들어 있는지는 궁금하지 않았다. 털보의 덩치로 보아 한 대 맞으면 뼈가 으스러질 듯한 공포를 느꼈기 때문에 그 자리를 벗어나는 게 가장 큰 목적이었다.

"휴, 뭘 먹어서 조선 사람 덩치가 저렇게 크대?"

털보의 모습이 보이지 않자 병수는 그제야 안도의 숨을 내쉬며 걸음을 늦췄다.

염천교 다리 아래 강 씨.

삐뚤빼뚤 적힌 글씨에 병수는 고개를 갸웃했다. 염천교 다리 아래 강 씨? 거지들이 우글대는 그 지저분한 다리 아래서 강 씨를 어찌 찾을지 난감했다. 하지만 전해야 한다. 설설 끓는 국밥이 눈앞에 어른거렸다. 사실 지금 병수의 입장에서는 곤봉을 찬 일본 순사보다 배고픈 것이 더 무서웠다. 벌써 이틀이나 굶은 탓이었다. 병수는 마른침을 삼키며 부지런히 걸었다. 남대문 시장에서 염천교까지는 그리 먼 거리가 아니어서 다행이었다. 염천교 다리 아래로 내려갔다. 악취가 심했다. 지린내와 쉰내가 뒤섞여 구토가 일 만큼 역겨웠다. 옹기종기 모인 사람들도 지저분하고, 으슥한 장소에서는 오줌을 싸고 있는 거지들도 있어 코를 막고 내려갔다. 9월인데도 두꺼운 털외투를 입은 늙은 거지가 어디서 얻어온 것인지 다 식은 감자를 우적우적 먹고 있었다. 병수는 조심스럽게 다가가 물었다.

"강 씨 아저씨를 만나러 왔는데요."

"강 씨 아저씨?"

"네."

"여기 강 씨 아저씨는 없는데?"

"이걸 염천교 다리 아래 강 씨한테 전하라고 하던데요."

병수는 낡은 보자기를 내보이며 불퉁하게 말했다.

"하하하, 그려. 강 씨는 있지. 강 씨 아줌마. 이 시간쯤 되면 나와."

늙은 거지가 저만치 떨어진 다리 아래쪽을 가리키며 말했다.

"강 씨 아줌마?"

병수는 강 씨가 여자일 거라는 생각은 전혀 하지 않았다.

"그래, 거기 강 씨라고 돼 있지, 아저씨라고 쓰여 있지는 않잖아?"

"그, 그렇긴 한데요……."

병수는 생각지도 못한 상황에 멋쩍어 머리를 긁적거렸다.

"저기 다리 밑에 사람들 모여 있는 데로 가보게."

늙은 거지의 손끝을 따라가보니, 사람들이 모여 있는 곳에 중년 아주머니가 서 있는 게 보였다. 병수는 빠른 걸음으로 걸었다. 배 속에서 꾸르륵꾸르륵 요동치는 소리가 들렸다. 강 씨는 무언가를 사람들에게 나누어주고 있었다. 늙은 거지가 먹고 있던 다 식은 감자였다. 절로 군침이 넘어갔다.

"이거, 남대문 건어물집 털보 아저씨가 전해주라던데요?"

병수는 감자가 담긴 커다란 솥을 애써 외면한 채 보자기를 내밀었다.

"그래? 잠시 기다려봐라."

강 씨가 감자 전분이 묻은 손을 치마폭에 쓱 문지르며 보자기를 풀더니 상자 안을 들여다보았다. 뭐, 대단한 게 든 것은 아닌 것 같았다. 돈이 들어갈 만한 크기의 상자도 아니고 그렇다고 보석 따위의 귀한 것을 그리 허술하게 보내지는 않을 것이기 때문이다. 무엇이든 일단 전했으니 어서 이 지저분한 다리 밑을 빠져나가고 싶었다. 그런데 상자 안을 들여다보던 강 씨 아줌마가 갑자기 배를 잡고 웃기 시작했다.

"하하하, 그래그래. 되었다. 가보거라."

당황한 건 병수였다. 잘 전해주었으니 고맙다는 말을 하거나 식은 감자 몇 알이라도 전해줌 직한데 그런 말 한마디 없이 다짜고짜 웃어젖히다니.

"왜, 왜요? 나, 손 안 댔어요!"

병수는 말까지 더듬으며 변명했다.

"누가 뭐라느냐? 됐다. 가보라고!"

여전히 히죽히죽 웃으며 병수를 바라보는 눈빛에 기분이 상했다. 터덜터덜 걸어 건어물 가게로 돌아온 건 순전히 눈앞에 아른거리는 국밥 때문이었다. 털보 역시 이렇다 저렇다 말도 없이 심부름 다녀온 병수를 데리고 국밥집으로 갔다. 잘 전했느냐 묻지도 않았다. 기분이 좀 이상했지만 국밥이 앞에 놓이니 머릿속이 하얘졌다. 오로지 국밥만 보였다. 허겁지겁 국밥을 입에 퍼넣고 나서야 상자 속을 들여다보며 웃던 강 씨 생각이 나서 물었다.

"상자 안에 뭐가 들었어요?"

"그건 왜 묻냐? 너는 전하기만 하면 되는 건데."

"아니, 좀 이상해서요."

"뭐가 이상해?"

"물건을 전해주면 고맙다든지, 수고했다든지, 뭐 그런 말은 해야 하는 거 아닌가요? 그런 말은 안 하고 막 웃기만 하시던걸요?"

"그게 왜?"

털보는 오히려 병수가 이상하다는 듯이 되물었다.

"왜 웃냐고요?"

"글쎄다. 내가 웃은 게 아니니 나도 모르겠다."

병수는 몹시 마음이 상했다. 놀림을 당한 거 같아 기분이 나빴다. 그래서 국밥 얻어먹은 것도 고맙다는 말을 안 하기로 작정했다.

"이씨!"

화가 나서 괜히 국밥 그릇을 밀치며 투덜거렸다.

"내가 이 씨인 건 어찌 알았냐?"

"예?"

어리둥절했다. 이건 놀림을 받은 게 맞다.

"아저씨, 왜 자꾸 놀려요? 기분 나쁘게."

"아니다. 그나저나 너 갈 데나 있냐?"

"왜요?"

"갈 데 없으면 내 밑에서 심부름이나 하든지."

"싫어요!"

"왜? 도둑질하지 말고 장사나 배워."

그 말을 하는 털보 아저씨의 표정은 진지했다.

"싫다니까요! 난 갈래요!"

도둑질을 하기는 했어도, 도둑질했다는 소리는 듣기 싫어서 일부러 큰 소리로 말하며 일어섰다.

"그럼 그러든지. 혹시라도 가끔 생각나면 와서 심부름이나 해라. 국밥 사줄게."

미련도 없이 일어선 털보가 두툼한 손을 내밀며 악수를 청했다.

그것도 기분 나빴다. 예의상 거절을 하면 다시 한번 청해주는 것이 도리 아닌가. 사실 기분이 좋았다면 갈 곳 없는 처지에 못 이기는 척 심부름을 해도 좋았을 터였다. 그래서 내민 손도 잡지 않고 국밥 집의 헐거운 미닫이문을 거칠게 열고 나왔다.

"도둑질하지 말고 배고프면 오너라."

털보 아저씨의 말이 뒤에서 들렸으나 병수는 귀를 막고 뛰었다.

"씨, 도둑질 세 번밖에 안 했는데 그때마다 재수 없어 들킨 건데."

혼잣말을 중얼대며 병수는 잠자리로 정해둔 마을 뒷산 움막으로 걸음을 옮겼다. 바람이 차가워지고 있었다.

"아저씨. 나, 국밥 사주세요."

병수가 다시 건어물집에 나타난 건 그로부터 두어 달 후였다. 바람이 몹시 불고 첫눈이 내린 시린 날이었다. 울다가 눈물이 말라비틀어진 초췌한 얼굴로 나타난 병수를 보고 놀란 건 오히려 털보 이씨였다.

"내가 왜 너한테 국밥을 사줘야 하는데?"

이 씨는 여전히 농을 하듯 말했다.

"전에 배고프면 오라고 했잖아요! 그동안 도둑질도 안 했단 말이에요."

병수는 떼를 쓰듯 징징거렸다.

"심부름 시킬 게 없는데?"

"아무 심부름이나 시키고 국밥 사줘요!"

"이 녀석 보게나. 나한테 국밥 맡겨두었느냐?"

"얼른 사줘요. 배고파 죽겠어요."

병수는 덜덜 떨며 온몸을 웅송그렸다. 비쩍 마른 두 손이 얇은 웃옷을 움켜쥐고 있었다. 바람을 막으려는 안타까운 몸짓이었다. 떼를 쓰는 것임에도 측은한 생각이 들었다. 이 씨는 병수를 데리고 국밥집으로 갔다. 그리고는 병수의 행색을 한참 살펴보다가 말했다.

"여기 곱빼기 둘이요!"

그 말에 병수의 입가에 만족스러운 웃음이 번졌다.

"왜 나한테 국밥을 사달라 하느냐?"

주문을 해두고 이 씨가 병수의 얼굴에 자신의 얼굴을 바짝 들이대고 물었다.

"아저씨가 국밥 생각나면 오라고 했잖아요."

"그런데 그동안은 생각이 안 나더냐? 왜 안 왔어?"

"참았어요. 염천교 다리 밑에 가서 강 씨 아줌마한테 감자도 얻어먹고 비렁뱅이질도 했어요. 배가 고파도 도둑질은 안 했어요."

병수는 자랑스럽게 말했다. 이 씨는 그런 병수의 앙상한 손을 만지며 다정하게 말했다.

"잘했다. 아주 잘했다."

"오늘은 왜 왔는지 알아요?"

"왜 왔어?"

"오늘이 내 생일이거든요. 열여섯 번째. 엄마가 살아 계실 때는 따뜻한 미역국을 끓여주셨는데……. 고기는 없어도 조갯살 넣고 끓인 미역국이 기가 막히게 맛있었는데, 엄마가 죽고 나니 아무도 내 생일을 기억하고 축하해주는 사람이 없었어요. 누나도 없고……."

병수의 눈에 눈물이 그렁그렁 차올랐다.

"생일?"

"네, 그래서 국밥이 먹고 싶었어요."

땟물이 꾀죄죄한 옷소매로 눈물을 훔치던 병수가 그 말을 하며 히죽 웃었다.

"아버지는 안 계시느냐?"

"만주로 돈 벌러 가셨는데 소식이 없어요."

"음……."

이 씨는 어린 소년이 가여웠다. 진즉에 사정이 어려운 아이일 거라는 짐작은 했으나 이토록 철저하게 혼자인 처지일 줄은 몰랐다. 만주로 돈을 벌러 갔다는 사람들 중엔 독립운동을 하기 위해 간 사람도 있었다. 그런 이들은 더러 죽임을 당하기도 하고 행방이 묘연해지기도 했다. 이 씨는 병수의 아버지가 진정 돈을 벌기 위해 만주로 간 사람이길 바랐다.

김이 서린 국밥이 병수 앞에 먼저 놓였다. 병수는 염치 불고하고 숟가락을 먼저 들고 들이켜듯 먹어대기 시작했다. 이 씨는 슬그머니 일어나 밖으로 나왔다. 국밥 먹는 일에 온통 신경이 빼앗긴 병수는 이 씨가 나가도 신경 쓰지 않았다. 이 씨는 옷 가게로 가서 두툼한 점퍼 하나를 샀다. 생일 선물인 셈이었다. 울컥 눈시울이 뜨거워졌다. 자신의 어린 시절이 겹쳐서였다. 이 씨는 국밥 그릇을 거의 다 비운 병수 앞으로 가 앉았다. 신문지에 둘둘 말아 들고 온 점퍼를 녀석 앞으로 밀며 물었다.

"너, 이름이 뭐냐?"

병수의 시선이 점퍼에 머물렀다.

"병수요."

"병수?"

"문병수요."

대답은 하는데 눈길은 점퍼에 꽂혀 있다. 먹을 거라면 당장 입속으로 넣을 기세다.

"문병수?"

"예. 근데 이건 뭐여요?"

병수가 호기심을 드러냈다.

"생일이라 해서 옷 하나 샀다."

"예에?"

병수의 눈이 휘둥그레졌다.

"너, 이 옷 입고 이제부터 내 동생 해라."

그 말을 작정도 없이 불쑥 한 것은 몇 번 본 적이 있는 문 씨 성을 가진 동지가 떠올라서였다.

"동생? 에이, 왜 이래요? 싫어요!"

국밥 그릇을 다 비우고도 전혀 고맙다는 인사도 없이, 덥석 집었던 점퍼도 밀어놓은 채로 병수가 고개를 절레절레 저었다.

"왜 싫어?"

"얼핏 봐도 아버지뻘이구만."

"허허, 그놈. 싫으면 관둬라. 이제 그만 가봐라."

"예에?"

시선은 점퍼에 고정한 채로 병수가 군침을 삼켰다.

"그만 가보라고!"

이 씨는 별 관심 없다는 듯이 점퍼를 들고 일어섰다. 병수가 오히려 주춤거리고 서 있었다.

이 씨는 휘적휘적 걸어 가게로 돌아와 좌판에 늘어놓은 건어물들을 살폈다. 병수도 자석처럼 졸졸 따라와 주춤거렸다. 갈마른 표정이 측은하기 그지없었다. 마른 생선에서 나는 퀴퀴한 냄새가 별로 좋지 않을 텐데도 녀석에게 그런 것은 문제가 되지 않는 것 같았다.

"왜 안 가나?"

주문받은 건어물을 포장하던 이 씨가 무심하게 병수를 건너다보며 말했다. 주춤거리고 서 있던 병수가 말더듬이처럼 말했다.

"가, 갈 곳이 어, 없어요."

금방이라도 눈물이 떨어질 것 같은 병수의 모습을 바라보던 이 씨는 오히려 싸늘하게 말했다.

"그래서?"

그 말에 병수의 고개가 푹 꺾였다. 그러더니 어깨가 흔들리기 시작했다.

"왜 울어?"

병수의 속마음을 모르는 척 묻는 이 씨의 마음도 편치는 않았다. 어찌 모르랴. 자신도 그 나이쯤 버려졌는데.

"아저씨 가게에서 심, 심부름하면 안 돼요?"

"싫다더니?"

"갈 곳이 없다니까요. 엄마랑 움막에서 지냈는데 엄마 죽고 나니깐 춥기도 하고 무서워요. 누나도 없고……."

병수는 일부러 외면하는 듯한 이 씨와 눈을 맞추기 위해 애썼다. 이 씨는 말없이 건어물 꾸러미를 싸고 있었다. 부지런히 움직이는 그의 오른손 검지가 한 마디나 짧았다. 손가락이 잘려나갈 때의 고통은 이미 사라진 듯했다.

"손가락은 왜 그래요?"

병수의 그 말에 이 씨가 버럭 소리를 질렀다.

"기계 만지다가 잘렸다. 네놈이 그게 왜 궁금해?"

"아팠겠다……."

이 씨는 그 말에 몸을 부르르 떨었다. 처음 들어본 말이었다. 그 누구도 해준 적이 없는 말이었다. 이 씨는 다 싼 건어물 꾸러미를 내려다보다 불쑥 말했다.

"이거, 우체국 가서 부치고 올 테냐?"

"예에?"

병수의 얼굴에 화색이 돌았다.

"대신, 잠은 창고에서 의자 붙여놓고 자야 한다."

병수가 털보의 말이 끝나기도 전에 건어물 꾸러미를 들고 고개를 수없이 주억거렸다. 그러더니 달아나듯 쏜살같이 뛰었다.

"야, 인마. 추운데 잠바 입고 가거라."

소리치는 이 씨를 뒤돌아본 병수가 히죽 웃으며 말했다.

"뛰면 안 추워요."

그런 병수를 바라보며 이 씨가 중얼거렸다.

"그놈, 비쩍 말랐어도 걸음 하나는 빠르네."

신세계

유학생들이 모인 자리는 무척 평화로워 보였다. 나라는 망했어도 부유한 집안이나 세도가의 자제들은 딴 나라 이야기인 양 유유자적했다. 시대의 변화를 읽어내는 선각자라도 되는 듯이 코쟁이들의 나라까지 와서 신문물을 익히고 공부하는 그들은 선택된 자들이었다.

란사도 그런 의미에서는 선택받은 부류였다. 비록 남편의 전폭적인 지원을 받고 온 유학이긴 하지만, 이화학당에 들어가지 않았더라면 불가능한 일이었을 것이다. 영어를 익히고 신문물을 익히는 일은 나라에 도움이 되리란 것을 의심하지 않았다. 당장은 일본 놈들이 득세하고 있다고는 하나 란사는 정의롭지 못한 행위는 반드시 좋지 않은 결과를 초래한다는 것을 굳게 믿었다. 유학생 중에는 새로운 문물에 혹해 서양인 행세를 하는 부류도 있고, 더러는 눈빛을 번득이며 독립운동에 적극 참여하는 측들도 있었다. 어느 쪽이든 그들은 미국이라는 드넓은 땅에 와서 새로운 것들과 마주하고 있었다. 란사도 그런 이들 중 하나였지만 그들에 대한 감정은 썩 좋지 않았다. 1900년 초부터 하와이 사탕수수 농장으로 이민 온 사람들에 대한 이야기를 들었기 때문이었다.

선택받은 자들은 다소 거만하고 오만했다. 그들은 철이 없었으며 때로는 지나친 영웅심을 드러내기도 했다. 사탕수수 농장의 일꾼들이 조선의 독립을 위해 피 같은 돈을 모아 임시정부에 보내고 있다는 소식을 들었을 때는 선택받은 자들의 행태가 한심스럽기도 했다. 그럴수록 란사의 결심은 단단해져갔다. 하루빨리 공부를 마치고 조선으로 돌아가야 한다는 생각에 마음이 조급해졌다. 무지하고 힘없는 조선의 여성들을 깨우치고 세상을 볼 수 있는 안목을 길러주어야 한다는 사명감에 불타올랐다. 그러나 마음만으로 되는 일은 없었다. 나라를 위한 일을 하고자 하지만 어디서부터 시작해야 할지 모르는 건 란사 그녀만이 아니었다.

유학생들은 틈틈이 모였다. 구국의 일념으로 뜨거운 눈빛을 나누는 이들이 있는가 하면 미국인들과 동화되기 위해 애쓰는 이들도 있었다. 어느 쪽이든 그들의 선택일 터이나 란사는 못마땅한 이들을 볼 때면 거침없이 욕을 퍼부었다. 가장 흔히 쓰는 욕은 '구더기 같은 놈'이었다. 그 자신은 '구더기 같은 인간'이 되지 않기 위해 날마다 이를 악물었다.

어릴 때, 우연히 굶어 죽은 개를 봤다. 답답할 때면 올라가서 소리치던 산중턱쯤이었다. 비쩍 마른 채 죽어 있는 개는 아직 성견이 되지 못한 중강아지였다. 잡풀에 가려서 잘 보이지 않았지만 풀색과 다른 무언가가 풀 사이에 있는 걸 보고 가까이 다가가 살폈다. 입을 벌린 채로 죽어 있는 개의 입안에서 뭔가가 고물고물 움직였다. 파리들이 윙윙대며 부산한 비행을 하는 동안 입안의 것들은 부지런히 움직였다. 아니, 꾸물거렸다. 이 세상 모든 것을 파먹어버릴 듯이 한 덩어리처럼 꾸물대는 것은 구더기였다. 그걸 본 그녀는 치미는 구토를 참지 못해 먹은 것도 없는 빈속이 뒤집히도록 토악질을 했다. 눈물 콧물에 침까지 질질 흘리며 토악질을 한 후엔 주변의 풀을 뜯어 아쉬운 대로 개의 사체를 덮으려고 했다. 그것들은 풀 사이사이에 숨어 구물거리고 있었다. 개의 입안에서 구물거리던 구더기들이 더러는 다리에, 배에도 구물거렸다. 그녀는 주변을 돌아보다 나무 막대기를 주워 들고 미친 듯이 그것들을 두들겨 팼다. 사체에서 떨어져 나온 구더기들은 여전히 주변을 기어다니며 악랄하게 움직였다. 그녀는 이를 악물고 미친 듯이 그것들을 밟아 죽이기 시작했다. 그것들이 터져 진득한 액체가 신발에 달라붙었다. 마치 그것들이 자신의 몸에 묻기라도 한 듯이 그녀는 진저리를 치며 소리소리 지르면서 울었다. 지나가던 농부가 다가와 놀란 그녀를 감싸 안고 다독거렸다. 그러고는 지게 위에 얹혀 있던 삽을 꺼내 개의 사체를 묻어주었다. 그래도 구더기들은 산지사방에서 구물거렸다.

그날 이후로 그녀는 한동안 음식을 먹지 못했다. 밤마다 꿈에 구더기가 나타나 구물거렸다. 그녀의 온몸에 구더기가 달라붙었다. 그녀는 미친 듯이 소리 지르며 몸을 털고 진저리 쳤다. 온몸에 두드러기가 나서 얼굴을 못 알아볼 정도로 부었다. 그녀는 이를 악물고 소리를 질렀다.

"다 뒈져라, 이 구더기들아!"

그 후로 말로 빌붙어 사는 사람이나 악행을 저지르는 사람들을 보면 자신도 모르게 구더기가 떠올랐다. 그런 이들에게는 미친 듯이 욕을 퍼부었다.

"이 아가리를 찢어 죽일 놈들아, 이 구더기 같은 놈들아!"

그러면 조금 진정이 되었다. 그녀의 욕은 그렇게 시작되었다.

란사의 입학을 축하하는 자리가 마련됐다. 세상은 시끄러워도 유학생들의 모임은 그럭저럭 화기애애했다. 오하이오주에 있는 웨슬리언 대학이었다. 한국인이 몇 명 있다는 소리를 들었는데 소개하는 자리에는 아는 얼굴이 없었다. 그래도 란사는 기쁜 마음을 감추지 못했다. 인근 도시에서 달려와준 한국인 유학생들이 있었기 때문이었다. 같은 조상을 가진 한 나라 백성이라는 유대감으로 모인 유학생들은 친형제만큼이나 끈끈했다. 외국인 친구들의 과장된 인사를 받고 함께 공부할 친구들과 축배도 들었다.

"이 대학에도 한국인 학생이 있다고 들었는데 보이지 않네요."

란사는 이제 제법 익숙한 영어로 옆에 서 있는 외국인 친구에게 말했다.

"아, 있어요. 미스터 리."

"미스터 리?"

"저기 오네요."

마침 그가 턱짓으로 가리킨 저만치에서 키 큰 남자가 걸어오고 있었다. 란사는 반가웠다. 한국 남자라니. 어떤 집안의 자제이며 어떤 공부를 하러 온 사람일까, 그에 대한 궁금증이 생겼다. 저벅저벅 큰 걸음으로 다가온 남자는 손을 내밀어 악수를 청했다. 호남이었다. 그에 대한 호기심이 일었다.

"내 이름은 강이오."

그는 조금 굳은 표정으로 말했다. 그는 우울해 보였으며 미소도 짓지 않았다. 무뚝뚝한 남자였다. 란사는 그의 말을 들으며 풉 하고 웃음 지었다. 이름이 강이라니까 자신도 모르게 웃음이 터졌다.

"왜 웃소?"

그가 정색을 하고 란사를 바라보았다.

"산은 아니구요?"

여전히 장난스러운 표정으로 란사가 물었다. 그건 상대에 대한 호감에서 나온 행동이었다.

"산은…… 내 윗대 조상의 존함이오만……. 초면에 너무 예의가 없는 듯하오."

그가 여전히 웃음기 없는 냉정한 눈으로 란사를 쏘아보았다.

"호호, 미안합니다. 강이라니까 흐르는 강이 생각나서요. 저는 하란사라 합니다."

그의 굳은 표정에 란사는 장난스런 표정을 바꾸어 정중하게 인사했다.

"하란사?"

그가 미간을 찌푸리며 고개를 갸웃했다. 전혀 외국인 같지 않은 외모에 이름만 서양식이니 이상하다는 표정이었다.

"네, 선교사 선생님이 지어준 이름입니다."

"아, 이화학당 출신이오? 선교사들이 여자들 이름을 지어준다는 소리는 들었소만, 란사라…… 그건 낯선 이름이네요."

이화학당이라는 말에 그가 표정을 풀고 반갑다는 듯이 고개를 끄덕였다.

"낸시라 지어주었는데 제가 한자음으로 바꾸었습니다."

"고집이 있는 모양이오. 대개는 선교사들이 지어준 이름을 그냥 쓰지 않나요?"

그가 란사를 빤히 바라보며 물었다.

"마음에 들면 그렇겠죠?"

"그 말은 이름이 마음에 안 들었다?"

"낯설어서요. 한자 이름이 더 나은 것 같아서요."

란사의 말에 그가 알 수 없는 미소를 지으며 고개를 끄덕였다.

"음, 어쨌든 이국땅에서 만났으니 자주 봅시다."

"자주?"

"조선인 유학생들끼리니 자주 보자는 말이오."

"아, 네……. 뭘 전공하시죠?"

란사가 그를 바라보며 묻자 잠시 머뭇거렸다. 그는 해를 등지고

서 있었으므로 눈이 부신 란사는 절로 눈살이 찌푸려졌다. 그때, 한 남학생이 뛰어와 그의 귀에다 대고 뭐라고 속삭였다. 그의 표정이 심각해지더니 곧 한숨이 푹 새어나왔다.

"빨리 가보셔야 할 것 같습니다."

남학생이 재촉했다. 그가 잠시 생각하는 듯하더니 란사의 질문에는 대답도 하지 않고 황급히 가버렸다. 기분이 무척 나빴다. 인사라도 하고 가야 하는 거 아닌가? 그런 생각이 들어 입안에서 욕이 터져나오려는 걸 애써 참았다. 저만치 모여 있는 남자들에게로 걸음을 옮긴 그가 그들 무리를 이끌고 어디론가 사라졌다. 그의 뒤통수를 바라보는 란사의 눈빛이 불편했다. 그때, 그 남자가 있을 때는 저만치 물러서서 자리에 끼지 못하고 있던 여학생 한 명이 다가와 란사의 어깨를 흔들며 물었다.

"저분이 누군지 알아요?"

그녀는 란사보다 일찍 미국에 와 있던 에스더였다. 열 살 때 스크랜턴 부인을 만난 이후로 뉴욕에서 의학 공부를 하고 있는 똑똑한 여자였다. 이름을 세 번이나 바꾼 것으로도 유명한 여자였다.

그녀의 본래 이름은 김점동이었다. 에스더라는 이름은 하란사가 그렇듯이 선교사가 지어준 세례명이었다. 그런 그녀가 결혼을 하면서 남편의 성을 따라 성까지 바꾸어 이름을 세 번이나 바꾼 여자로 회자되었다.

"몰라요. 누군데?"

"사동궁 전하십니다."

그녀의 태도는 정중하고 조심스러웠다.

"사동궁 전하?"

"그래요. 순종 황제 뒤를 이을 황태자."

"황태자? 그건 일본으로 끌려갔다는 영친왕이 아니에요?"

"서열상으로는 사동궁 전하가 위예요."

"아, 이제 알겠네. 치마만 두르면 기생이든 여염집 여자든 간에 다 취하고 주색잡기에 능하다는 쓰레기 황손? 진즉 알았더라면 욕이라도 퍼부어줄걸."

란사는 그가 사라진 쪽을 노려보며 목소리를 높였다. 에스더가 절절매며 란사의 입을 막았다.

"쉿, 말조심해요."

"말조심은 무슨. 나라를 말아먹은 황실 사람들이라면 욕을 먹어도 싸지. 구더기 같은 놈."

란사는 더욱 기세등등해져서 거칠게 숨을 내뱉었다. 그런 란사를 보며 에스더도 그녀에 대한 소문을 떠올렸다. 에스더가 알고 있는 란사는 드세고 안하무인인 여자였다. 그녀에 대한 평가는 조금씩 차이가 있었다. 그래서 에스더는 그녀에 대해 단정적으로 평가하지 않았다. 자신이 직접 겪어보지 않고 상대를 평가해서는 안 된다고 생각하기 때문이었다.

"말조심해요. 저분은 그런 분이 아니야요."

에스더는 하고 싶은 많은 말을 누르며 조용히 말했다.

"아니긴. 나라 걱정은 안 하고 여자 꽁무니나 졸졸 따라다니는 위인이라죠?"

소문대로 란사는 거침이 없었다. 에스더는 그녀가 조금 실망스러웠다.

"그게 아니라니까!"

에스더는 발을 동동 구르며 의화군이 간 쪽을 안타깝게 바라보았다. 에스더는 란사보다 두 살이 어렸지만 먼저 유학 온 선배였으므로 어투가 좀 애매했다. 어떤 땐 자연스럽게 반말을 하다가 어떤 땐 정중하게 존댓말을 쓰기도 했다. 아직 두 사람의 관계가 정리되지 않은 탓이었다.

"아니긴 뭐가 아닙니까? 저런 쓰레기 황손 때문에 나라가 이 지경이 되었지."

에스더가 란사를 설득하지는 못하고 몸 둘 바를 몰라서 절절매었다. 황실이 나라를 지키지 못했다는 이유 때문에 일반 백성들의 오해가 깊었다. 일본인들이 퍼트린 소문도 일조를 하고 있었다. 황실을 형편없이 나약한 존재로 만들어버림으로써 군주에 대한 존경심과 기대감을 꺾으려는 술책이었다. 삶이 힘든 백성들은 쉽게 그 소문을 믿었다.

란사 역시 황실에 대한 좋은 기억이 없었다. 무능한 고종 황제에 대한 실망감과 무너져가는 나라에 대한 절망감이 란사의 마음에 아주 무겁게 자리하고 있었다. 그 탓에 황족이라는 말만 들어도 불쾌할 지경이었다.

"허우대는 멀쩡해가지고 뜻한 바도 없이 허송세월하는 꼴이라니. 들은 바로는 양녕대군에 비견되는 인물이라죠?"

"란사! 말이 심하군요."

"심하긴. 세종에게 왕위를 물려주고 풍류로 한세상 보낸 양녕대군과 다를 바 없지."

"그런 말은 일본 놈들이 지어낸 말입니다. 우리 황실을 폄하하고 욕되게 하기 위해 지어낸 이야기란 말이에요."

에스더도 지지 않고 따박따박 대꾸했다. 그녀의 애국혼은 란사와 비교할 수도 없을 정도로 깊고 특별해 보였다. 란사와는 확연히 달랐다.

"홍, 아니 땐 굴뚝에 연기 나겠소? 나라를 이 꼴로 내몬 그들이 심한 거지. 나는 그를 이제부터 양녕대군이라 부르겠소. 그나마 대접을 한 호칭이오, 맘 같아서는……."

"맘 같아서는?"

"파락호라 부르고 싶소. 아니 파락호도 과하지. 난봉꾼이지."

란사의 표정은 확신에 차 있었다.

"란사! 정말 안하무인이네요. 어찌 의왕 전하께 그런 망발을 할 수 있단 말입니까?"

에스더의 목소리가 바르르 떨렸다.

"지금 내 망발을 문제 삼을 일이 아닌 것 같네, 저분의 망동이 더 문제지."

"직접 본 것도 아니면서, 소문만 듣고 사람을 평가해선 아니 되지요."

에스더는 자신의 일이라도 된 듯이 한숨을 푹푹 쉬어가며 그를 옹호했다.

"아니 땐 굴뚝에 연기 나겠소?"

란사도 지지 않고 대꾸했다. 상대를 모를 때의 평가는 주관적일 수밖에 없고 확실하지 않다. 그럼에도 불구하고 란사의 평가는 혹독했다.

란사는 자신이 들어온 세상의 모든 소문을 진실인 양 믿으며 지껄였다. 그건 나라가 이 지경이 되도록 제대로 대처하지 못한 황실에 대한 분노 때문이기도 했다. 에스더는 화가 나서인지 말문이 막힌 것처럼 가쁜 호흡을 하며 가슴을 쳤다.

"우리끼리 언쟁은 그만합시다. 사실이 아니면 밝혀지겠지요."

언쟁으로 번질 걸 염려한 에스더가 그쯤에서 대화를 마무리하려고 했다. 란사는 그 말을 들으면서도 기분이 몹시 상했다. 황족이라는 사람이 진창이 된 나라를 돌볼 생각도 없이 유학이라는 빌미로 미국 땅에 건너와 편하게 사는 꼴이 못마땅하고 불쾌했다. 게다가 그 편을 들고 나서는 여자 유학생도 맘에 들지 않았다. 마음 같아서는 한바탕 논쟁을 벌이며 싸움이라도 하고 싶었다. 하지만 먼 타국에 공부하러 와서 그렇게 저질스런 행동을 하는 것은 내키지 않았다.

"하란사라 했소?"

등 뒤에서 말소리가 들려 돌아보았다. 그가 서 있었다. 근엄한 표정이긴 했으나 눈빛은 몹시 촉촉했다. 란사는 돌아보다 말고 주춤

했다. 혹시라도 그가 자신이 내뱉은 말을 들었다면 불쾌하고 불편했을 것이라 생각하니 조금 미안한 생각도 들었다. 하지만 란사는 조금도 굽히지 않고 어깨를 쭉 펴고 대꾸했다.

"왜 부르십니까?"

"내 이름은 강이오. 기억해두시오."

말을 마친 그는 란사 앞을 저벅저벅 걸어갔다. 그 어떤 변명이나 분노를 드러내지도 않고 침착하게, 그리고 의연하게 걸음을 옮겼다. 잠시 미안한 마음이 들었지만, 그동안 란사의 머리에 입력된 소문들은 한동안 그대로 간직돼 있었다. 그에 대한 생각이 달라지기까지는, 강과 도모해 일을 벌이기 전까지는.

"망할 놈들! 구더기 같은 놈들, 두더지 같은 놈들!"

그런 욕들이 란사의 입에서 더 많이 터져 나오는 것은 참으로 안타까운 일이었다.

언제나 그랬지만, 란사는 조금 성급한 구석이 있었다. 사람에 대한 평가도 그랬다. 지켜보고 살펴보고 판단해도 늦지 않은 것을 서둘러 평가하고 나서 후회하는 경우도 많았다. 이강에 대한 평가도 그랬다. 감정이 앞서 진실을 외면한 면이 없지 않았다. 차분하게 이강에 대해 설명하는 에스더의 눈빛을 보며 자신의 행동이 경솔하고 어리석었다는 생각이 들었다.

"늘 급한 성격이 문제라니까. 제대로 알아보지도 않고!"

란사는 자신의 머리통을 쥐어박으며 고민에 빠졌다. 며칠을 곰곰이 생각해보아도 뾰족한 방법이 떠오르지 않았다. 그래서 남편 하상기의 주변인을 비롯해 의친왕과 연이 닿아 있는 자신의 측근들에게 귀동냥을 했다.

"왜 갑자기 의친왕에게 관심이 생겼소? 전에는 들을 생각도 않더니?"

그들은 란사의 변화가 신기하다는 듯 물었다.

"그러지 말고 진실을 말해봐요."

란사의 음성은 유순해졌다.

"숨어서 애국하시는 분이오. 항간에는 험한 소문이 파다하지. 그것조차도 그분이 일경의 눈을 피하기 위한 위장 전술이라오. 기생집에서도 거사를 의논하는 일이 있으시니 그런 소문이 날밖에. 동가식서가숙하시는 것도 그런 이유고."

듣고 보니 그럴 수 있겠다는 생각이 들었다. 소문만 믿고 경솔하게 단정지어버린 것이 실수였다는 생각이 란사의 머릿속에 들어차기 시작했다. 그것은 나라를 잃은 울분을 허약한 황제와 나약한 왕족 탓이라 믿고 싶었던 탓이기도 했다. 사람에 대한 오해는 그 파장이 엄청나다.

"아아, 이 실수를 어찌 만회할꼬."

란사의 고민이 깊어지기 시작했다. 그녀는 성격이 급하기는 하나, 자신의 과오를 언제든 깔끔하게 정리하는 장점도 있었다. 란사는 이강에 대한 결례를 하루빨리 해결하고 싶었다. 하지만 그녀가 초조해하는 동안 시간은 무척 더디게 흘렀다.

사람들이 그녀에 대해 많은 오해를 하듯, 그녀 역시 유학생들에 대한 오해가 많았다. 사람들이 악의적으로 그녀를 해석한다면 이렇게 말할 수도 있을 것이다. 젊디젊은 여자가 나이 많은 관리의 후처가 되어 살면서 살림은 나 몰라라 하고 미국까지 와서 흥청거린다고, 그렇게 오해할 수도 있겠다는 생각. 그렇지만 그런 생각을 하는 사람이 있다 해서 쫓아다니면서 변명하고 다닐 수는 없지 않겠는가. 대개의 사람들은 지극히 자기 자신 위주로 결정하고 판단한다는 생각에 미쳤다. 그런 면에서 본다면 의친왕에 대한 결례도 란사의 오해일 수도 있었다. 그러다 란사는 마침 미국에 출장 와 있던 하상기에게 자신의 실수를 이야기하고 물었다.

"이 실수를 어찌 해결하면 좋겠어요?"

웬만한 일로는 상의조차 하지 않고 자신의 뜻대로 밀고 나가는 란사가 아주 불편한 얼굴로 묻는 것을 보고 하상기는 너털웃음을 터트렸다.

"왜 웃어요? 나는 심각한데."

란사가 발끈했다.

"우스우니 웃지요."

하상기는 여전히 침착하고 너그러웠다.

"조언을 듣고 싶어서 그러는데 왜 비웃듯 웃어요?"

"당신 마음이 시키는 대로 하구려. 당신은 현명한 여자요."

란사를 바라보는 하상기의 눈빛은 여전히 따뜻했다.

"현명한 여자?"

"난 당신을 믿어요. 때론 너무 강하다 싶을 때도 있지만, 나는 그게 당신의 장점이라고 여기오."

란사는 괜히 물었다는 생각을 하면서도 한편으로는 남편의 믿음이 고마웠다.

"당신의 생각대로 하구려. 그분이 그런 분인 줄 몰라서 한 실수인 것을."

남편은 대수롭지 않은 듯이 말하고는 곧 그 일을 잊어버린 듯이 외출했다. 외국에 나와서도 바쁜 남편이었다. 왜 바쁜지는 묻지도 않았고 알고 싶지도 않았다. 자신의 일만으로도 란사는 하루해가 모자랐다. 영어를 익히는 일만으로도 벅찬데 공부까지 해야 하니 남편의 일에 관심을 쏠 시간이 없었다. 그런데 대책 없이 너그러운 남편을 볼 때는 불쑥 의심이 들었다.

"당신 하는 일은 뭐죠?"

어느 날 작정하고 물었다.

"이것저것, 나라에서 시키는 대로."

그가 싱긋이 웃으며 새삼스럽게 자신의 일을 묻는 란사를 바라보았다.

"그런 대답이 어디 있어요? 관리라든지, 기술자라든지, 뭐 그런 구체적인 분야를 말해줘야죠."

"관리도 하고 심부름도 하고 이것저것. 나라 일이란 게 그렇다오."

여전히 하상기는 애매한 답만 했다. 오늘은 중국으로, 내일은 미국으로, 혹은 전라도, 경상도 시골 지방까지, 그렇게 출장이 잦았다. 가끔 고종 황제가 계신 궁에도 들어간다고 했다.

"아유, 됐어요. 자세히 말하지 않아도 돼요. 나도 그러하니."

란사는 하상기의 일에 대해 더는 묻지 않았다. 나랏일을 하는 관리인 건 틀림없으니 되었다고 생각했다. 그녀가 와 있는 미국에도 출장을 오는 걸 보면 고위 관리쯤 되려니 여겼다.

남편이 나간 집은 고요했다. 집안일을 해주는 흑인 여자는 오전에만 와서 집 청소를 하고 갔다. 커다란 엉덩이를 흔들며 걸을 때는 위태로워 보였다. 그런데도 청소 하나는 기가 막히게 깔끔하게 잘했다.

학교에서 유학생 모임이 있다고 연락이 왔지만 란사는 나가지 않았다. 생각이 정리되기 전에는 나가도 불편할 터였다. 몇 날 며칠을 고민하던 란사는 드디어 결심했다. 그를 만나 사죄하리라. 그래야 될 것 같았다. 그가 어디에 살고 있는지는 모르지만, 같은 학교에 다니고 있으니 학교에 가면 그를 만날 수 있을 거라 생각했다. 하지만 그것은 란사의 지레짐작일 뿐이었다. 학교에서는 그를 찾을 수 없었다. 알 수 없이 입이 바짝바짝 타들어가는 것 같았다.

"미스터 리, 어느 교실에서 수업 받죠?"

급기야는 자존심을 꺾고 그의 행방을 물었다. 그런데 돌아오는 대답이 놀라웠다.

"미스터 리는 조선으로 갔어요."

그와 친하게 지냈다던 신학생이었다.

"조선으로 가요? 공부를 하다 말구요?"

"뭐 그런 사정이 있는 모양이더라구요."

그는 서양인 특유의, 어깨를 으쓱하는 제스처를 하며 싱겁게 웃었다. 란사는 잠시 멍해졌다. 그에게 사죄를 해야겠다는 생각이 싹 사라져버렸다. 대신 그에 대한 불신이 크게 부풀어 올랐다.

"역시 믿을 수 없는 인사로군. 공부를 하다 말고 귀국을 해? 양녕대군답군."

란사는 기분이 몹시 상해서 한동안 씩씩거렸다. 하지만 곰곰 생각해보니 그리 화낼 일도 아니었다. 그럴 만한 사정이 있었겠지, 그렇게 생각하면 그뿐인 일이었다. 어떤 약조가 있었던 것도 아니었는데, 왜 그리 화가 나는지 자신의 감정에 대해 자신도 아리송했다.

마음을 다잡아 공부에 매진했다. 하루라도 빨리 조선으로 돌아가기 위해서는 열심히 공부해야 했다. 하상기는 한가한 시간이 되면 란사가 공부하는 모습을 그윽한 눈으로 지켜보았다.

"요즘은 어째 우울해 보이오. 말도 잘 안 하고."

하상기가 란사의 얼굴을 들여다보며 싱긋 웃었다. 너그러운 웃음이었다.

"공부를 해야 해요. 그래야 빨리 돌아갈 수 있어요."

란사는 하상기와 눈도 마주치지 않은 채 빠르게 말했다.

"참, 지난번에 의왕 전하께 사과를 한다더니 했소?"

그가 생각난 듯이 물었다.

"아니요."

"왜요? 갑자기 사과하는 게 자존심이 상했소?"

"그게 아니라······."

란사는 우물쭈물 말을 삼켰다.

"그게 아니면? 사과하지 못할 이유라도 있었소?"

"예. 조선으로 돌아가셨답니다."

그 말을 할 때 란사는 조금 퉁명스럽게 말했다.

"그래, 귀국하셨다는 소식은 들었소만, 난 떠나시기 전에 사과를 했나 싶어서 물었소."

"귀국하신다는 소식을 들었다구요?"

놀란 건 란사였다. 하상기는 그녀가 생각하고 있는 것보다 그에 대해 많은 것을 알고 있는 듯했다. 다만 말을 안 하는 것뿐이었다.

"그렇소. 난 진즉에 알고 있었소. 다만 당신이 사과를 했는지가 궁금했소."

"그분은 어찌 공부를 하다 말고 가신답니까?"

괜히 역정이 나서 소리를 질렀다.

"그분은 예사 사람이 아니지 않소. 외국을 드나드는 것이 일반인들과는 다른 분이오. 적십자사 총재로 임명되실 거라는 말들이 돌더군요. 장차 그분은······."

"됐어요. 듣기 싫어요!"

란사는 자신이 생각해도 이상할 정도로 발끈했다. 애써 사과할 마음을 먹었는데 갑자기 사라진 것도 모자라 조선에서 적십자사 총재를 한다고?

들고 있던 찻잔이 손에서 미끄러져 바닥에 떨어져 박살이 났다.

어쩜 고약한 성질머리를 부려 내던지고 싶었는지도 모른다. 하상기가 움찔하며 란사의 표정을 살폈다.

"나도 얼른 공부를 마치고 돌아갈 거예요!"

란사는 깨진 유리잔을 치울 생각도 않고 총총히 2층으로 사라졌다. 하상기는 구부정한 허리를 굽혀 유리 조각을 하나하나 주워 담았다. 그러면서 고개를 갸웃거렸다.

"왜 화를 내는 거지?"

가끔씩 이해할 수 없는 행동을 저지르는 란사이기는 하나, 그때마다 너그럽게 덮고 다독이는 하상기였다. 그런데 이번 일은 정말 이해가 되지 않았다. 도대체 왜 화를 내는 거지?

그러던 어느 날이었다. 란사는 하상기에게서 그의 소식을 듣게 되었다.

"전하를 델러웨이 어느 술집에서 본 사람이 있다 하오."

"델러웨이? 거긴 여기서 그리 멀지 않은 곳이잖아요."

란사는 갑자기 표정이 밝아져서 말했다.

"그렇지, 멀지 않지."

하상기가 고개를 끄덕이며 란사를 바라보았다.

"조선으로 돌아갔다 하지 않았나요?"

"나도 그리 들었는데 내가 직접 들은 소식이 아니니 그런가 보다 했지요. 그런데 며칠 전에 델러웨이로 일 보러 간 직원이 그분을 보았다 하오."

그 말을 들으니 또다시 화가 났다. 왠지 뒤통수를 맞은 기분이었다. 하지만 이 역시 곰곰 생각하면 화를 낼 이유가 없었다. 그가 란사에게 자신의 행방에 대해 말할 이유도 없을뿐더러 조선으로 간들, 외국 어디를 간들, 란사가 알아야 할 일도 아닌 것이다. 그런데 왜 화가 나는 걸까?

"그럼 다시 돌아오신 걸까요?"

란사는 애써 차분하게 물었다.

"모르겠소. 그분의 행방이야 우리가 알 수 없지요."

"그런데 델러웨이에는 왜 가신 걸까요?"

"그걸 난들 알겠소? 술을 마시러 가셨을 수도 있겠고, 다른 볼일이 있을 수도 있겠고."

"그럼 우리도 델러웨이로 가봐요."

란사는 하상기의 팔짱을 끼며 전에 없이 다정한 목소리로 말했다.

"델러웨이를 가자고? 갑자기 왜?"

너그럽고 느긋하던 하상기조차 이상한 생각이 드는지 란사를 유심히 살폈다.

"우리도 그곳에 가봐요. 어떤 곳인지 궁금해요."

하상기는 란사의 손을 슬며시 잡고 만지작거렸다. 따뜻한 손이었다. 눈빛도 아주 따뜻했다. 그녀의 청에 대답하는 대신 그녀의 눈빛을 살폈다. 그러다 조용하게 말했다.

"사실 나는 사흘 후에 조선으로 돌아가야 하오. 어여쁜 당신을 혼자 두고 가기는 불안하지만, 꼭 가야 하는 일이라 어쩔 수 없소."

하상기는 아내의 표정을 살폈다.

"그래요? 그러면 귀국을 축하하는 의미로 델러웨이에 가서 하루 정도 지내다 와요. 술도 한잔하고, 경치 좋은 데도 가보고."

서운한 표정은 없이 오히려 방긋 웃는 아내가 조금 이상하다 싶었지만 하상기는 언제나처럼 너그럽게 생각했다. 아내가 전하께 꼭 사과를 하고 싶어서 그러는 것이라고.

"전하도 찾아보고?"

하상기가 모처럼 란사의 의도를 꼬집었다. 허를 찔린 듯이 란사가 배시시 웃었다.

"만나게 되면 사과를 하려고요. 사과는 빨리할수록 좋은 거잖아요."

"그렇긴 하지……."

"그러니 가요."

하상기는 란사의 청을 거절할 수 없었다. 뭐든 그녀가 원하는 대로 해주었기 때문에 굳이 델러웨이에 가지 말자는 말을 할 자신이 없었다. 아내를 남겨두고 가는 처지에 그 정도 부탁을 거절할 생각도 없었다.

"그, 그러지. 당신이 원한다면."

하상기의 그 말이 끝나기 무섭게 란사가 하상기의 품으로 뛰어들어 키스를 퍼부었다. 달콤하지는 않지만 쌉싸름하고 들큰한 키스가 그리 싫지 않았다. 란사는 금세 기분이 풀어져 콧노래를 부르기 시작했다.

남편이 먼저 귀국한다는 말에 조금 불안한 생각이 들지 않는 것은 아니지만 란사는 혼자 다짐했다.

"나는 강한 여자다. 뭐든 혼자 해결할 수 있어."

그런 마음을 먹을 수 있는 것도 하상기의 배려와 격려가 큰 힘이 되었음을 부정할 수 없었다.

델러웨이로 가는 길에 란사는 즐거워했고 하상기는 덤덤했다. 술집을 순례하는 동안 란사는 술을 마셨고 하상기는 마시지 않았다. 하루 종일 술집을 전전하다 어스름이 질 무렵, 마지막 술집에서 건진 한마디가 란사를 또 흥분하게 했다.

"확실하지는 않지만 키 큰 동양인이 이 근처에 산다는 소리를 들었어요. 그는 가끔 우리 가게에 와서 맥주를 마셔요."

그 술집에서는 하상기도 술을 마셨다. 근처에 있는 호텔에 방을 잡아놓은 후였다. 술을 계속 마신 란사는 적당히 취해 있었다. 맥주를 마신 둘은 기분 좋게 호텔로 돌아왔다.

란사가 옷을 벗고 하상기의 품에 안기며 어리광을 부리듯 말했다.

"나, 당신 없는 동안 델러웨이에서 살아보고 싶어요. 이곳이 너무 맘에 들어요."

하상기는 뜨겁고 부드러운 란사의 살결을 만지다가 멈칫했다. 얼른 대답을 할 수 없었다. 하지만 결국 란사가 하고 싶은 대로 하도록 내버려 둘 거라는 생각이 들었다.

"생각해봅시다."

그의 말은 허락이 아니었음에도 란사의 행동이 점점 뜨거워졌다. 젊고 매끄러운 여자의 몸이 시들어가는 하상기의 몸에 따뜻한 기운을 불어넣기 시작했다. 온몸 구석구석, 란사의 손길이 오월의 바람처럼 부드러웠다. 부드럽기만 한 게 아니라 때론 향기롭고 황홀했다. 아지랑이 같은 봄날의 기운이 하상기의 몸에 깃들었다.

하란사는 하고자 마음먹은 일은 꼭 해내고 말았다. 하상기가 조선으로 들어간 후 란사는 델러웨이에 자주 드나들었다. 집을 옮길까 하는 생각을 했지만 대책 없이 그럴 수는 없었다. 그가 그곳에 산다는 보장도 없을 뿐 아니라 키 큰 동양인 남자가 그라는 보장도 없었다. '궁즉통'이라 했던가, 그러다 드디어 그를 만났다. 일주일을 헤매다 찾은 술집이었다.

"어?"

잔뜩 취한 그는 란사를 보면서도 얼른 알아보지 못했다. 흐린 불빛 때문일 수도 있다고 생각했다.

"하란사라 하옵니다."

란사는 어느새 산새처럼 순해져 있었다. 그를 바라보는 눈빛이 조용히 일렁였다.

"그, 그래. 기억나오. 그런데 여기는 어쩐 일이오?"

그는 게슴츠레 뜬 눈을 껌벅이며 하란사를 뚫어지게 바라보았다.

"저, 전하……."

당당하고 도도하던 그녀가 다소곳이 고개를 숙이고 예의를 갖추었다. 그 모습이 정숙하고 얌전했다.

"새삼스럽게 예의를 차릴 필요는 없소."

그가 손사래를 치며 의자를 당겨 앉았다. 하지만 란사는 그에 대한 미안함에 고개를 더욱 깊이 숙였다.

"어허, 이러지 마시오. 동문수학하는 처지에."

그가 벌떡 일어나 다가와 란사의 어깨를 툭툭 쳤다. 그러고는 의자를 밀어 그녀가 앉을 수 있도록 자리를 만들어주었다.

"지난번에는 몰라뵙고 결례를 했습니다."

란사는 의자에 앉아서도 눈길을 마주치지 못한 채 다시 고개를 숙였다.

"난봉꾼에, 양평대군에, 파락호라 하지 않았던가요?"

그는 란사가 한 말을 다 기억하고 있었다. 란사의 얼굴이 벌게졌다.

"용서하소서."

"됐어요. 그리 비친 내 불찰이 크지요. 허허."

그는 호방하게 웃으며 손을 내저었다.

"전하에 대해 오해했다는 걸 안 후에 저는 전하를 찾았나이다."

"왜요?"

"사죄하려고요."

"사죄? 사죄라……. 어찌 사죄를 할 생각이오?"

그가 란사의 얼굴을 빠히 들여다보며 물었다.

"어찌하면 화가 풀리시겠습니까?"

"음, 생각해봅시다. 어떻게 하면 화가 풀릴지. 우선 맥주나 한잔 하십시다."

그가 내민 유리잔에 부드럽고 하얀 거품이 차올랐다.

"학교는 왜 안 나오시는지요? 학교에서 많이 찾았습니다."

"어허, 그랬군요. 사정이 있어 당분간 꾸준하게 학교에 다닐 수가 없소이다."

"어찌?"

"속사정이야 다 이야기할 수는 없고, 그냥 들락날락할 것이오. 그러다 사라지기도 할 것이오."

맥주 거품을 입에 묻힌 그가 아주 허전한 눈빛으로 란사를 바라봤다. 말할 수 없는 속사정을 캐물어볼 것은 아니나, 그 쓸쓸한 눈빛만 보아도 가슴이 아릿하게 아팠다. 마음을 터놓을 수 없는 외로운 영혼을 바라보고만 있자니 살 속에 유리 파편이 박힌 것처럼 가슴이 따끔거렸다.

"제가 할 수 있는 일이 있다면, 동문수학하는 처지로 전하를 돕겠나이다."

란사는 가능한 한 이성적인 태도로 말했다.

"허허허, 고맙소. 언제는 그리 몹쓸 사람으로 여기더니 어찌⋯⋯."

그가 고개를 갸웃거리며 쓸쓸하게 웃었다.

"어리석어 그랬습니다. 진실을 제대로 알지 못하여 그랬습니다. 그래서 용서를 구하는 것이고, 도울 수 있는 방법을 찾고 싶은 것입니다."

"마음은 고맙소. 하지만 하 여사는 얼른 공부를 마치고 돌아가 여성들 교육에 힘써주시오. 그리고 그 안에 가끔 기회가 되면 술이나 한잔씩 합시다."

그가 술잔을 들어 다시 벌컥벌컥 마셨다.

"진정입니다."

란사는 기분 나쁘지 않게 적당히 선을 긋고 이야기하는 그에게 솔직히 서운했다. 하지만 그럴 수 있으리라 생각했다. 그간 란사가 한 언사는 그를 화나게 하기에 충분했을 것이다. 그래서 더 이상 말하지 않고 속으로 다짐했다.

'속죄의 마음으로 전하를 돕겠나이다.'

그가 술을 마시다 말고 아주 조용한 눈빛으로 란사를 뚫어지게 바라보았다. 그러더니 한마디를 툭 내뱉고는 탁자 위에 머리를 박았다.

"내가 가는 길은 외로운 길이오. 그 누구도 동행할 수 없소."

탁자에 엎드린 그의 뺨이 눈물에 젖어 있었다.

"아이쿠, 이렇게 취하시면 어쩌십니까."

어디선가 나타난 조선 청년이 그를 부축해 일으켜 세웠다.

"누구세요?"

란사는 당황했다. 청년이 말했다.

"집까지 멀지 않으니 좀 도와주시오. 오늘은 차를 가져오지 않았어요. 비를 맞고 싶다고 하셔서."

그리고 보니 청년의 얼굴이 낯설지 않았다. 아! 학교에서 전하에게 다가와 귓속말을 했던 청년이었다. 키가 조금 작았고 동글동글한 얼굴에 눈매가 영특해 보였다.

"아, 학교에서 봤죠?"

란사가 알은척하자 청년은 란사를 아무 표정 없이 바라보았다. 무관심한 눈빛이었다. 그의 관심은 오로지 전하를 부축하는 일뿐인 것 같았다.

"이름이 뭐죠?"

란사가 묻자 그가 예의 덤덤한 표정으로 무뚝뚝하게 말했다.

"초면에 이름을 알려줄 수는 없소."

"초면이 아닌데. 학교에서 봤잖아요."

"나는 초면이오. 이름 묻지 말고 부축이나 좀 하시오."

그 혼자 덩치 큰 이강을 부축하기에는 역부족이었다. 이강은 정신을 잃은 듯 널브러져 있었다.

"이름 알려주는 게 뭐 대수라고."

란사는 청년이 못마땅했다. 건방진 태도도 그렇지만 자신을 무시하는 듯한 말투가 기분 나빴다. 하지만 그를 상대하고 있을 상황이 아니었다. 널브러진 이강을 우선 일으켜 세워야 했다.

"술이 많이 약하신 모양이네요."

란사는 자신의 기분을 억누르고 담담하게 말했다.

"어이쿠, 오늘은 유난히 많이 마시셨습니다. 혼자 부축하기가 힘들겠어요. 좀 도와주시오."

청년은 아예 명령조로 말했다. 기분이 썩 좋지는 않았지만 전하를 모시는 사람이라니 용서하기로 했다. 청년의 덩치는 의외로 작았다. 차라리 란사의 덩치가 더 컸다. 란사는 강의 팔을 어깨에 걸쳤다. 그의 체온이 란사의 어깨로 부드럽게 스며들었다.

창밖에는 보슬비가 내리고 있었다. 촉촉하게 내리는 빗줄기가 조용한 음악 소리처럼 나직나직 어깨에 내려앉았다.

"저에게 기대소서."

란사는 그의 몸무게를 감당할 듯이 이를 악물었다. 그가 잠깐 정신을 차린 듯 손짓을 하며 청년을 불렀다.

"이보게."

"예?"

"자네가 나를 부축하게."

"많이 취하셔서 저 혼자 부축하기가 어렵습니다."

청년이 당황해서 어쩔 줄 몰라 하자 그가 피식 웃으며 한마디했다.

"이보게, 밥을 많이 먹어서 키를 키우게나. 허허허."

물론 실없는 농담이라는 걸 알았다. 아녀자에게 부축을 받고 있다는 사실이 불편해서 그럴 수도 있겠다 싶었다.

"저한테 기대소서."

그가 게슴츠레한 눈으로 란사를 살펴보다 란사 쪽으로 몸이 기우뚱 기울었다. 그의 체중이 무너지듯 실렸다. 란사는 이를 악물었다. 청년은 옆에서 가방을 들고 안절부절못하며 어찌 할 바를 모르고 있었다. 그리 멀지 않은 길인데도 몹시 먼 길처럼 느껴졌다. 란사는 아주 힘들게 걸었다. 청년이 어느 집 문 앞에서 그를 받아 안고 목례를 보냈다. 그는 기절한 듯 의식이 없었다. 현관으로 들어서자 무너져 내리듯 주저앉았다. 차라리 다행이라 생각했다. 그의 무게가 빠져나간 어깨가 이유 없이 시렸다. 그의 손길이 스쳐간 살갗이 움틀움틀 살아 움직이는 듯했다. 란사는 현관문이 닫힌 후에도 한참이나 서 있다가 발길을 돌렸다.

바로 돌아가려던 마음을 접고 근처의 호텔에 방을 잡았다. 밤새 이리저리 뒤척이다 새벽이 되자 마치 작정한 일이 있는 듯이 근처 마켓을 뒤지기 시작했다. 물론 이른 시각이라 아무 데도 문을 열지는 않았다. 그녀는 미친 듯이 거리를 돌아다니다 한인이 하는 마켓을 발견했다. 다짜고짜 문을 두드렸다. 아직 잠이 덜 깬 남자가 부스스한 행색으로 문을 열었다. 짜증스런 목소리가 새벽 공기를 갈랐다.

"뭐요, 이 시간에?"

란사는 남자를 밀치고 마켓 안으로 들어섰다.

"콩나물이 있나요?"

"뭐? 콩나물?"

남자가 어이없다는 듯이 고개를 저으며 혀를 끌끌 찼다.

"콩나물, 파, 무, 아무거라도 해장국 끓일 수 있는 거로요."

그녀의 말소리는 빨랐고 눈길은 매대를 재빠르게 훑었다.

"도대체 무슨 일이오? 이 새벽에?"

"돈은 얼마든지 드릴 테니 해장국을 좀 끓이게 해주시오."

란사의 말에 기가 찬 듯 남자가 헐헐 웃었다.

"이거, 미친 여자 아니야?"

그러자 란사의 눈이 사납게 변했다.

"오죽하면 이 시간에 이런 일을 벌일까 하는 생각은 안 해봤소? 얼마나 다급하면 이런 실례를 범할까 하는 생각은 못 하오?"

그 말에 남자가 주춤하며 한 발 뒤로 물러섰다.

"제발 콩나물국을 끓이게 해주시오. 주방이 어디 있소?"

란사의 거침없는 행동에 주눅이 든 남자가 순순히 가게 안쪽을 가리켰다. 란사는 서둘러 콩나물과 무, 파 몇 뿌리를 들고 가게 안쪽으로 들어갔다. 물소리가 요란하게 나고 잠시 후 콩나물 익는 냄새와 함께 들큰한 파 냄새도 났다.

"고춧가루 좀 주시오."

남자는 여자의 당당한 목소리에 짓눌려 순순히 고춧가루도 내놓았다. 냄비에 한가득 해장국을 끓인 란사가 가방에서 100달러짜리 지폐를 꺼내 남자 앞으로 내밀었다.

"미안하오. 미친 여자라 해도 좋소만, 그럴 사정이 있어 그런 것이니 용서하시오."

그제야 남자가 고개를 끄덕이며 누그러진 목소리로 말했다.

"콩나물은 우리가 집에서 기른 것이오. 조선에서 콩을 가져왔지요. 아주 구수할 거요."

그 상황에서도 남자는 콩 자랑을 늘어놓았다.

여자는 남자의 말을 듣는 둥 마는 둥 냄비를 든 채 급하게 밖으로 내달았다. 남자는 그녀의 뒷모습을 한참 바라보다 혼잣말처럼 중얼거렸다.

"별일도 다 있네. 콩나물 해장국 한 냄비에 100달러라……. 나쁘지는 않군."

란사는 부윰하게 밝아오는 거리를 부지런히 걸었다. 냄비에 담긴 콩나물국이 식지 않도록 하려면 걸음을 빨리하는 수밖에 없었다. 어제저녁의 기억을 더듬어 그를 데려다준 집 앞에서 그녀는 또 정신없이 문을 두드렸다. 잠이 덜 깬 청년이 인상을 쓰며 문을 열었다.

"뭐요?"

란사는 대꾸도 않고 청년을 밀치고 집 안으로 들어섰다. 아직 술이 덜 깬 듯한 그가 잠옷 차림으로 거실 소파에 앉아 있었다. 란사를 본 그의 눈이 휘둥그레졌다.

"무슨 일이오?"

"편히 주무셨습니까? 술이 깨셨는지요?"

"뭐, 아직……. 그런데 어쩐 일이오?"

그는 지금의 상황이 믿기지 않는다는 듯이 계속 눈을 껌뻑거렸다.

"숙취가 심하실 듯하여 술국을 좀 끓여 왔나이다."

"술국을? 어디서?"

그가 놀라 란사를 쳐다보며 어이없는 표정을 지었다.

"묻지 마시고 어서 콩나물국을 좀 드시오소서. 아직 따뜻합니다. 해장하시는 데는 이만한 것이 없습니다."

란사는 서둘러 옴팡한 그릇에다 국을 떠 식탁 위에 놓았다. 그가 무엇에 홀린 듯 식탁으로 다가왔다.

"어찌 콩나물국을…… 도대체 이게 어찌 된 일이오?"

그는 신기한 물건을 본 듯 다가와 숟가락을 들었다. 천천히 국물을 떠먹은 그가 눈을 감고 탄성을 쏟아냈다.

"어찌 이런 맛을……!"

그 말에 긴장했던 두 다리가 풀렸다. 란사는 그 자리에 주저앉으며 말했다.

"전하를 위한 일이옵니다. 다 드시옵고 숙취를 떨치소서."

란사의 그 말에 아무 대꾸도 못하던 이강이 천천히 자리에서 일어나 다가왔다.

"이 일은 잊을 수 없을 것이오."

깊은 울림이 란사의 마음에 잔잔하게 번졌다. 비로소 현기증이 몰려왔다. 란사는 얼른 그 자리를 피해야 한다고 생각했다.

"드시오소서."

란사는 애써 태연한 척 말하고 돌아섰다. 곧 쓰러질 것만 같았다. 그의 부드러운 손길이 어깨에 닿았는가 싶었다. 곧이어 그의 굵은 음성이 란사의 귓전에 닿았다.

"곧 볼 것이오. 연락하리다."

돌아오는 길에 란사는 큰 산 하나를 안은 것처럼 마음이 그득했다. 하지만 그 일은 하란사 자신이 생각해도 이상한 일이었다.

신여성

란사는 대단한 여자임에는 틀림없었다. 그녀가 조선인 최초로 미국 대학의 학위를 받아 조선 최초의 문학사가 된 일은 경이로운 일이었다. 미국에서 돌아온 란사는 아주 다른 여인 같았다. 치마저고리 차림으로 조선을 떠났던 란사는 파마머리에 챙이 넓은 모자를 쓰고 또각또각 하이힐 소리를 내며 도도하게 나타났다.

그녀는 돌아오자마자 바빠졌다. 이화학당의 기숙사 사감이 된 일도 바쁜 여러 일 중 하나였다. 학교에서 그녀는 호랑이 사감으로 통했다. 욕도 거침없이 했다. 예의 '구더기 같은' 욕은 년과 놈을 가리지 않았다. 교회에서도 강연했으며 여성들의 사회 진출을 독려했다. 그녀는 미친 듯이 일에 몰두했다. 어찌 보면 흔들리지 않기 위해 일을 찾아 하는 사람 같았다. 하상기는 늙어가고 란사는 원숙한 여인이 되어가고 있었다. 하상기는 너그럽고 자애롭지만 란사의 몸을 뜨겁게 달굴 수 있는 멋진 남자는 아니었다. 그래서일까,

란사는 유독 남자들과 많이 어울렸다. 그렇다고 해서 뜨거운 몸을 풀기 위한 만남이거나 정인을 찾기 위한 만남은 아니었다. 란사가 다른 남자를 마음에 둔 것은 더더욱 아니었다. 남자와 여자의 만남이 아닌 인간 대 인간, 일을 추진하기 위한 만남일 뿐이었다. 특히 선교사들과의 만남은 자유로웠다. 여인으로서 란사보다는 여성을 계도하는 선각자로서 란사가 서로 도움을 주고받을 수 있는 동지들을 만나는 것이었다. 그녀는 여자들보다 남자들과의 교우가 더 익숙했다.

기숙사 사감 자리는 란사에게 아주 기꺼운 일이었다. 천지를 모르고 헤매는 여성들을 가르치고 다듬어 신여성으로 거듭나게 만드는 일, 그들을 감독하고 훈육하며 보살피는 일이 그녀는 더없이 즐거웠다. 물론 그 일만 하는 것도 아니었다. 학생들을 모아놓고 공부를 가르치는 일도 그녀의 역할 중 하나였다. 영어도 가르쳐야 하고 돌아가는 세계 정세도 일러주어야 하고, 나라 사랑하는 마음도 단단히 일러줘야 했다. 그러다 보니 간섭 아닌 간섭이 많아졌고 필요 이상이라 할 만큼 학생들의 일거수일투족을 감시하게 되었다. 특히 천지도 모르고 날뛰는 망아지 같은 학생들의 행동을 단속하는 일은 그 어떤 일보다 중요한 일이었다. 공부하겠다고 지방에서 어렵사리 올라온 학생이나, 집이 멀어 기숙사로 들어온 여학생들에게는 부모를 대신해 부모의 역할까지 해주어야 했다. 물론 감시하지 않아도 스스로 행동거지를 조심하는 아이들도 있었다. 유관순 같은 경우는 아주 특별하게 바른 학생이었다. 멀리서 지켜보아도 될 만큼 매사에 정갈했다. 그는 은밀하게 이화학당 학생 동아리 '이문회'를 결성하여 활동했다. 하지만 더러 쌀에 뉘처럼 울퉁불퉁 제멋대로인 아이도 있었다. 그중에 길게 땋아 늘인 머리를 하고는 모든 일에 늘 꾸물거리는 복자라는 아이가 큰 골치였다. 외출증도 끊지 않고 살곰살곰 외출하는 것만으로도 신경에 거슬리는데, 나갔다 하면 귀소 시간이 넘도록 돌아오지 않았다.

"이년을 그냥, 다리몽둥이를 부러트려야겠어!"

화가 나면 그렇게 말을 했지만, 그렇다고 실상 다리를 부러트릴 수는 없는 노릇이었다. 허리를 잔뜩 구부리고 기숙사 사무실 앞을 몰래 지나가는 복자를 잡았을 때 란사는 화가 많이 나 있었다. 저만치에서 들어오는 모습을 지켜보던 란사는 복자가 사감실 앞을 지날 때 멱살을 잡았다.

"너, 이년. 번번이 거짓말하고 나가더니 이젠 밤늦도록 쏘다녀?"

"자, 잘못했어요. 선생님. 한 번만 봐주세요."

그녀는 두 손을 마주잡고 싹싹 빌었다. 그런데 복자에게서 살풋술 냄새가 풍겼다.

"아니, 대가리 피도 안 마른 것이 벌써 술을 처먹어?"

란사의 목소리가 기숙사 안에 쩌렁쩌렁 울렸다. 목소리만 듣고도 학생들은 몸을 떨었다.

"아니에요. 딱 삐루(맥주) 한 잔 마셨어요."

복자는 애원하는 눈빛으로 란사를 바라보았다.

"뭐? 삐루? 멀쩡한 조선말 놔두고 삐루가 뭐야? 공부는 어디로 하는 거야? 대가리가 텅 비었어? 아님 멍청이야?"

란사는 참나무로 만들어둔 훈육용 몽둥이를 들고 복자의 엉덩이를 한 대 때렸다. 자지러질 듯한 비명이 터졌다.

"이년이 엄살은. 진짜로 맞아볼 테냐?"

란사는 점점 화가 나서 목소리가 자꾸 커졌다.

"아니오, 때리지 마세요. 제가 맞은 걸 알면 그이가 화낼 거예요. 우리 그이로 말할 것 같으면……."

혼자 알고 있기에는 너무 벅찬 사람인지 복자는 제법 건방진 모습으로 저와 연애하는 남자 이야기를 하려고 했다.

"뭐어? 그이? 이년이 호박씨까지 까고 다니네. 하라는 공부는 안 하고 연애질이나 하고 다녀?"

화가 잔뜩 난 란사가 참나무 막대기로 다시 복자의 엉덩이를 후려쳤다.

"아구구구, 나 죽네. 이렇게 패는 선생이 어디 있어요?"

복자의 엄살떠는 소리가 기숙사 안에 울려 퍼지자 아이들이 문을 열고 기웃거렸다.

"내가 뭐랬느냐? 언제나 꺼진 등에 불을 켜려는 마음으로 살라 했지?"

"꺼진 등에 어떻게 불을 켜요?"

복자는 따박따박 말대꾸를 해대며 란사의 심기를 건드렸다.

"뭣이라? 이것이 가르칠 때는 어디 갔다 왔나, 왜 말귀를 못 알아들어? 맞아야 정신을 차리겠느냐?"

화가 난 란사의 매질은 사정없었다. 자지러지는 복자의 목소리가 복도에 울려 퍼졌다. 선교사 선생이 그 소리를 듣고 달려와 란사를 말렸다.

"체벌은 안 됩니다. 아이들을 때리는 일은 교사로서 할 일이 아닙니다."

선교사와 란사가 이야기하는 사이, 복자가 배시시 웃으며 살금살금 몇 걸음 걸어가더니 뒤도 돌아보지 않고 줄행랑을 치기 시작했다. 그 순간, 란사의 눈빛이 번쩍했다. 사감실로 들어간 란사가 이번에는 큰 가위를 들고 나와 복자를 따라 달렸다. 복자는 금세 잡혔다. 란사는 길게 땋아 내린 복자의 머리채를 움켜쥐었다.

"너 이년. 잘됐다. 체벌은 안 된다 하니 잘되었다. 치렁치렁한 머리칼 간수하느라 무슨 일을 할 때마다 꾸물대니 아예 단발머리를 만들어야겠다."

화가 난 란사는 씩씩대며 가위로 복자의 머리채를 댕강 잘라버렸다. 몽둥이로 맞을 때보다 더한 비명이 터졌다.

"엉엉, 이제 어떻게 나가요? 이런 머리 꼴로 어떻게 나가냐구요."

엉엉 우는 복자를 보고 다들 혀를 끌끌 찼다. 복자는 잘린 제 머리채를 붙잡고 통곡했다. 란사는 오히려 싱긋이 웃으며 말했다.

"잘됐네. 인제 틀어박혀 공부나 해라. 넌 품행 점수 빵점이다! 연애편지 오는 것들, 외출 잦은 것들, 다 품행 점수 빵점이다."

모두들 혀를 내둘렀다.

"치렁치렁한 머리채를 달고 다니면서 무슨 일을 제대로 하겠느냐. 활동하는 여성은 머리를 나처럼 짧게 잘라야 해. 퐁파두르* 스타일로."

란사는 자신의 머리칼을 쓸어 넘겼다. 머리칼을 잘린 복자만 서럽게 울어댔다.

1906년 미국에서 귀국한 이후 란사는 우리나라 최초로 퐁파두르 헤어스타일을 선보였다. 그 머리 모양은 어느새 이화학당 학생들 사이에서도 유행하기 시작했다. 란사의 모든 행동은 이화학당 학생들에게 하나의 지침이 되어가고 있었다.

1909년 봄.

미국 유학 때 알게 된 박 에스더와의 인연은 조선에 돌아와서도 여러 가지 일로 이어졌다. 그녀는 의사가 되어 돌아왔으므로 그 누구보다 환영을 받았다. 그러던 어느 날이었다. 에스더가 상기된 얼굴로 란사를 찾아왔다.

"란사, 우리가 경희궁에 초대받았어."

그녀는 너무 격한 감정을 어쩌지 못해 두 발을 동동 굴렀다.

"경희궁? 거길 왜?"

나이가 두 살 어리다는 이유로 란사는 에스더에게 자연스럽게 말을 놓았다. 반면 에스더의 말투는 여전히 이랬다저랬다 했다.

"고종 황제께서 우리를 초대하셨어요."

"고종 황제께서?"

"응. 일본 유학파 윤정원도 오고, 나도 가고. 궁에서 누가 나오지 않았어요?"

궁이라는 말에 자연스럽게 이강이 생각났다. 하지만 그 일조차 오래전 일이라 생각을 지우듯이 머리를 털었다.

"아니, 아직. 그런데 우리를 왜 부르신대?"

궁은 황족들이나 일본인 관리들, 일본에 빌붙어 출세를 하고자 하는 위인들이 드나드는 곳이었다. 특히 란사에게는 그렇게 인식돼 있었다.

"초대 여자 외국 유학생 환영회를 여신다는 거야요."

에스더의 목소리는 들떠서 떨리기까지 했다. 하지만 란사는 그 일이 그리 반갑지 않았다. 이강에 대한 오해는 풀렸다 해도, 황실에 대한 란사의 생각은 여전히 부정적이었다.

"윤정원은 어떤 여잔데?"

"윤정원은 열여섯에 일본으로 건너가 일본의 유명한 여성교육가 하라도미코의 문하생이 된 여성인데, 총명하고 영민해서 일본 유학 8년 만에 일본 교육계의 인정을 받았대요. 그뿐만이 아니고 구미 5개국에서도 공부를 했다네요. 대단한 여성이죠."

란사는 그녀가 몹시 궁금했다.

"흠, 일본파에 젊은 여자라?"

"네, 그래요."

"그럼 배정자처럼 친일하는 년 아닌가?"

그녀의 목소리가 조금 작아졌다.

"그런 거 같지는 않아요. 란사 언니도 일본에서 1년 공부했죠?"

"그랬지. 게이오 대학……. 그런데 황제께서 여자 유학생들을 왜 다 부르신대?"

"가보면 알겠죠. 무지한 여성들을 일깨워달라는 부탁 말씀을 하실지도 모르겠어요."

에스더는 전에 없이 긴장한 얼굴로 초조한 표정을 감추지 못했다. 그녀는 조선으로 온 후 지극한 인간애로 환자들을 보살폈다. 란사로서는 흉내도 낼 수 없는 행동이었다. 더구나 하얀 가운을 입고 환자를 진료하는 모습은 부럽다 못해 존경스러울 지경이었다.

정동예배당에서 잡무를 보던 에스더는 아펜젤러 목사의 눈에 띄어 미국 유학까지 가게 된 케이스였다. 그녀의 비범함을 알아본 선교사 덕이었다. 이 땅의 많은 여성 선각자들은 다 교회의 그늘에서 키워졌다.

경희궁에서 열리는 유학생 환영회에 초대받아 감격해서 방방 뛰는 에스더와는 달리 란사는 오히려 시큰둥했다. 그런 의례적인 행사는 달갑지 않다는 생각이 들었기 때문이다. 에스더가 말했다.

"왕자님이 오실지도 몰라."

그 말을 하는 에스더의 눈빛이 가늘게 떨렸다.

"왕자님?"

"응, 의왕 전하."

불쑥 그의 이름을 듣자 란사는 조금 불편해지기 시작했다. 델러웨이 술집 사건 이후로 간간이 연락은 되었으나 그는 마치 마음을 꽁꽁 싸맨 사람처럼 곁을 내주지 않았다. 란사가 자신의 실수에 대해 사죄하고 충성을 맹세했지만 그는 여전히 경계선을 그어놓은 사람처럼 굴었다. 그의 입장에서는 그럴 수 있으리라 생각하면서도 란사 입장에서는 자존심도 상하고 고요한 수면에 돌을 던지는 기분이어서 유쾌하지 않았다. 경희궁에서 유학생 환영회를 해준다는 것은 고마운 일이지만, 란사로서는 썩 내키는 일이 아니었다. 하지만 가지 않을 수는 없는 일이었다.

"소문에 란사 언니와 전하는 많이 친하다던데, 그래요?"

에스더가 물었다.

"친하긴, 소문일 뿐이지. 신분이 다른데 친하면 얼마나 친하겠어?"

사실 그 말을 하면서 내심 야속한 마음도 들었다. 사람의 진심을 너무 몰라주는 듯한 그의 태도 때문이었다.

"그래요? 소문하고 다른가?"

에스더가 갸웃했다.

"소문은 소문일 뿐. 내가 그러했듯."

란사는 그렇게 말하고 말았다. 그러자 의왕에 대한 독설을 퍼붓던 란사를 기억하고 에스더가 실실 웃었다.

"맞아요. 그때 언니가 심하긴 했지."

에스더의 말에 란사도 허실하게 웃고 말았다. 사실 델러웨이의 술집에서 만난 이후로도 그를 가끔 만났다. 유학생들 모임이 대부분이었으나 개인적으로 만난 적도 적지 않았다. 하지만 그와 가까워지려는 마음이 크다 보니 늘 마음이 빈 창고 같았다. 어떻게 하면 그를 제대로 도울 수 있을까? 그것은 나라를 위한 일일 터인데 그는 속 깊은 그런 이야기는 결코 하지 않았다.

"그래요? 난 그 소문을 믿었네요. 언니가 전하에 대한 소문을 진실로 믿었듯이."

"그런 소문을 믿은 나를 경계하시는 건지도 모르지."

"설마 그럴 리가."

"그렇지 않고서야 그리 냉정하실 수 있나. 사실 내가 곁에 두기엔 마땅치 않은 인물일 수도 있잖아. 욕 잘하지, 아무 일에나 마구 대들어 소란을 일으키지, 말 함부로 하지……. 여러 가지로 마땅치 않으신 게지."

란사의 말에 에스더가 조용히 고개를 끄덕였다.

"나라 사랑이 남다르신 분이라 들었습니다. 그리 하시는 속뜻이 달리 있으실 겁니다."

"아무렴. 그래도 오랜만에 뵐 생각을 하니 또 조심스러워지네. 하긴 내가 좀 제멋대로이긴 하지."

란사의 말에 에스더가 장난스럽게 웃었다.

"이번엔 눈밖에 안 나도록 잘 해보세요."

"그래야지."

잔뜩 멋을 낸 에스더와 란사는 경희궁으로 향했다. 봄바람이 살랑살랑 불었다. 바람에 흩날리는 벚꽃이 눈부셨다. 화창한 날씨에 가득한 벚꽃이 하늘하늘 춤을 추듯 흔들렸다. 연분홍 어린 꽃잎이 두근대는 소녀의 마음처럼 고왔다.

궁 안은 이미 많은 사람들이 모여 있었다. 비록 망해가는 나라라 하지만 황제를 알현하는 일은 예사로운 일이 아니었다. 황제가 나타나길 기다리며 서성대는 사람들이 제법 많았다. 다들 외국 문물을 접하고 온 이들일 것이었다. 차려입은 옷이며 장신구들이 예사롭지 않았다. 에스더가 란사의 옆구리를 쿡쿡 치며 한 여자를 가리켰다. 그녀는 서양식 드레스를 입고 챙이 넓은 모자를 쓴 채 한껏 도도하게 사람들 사이를 거닐고 있었다.

"누구야?"

"배정자."

"배정자? 이토 히로부미의 애첩이라는?"

"법적으로는 양딸이라죠. 이토의 후원으로 고종 황제의 주변을 감시하고 있답니다. 명분은 일본어 통역이라지요."

"구더기 같은 년!"

란사가 얼굴을 잔뜩 찌푸리며 욕을 뱉었다.

"말조심해요. 누가 들으면 어쩌려고?"

에스더가 주위를 둘러보며 목소리를 낮추었다. 화려하게 꾸며진 연회장에는 음식을 나르는 궁녀들의 손놀림이 분주했다.

"저런 구더기 같은 년들은 아예 황제 곁에 얼씬거리지 못하게 해야 해! 쓸데없는 말 못 하게 아가리를 찢어버리든지 꼬매버리든지."

란사는 일면식도 없는 그녀가 철천지원수라도 되는 듯이 씩씩거렸다. 란사의 말에 에스더가 머리를 절레절레 저으며 두 손으로 입을 가리고 쿡쿡거렸다.

"암튼 우리는 저 여자 주변엔 안 가는 게 좋을 것 같아요."

에스더가 란사의 손을 잡고 연못 쪽으로 걸음을 옮겼다.

"배정자가 일본어 통역이면 나는 전하의 영어 통역을 해야겠다."

불쑥 내뱉는 란사의 말에 에스더가 또 한 번 두 손으로 입을 가리고 쿡쿡거렸다. 물 위에 뜬 벚꽃 잎이 수련 이파리 주변에 모여 있었다. 연못은 황제를 기다리는 사람들처럼 고요하고 조용했다. 잔잔한 물 위로 란사와 에스더의 모습이 잠겼다. 둘은 말없이 수면을 응시했다. 파문 없는 연못이 평화로웠다. 이 나라도 고요한 연못처럼 평화로우면 얼마나 좋을까, 갈증처럼 차오르는 생각에 우울했다. 그때, 어디선가 조그만 돌멩이 하나가 날아와 수면을 흔들었다. 그녀들의 모습이 물살에 흔들렸다. 란사의 얼굴이 찌푸려졌다. 욕이라도 해줄 양으로 돌아보니 건장한 남자가 싱긋이 웃고 서 있었다.

"이런 구더기 같은……."

란사는 입안 가득 욕을 끌어올렸다가 얼른 입을 가렸다. 에스더가 먼저 그를 알아보고 황급히 허리를 숙였다.

"저, 전하……."

에스더의 조심스런 말소리를 들으며 란사는 한참 동안 멍하니 서 있었다.

"오랜만이오."

그가 싱긋 웃으며 말했다. 에스더가 란사의 허리를 꼬집으며 나직하게 말했다.

"예를 갖추세요."

란사는 그제야 허리를 굽혔다.

"왜 여기 있소? 연회장으로 갑시다. 저기 황제께서 나오고 계십니다."

그가 성큼성큼 앞서 걸었다. 에스더가 그 뒤를 따르고 란사는 조금 숨을 돌린 후에 따랐다. 고종 황제를 친견하는 일은 아무나 누릴 수 있는 일이 아니었다. 인자하나 수심 어린 표정의 황제는 환영회에 참석한 여성들에게 일일이 악수를 청했다. 배정자는 황제 곁에서 미소를 머금은 채로 살랑살랑 따라다니고 있었다.

"저 구더기 같은 년은 왜 황제 곁에서 뱅뱅 도는 거야?"

란사는 배정자를 쏘아보며 구시렁거렸다.

"황제의 일본어 통역을 맡고 있는 여성입니다."

란사 곁에서 이강이 말했다. 그러고 보니 그는 계속 란사 곁을 맴돌고 있었다. 란사는 이강의 얼굴을 올려다봤다. 그가 흠칫, 다른 쪽을 바라보다가 란사를 툭 치며 자세를 바로 했다. 황제가 이쪽으로 다가오고 있었다. 란사는 바짝 긴장해 허리를 폈다.

"이분은 우리나라 여성 최초로 미국에서 문학사 학위를 딴⋯⋯."

이강이 말을 하다 말고 란사를 바라봤다.

"하란사이옵니다."

란사는 얼른 대답하고 허리를 굽혔다.

"오호, 그러신가. 아주 대단합니다. 앞으로 나라를 위해 많은 일들을 도와주시오. 나라를 위해 도움이 되어주시오."

황제의 간절한 목소리가 란사의 귓전에 닿았다. 감히 바라볼 수 없는 용안을 가까이에서 뵙는다는 생각만으로도 가슴이 쿵덕쿵덕 뛰었다.

"분부만 내려주소서."

그동안 황실에 대한 이러저러한 소문이나 오해가 눈 녹듯 사라지는 순간이었다. 란사는 진정 황제께서 원하시기만 하면 그 일이 어떤 일이든 하리라 마음먹었다.

"이분은 우리나라 최초의 여의사 박에스더 여사입니다."

이강은 란사의 소개를 하고 나서 에스더의 소개까지 자청했다. 황제의 손을 잡는 에스더의 손이 미세하게 떨렸다. 그 후의 시간은 어찌 지나갔는지도 모르게 빨리 흘러갔다. 나라를 위해 일해달라는 황제의 부탁을 모두 황송한 마음으로 받들고, 차려진 음식과 술을 나누며 담소했다. 그런 중에도 배정자는 황제 곁에서 알랑거렸다. 란사는 그런 배정자가 못마땅했지만 달리 트집을 잡을 일도 아니어서 참고 있었다. 그런데 환영회가 끝나갈 즈음 배정자가 란사 쪽으로 다가왔다. 고개를 잔뜩 쳐들고 교만한 거동으로 란사를 바라보더니 한마디했다.

"공부를 많이 하고 오신 모양입니다. 황제께서 아끼시겠습니다."

시비조의 그 말에 란사의 마음이 꿈틀거렸다. 생각 같아서는 욕을 퍼붓고 싶었다. 그녀를 바라보는 란사의 눈빛이 고울 리 없었다. 하지만 그 자리에서 달리 마음을 드러낼 수도 없어서 그냥 고개만 까닥하고 말았다.

"마음 쓰지 마시오."

이강이 슬쩍 지나가며 한마디했다. 그를 보자 다시 마음이 불편해졌다. 어떻게 해야 그의 마음이 풀어질지 알 수 없었다. 그렇다고 다시 물어볼 수도 없는 노릇이었다. 배정자가 눈을 잔뜩 내리깐 채로 란사의 주위를 한 바퀴 돌며 이리저리 살피더니 이강에게로 다가가 교태 어린 목소리로 말했다.

"공께서는 점점 더 멋있어지십니다."

그녀는 눈웃음을 치며 봄바람처럼 살랑거리다 사라졌다.

"뭐? 공? 저런 아가리를 찢어 죽일 년. 어느 안전이라고 공이래? 구더기 같은 년! 주둥이는 쥐 잡아 처먹은 여우 꼬라지네. 에이, 퉤 퉤!"

란사의 입에서 자연스럽게 욕이 튀어나왔다. 에스더가 당황하여 주위를 살폈다.

"조심해야 할 여자요."

이강이 옆으로 다가와 속삭이듯 작은 소리로 말했다.

***

란사가 미국에서 공부를 하고 있는 동안 화영은 염천교 아래 강 씨 아줌마를 도왔다. 비루먹은 말처럼 후줄근한 걸인들이, 걸인이 될 수밖에 없는 양민들이 허기진 배를 채우기 위해 몰려오는 점심 때는 다리 아래가 사람들로 우글거렸다. 겨우 밥 한 끼 얻어먹기 위해 그렇게 많은 사람들이 몰려든다는 사실이 몹시 슬펐다. 그러나 화영은 자신이 도울 수 있는 자리가 있다는 것만으로도 다행스러운 일이라 생각했다.

강 씨 아줌마는 허름한 차림새에 볼품없는 아낙이지만, 밥을 얻어먹으러 오는 사람들에게는 천사였다. 꽁보리밥에 무짠지 한 조각, 어떤 땐 감자 두어 알에 멀건 된장국뿐인 식사지만 그 허술한 밥이라도 얻어먹어야 살아갈 수 있는 사람들에게는 천상의 식사였다.

"이 밥은 어디서 나오지?"

걸인 하나가 그렇게 물었을 때 다른 걸인이 속삭이듯 말했다.

"선교사들이 돈을 대준대."

"선교사?"

"웅, 양놈들 믿는 하나님이라나 뭐라나."

"아니야, 그게 아니고 구국단원들이 돈을 댄다던데."

수염이 덥수룩한 사내가 아는 체를 했다.

"구국단원들이 무슨 돈이 있어? 상해 임시정부에 보낼 군자금도 모자라 헉헉댄다는데."

"의친왕이 가끔 돈을 주고 간다는 소리도 들었네."

퍽퍽한 감자를 입안 가득 베어 물며 말하는 사내의 얼굴이 복어 같았다.

"설마? 그 파락호가?"

"아니랴. 그분이 상해 임시정부와 닿아 있대. 임정에서도 그분을 모시고 가려고 기회를 엿보고 있대."

"금시초문일세. 그런데 왜 소문은 그리 안 좋게 났을꼬?"

"일본 놈들이 우리 황실을 말살하려고 혈안이라잖아. 그러니 황손을 좋게 이야기하겠어? 나쁜 말은 다 갖다 붙여 소문을 내는 거지."

한숨을 섞어 말하던 깡마른 사내가 고개를 절레절레 저었다.

"아무려나. 나는 여기서 밥 한 끼 못 얻어먹으면 종일 굶어야 해."

"일을 할려도 일거리가 없으니……."

볼이 움푹 들어간 중늙은이가 가쁜 숨을 몰아쉬며 말했다.

"자네는 건강부터 챙겨야 하게 생겼구먼. 몸이나 잘 간수하게. 그래야 좋은 날도 볼 것 아닌가."

측은한 눈길을 보내는 또래의 남자는 그나마 건강해 보였다.

"약은 놈들은 일본 놈 앞잡이하면서 잘 산다던데?"

"그래도 나라 팔아먹는 짓은 하지 말아야지. 차라리 굶는 게 낫지."

"굶는 일도 쉬운 건 아녀. 도둑들이 득실득실하다잖여."

"에고, 언제 이 다리 밑을 벗어날꼬."

그 말에 뱉어내는 모두의 한숨이 깊었다.

"지난겨울에도 여러 명이 얼어 죽었대."

"에고, 살아서 밥 먹는 것도 큰 복일세. 피죽이라도 감사하게 먹세그려."

허술한 밥 한 끼 먹는 자리에 소문은 밥그릇보다 더 부품하게 퍼졌다.

일주일에 두 번. 화영은 염천교 아래에서 걸인들에게 밥을 퍼주는 봉사를 자청했다. 그것이 화영이 할 수 있는 일이었다.

화영을 꽃으로 들어앉힌 영감은 그새 다른 각시를 보아 드나드는 기색이나, 그래도 화영을 무시하거나 내치지는 않았다. 그게 고마웠다. 세력을 잡은 어딘가에 줄을 대기 위해 동분서주 바쁜 기색이었지만, 가끔씩 돈뭉치 심부름을 시키는 일도 멈추지 않았다.

긴 겨울이 지나고 봄기운이 돋는 어느 날, 영감은 예의 보퉁이를 불쑥 내밀었다. 화영은 모처럼 영감의 심부름을 나설 생각이었다. 배가 불뚝 나온 영감은 그새 더 살이 쪄서 숨 쉬는 것도 힘들어 보였다. 저러다 무슨 일이라도 생기는 것은 아닐까 걱정되었으나, 그런데도 부지런히 움직이는 영감을 보면 참 대단하다 싶기도 했다. 화영은 영감이 내민 보자기를 소중하게 받아 안았다.

"건어물 가게 이 씨한테 전할 거죠?"

영감이 고개를 끄덕이며 다짐하듯 말했다.

"쓸데없이 나돌아 다니지 마시오."

어디서 무슨 말을 들었을까, 언제부터인가 이화학당에 나가는 것도 썩 내켜하지 않던 영감이었다. 봉사 활동도 자주 나가는 걸 싫어했다. 한동안 선교사들이 공부를 가르쳐주는 일에 신선함을 느껴 화영에게도 공부를 하라 했지만 점점 일이 많아지는 화영을 보고는 마뜩잖은 눈길을 자주 보냈다. 영감이 화영에게 바라는 것은 그저 화병에 꽂힌 한 송이 꽃으로 있는 것이었다.

"안 나가요. 다니기도 겁나는걸요."

멋모르고 심부름을 하던 때는 몰랐던 두려움이 슬금슬금 생겨난 것도 사실이었다. 건어물 가게 이 씨가 독립운동 자금책이라는 이 야기를 들었을 때는 오금이 저렸다. 주변을 어슬렁거리는 일본 순 사를 여러 번 보았기 때문이었다. 이번에도 순사가 어슬렁거리면 어쩌나 걱정이 되었다. 화영의 가슴은 새가슴이었다. 낡은 보자기 를 부여안고 서 있는 화영을 보고 그가 말했다.

"오늘은 자네가 안 가도 되네."

그가 중절모를 쓰고 거울을 들여다보면서 건성으로 말했다.

"예에? 안 가도 된다고요?"

"그래, 자네도 힘들어하는 것 같고, 일본 놈들이 눈치를 채고 증 거를 찾는 거 같아."

"그, 그럼 어째요?"

화영은 마른침을 꼴깍 삼켰다.

"점심때 누가 올 것이야. 그때 그 사람에게 전하면 되네. 그에게 국수나 한 그릇 말아주시게."

"예에."

영감은 중절모를 몇 번이나 만지작거리다 홀떡 벗어던지고는 대 머리가 되어가는 머리를 쓰다듬으며 집을 나섰다. 화영은 문 앞까 지 배웅하고 안방으로 들어섰다. 영감이 집을 빠져나가고 나면 습 관처럼 한숨이 터졌다. 자식도 하나 없는 첩살이는 헛헛하고 쓸쓸했다. 본처는 잊을 만하면 나타나 드잡이를 하고 갔다. 그렇다고 그럴 때마다 영감에게 일러바칠 수는 없었다. 그저 운명이겠거니 생각하고 이를 악물 뿐이다. 이럴 때 자식이라도 하나 있으면 얼마나 의지가 될까 생각하니 눈물이 절로 솟았다. 속이 매슥거렸다. 먹은 게 체한 것인지 며칠째 속이 불편했다. 밥맛이 없어 밥을 안 먹은 지도 며칠째였는데, 영감이 흘리고 간 말에 군침이 돌았다. 국수를 말아서 먹어봐? 갑자기 식욕이 불끈 솟았다. 손님을 위해 국수를 말 생각이긴 했지만 국수라는 말을 듣자 식욕이 돌으니 신기했다.

"삼월아."

화영은 삼월을 크게 불렀다. 졸다가 나온 것인지 정지에서 튀어나오는 삼월의 입가에 마른침이 묻어 있다.

"부, 부르셨습니까?"

"낮에 손님 오신단다. 국수 다시 국물 좀 진하게 우리거라."

"예."

삼월이는 공처럼 통통 튀어 부엌으로 들어갔다.

화영은 축음기 바늘을 들고 레코드판 하나를 올린다. 사발가. 한일합병의 울분을 토로한 노래로 영감도 잘 듣는 경기민요다. 돌아가는 레코드판을 바라보며 화영도 중얼대며 노래를 한다.

석탄백탄 타는데 연기만 폴폴 나구요. 요 내 가슴 타는데 연기도 김도 아니 난다. 에헤야 어허야 어여라난다 디여라 허송세월 말아라~.

흥겹게 창을 하던 시절의 자신의 모습이 어른거린다.

　여울에 자갯돌은 에루화 부딪껴 희고요, 이내 몸은 부딪껴 에루화
　백발 됩니다아~.

　무엇을 하는지 통통통 울리는 도마 소리 사이로 삼월의 목소리가
들려온다. 파를 써는 것일까. 그녀의 신명난 목소리에 피식 웃음이
난다. 삼월이의 모습이 눈에 선하다. 목을 한껏 뒤로 젖히고 눈을
지그시 감고 어깨춤을 추며 열창을 할 삼월이. 삼월의 구성진 목소
리가 방까지 비집고 들어온다. 화영은 비스듬히 누워 눈을 감고 삼
월의 목소리를 듣는다. 참 구구절절 잘도 넘어간다. 문득, 저 아이
에게 노래를 시켜보면 어떨까 하는 생각이 든다.
　"마님, 손님 왔어요."
　어찌 삼월의 노래가 끊어졌는가 싶은 순간, 삼월의 목소리가 대
청마루 앞에서 들린다. 화영은 얼른 죽음기 바늘을 든다. 지지직 하
던 소음이 사라진다. 방문을 열자 키가 홀쭉한 청년이 서 있다.
　"심부름 왔습니다요."
　고개를 깊이 숙여 인사하고는 얼굴을 드는 청년이 어딘가 낯설지
않다. 깡마른 몸매가 곧 쓰러질 듯 허실하다.
　"어디서 왔소?"
　"건어물상에서 왔어요."
　청년은 봉당으로 올라와 대청 앞에 서서 분부를 기다리는 자세

로 섰다. 화영은 영감이 두고 간 보자기를 전하려다 말고 그에게
말한다.

"잠시 올라와요. 국수나 한 그릇 들고 가시오."

국수라는 말에 그의 목울대가 꿈틀거린다. 그는 낡은 신발을 벗
고, 맨발로 올라선다. 발등이 꾀죄죄한 게 며칠은 안 씻은 꼴이다.
순간 불쾌했지만 화영은 애써 태연한 표정을 짓는다. 그인들 양말
도 신지 않고 다니고 싶었겠나 생각하니 측은지심이 생긴다. 방으
로 들어가 영감이 신던 양말 중에 깨끗한 것을 골라 그 앞으로 내민
다. 그가 당황하며 화영의 얼굴을 올려다본다. 어? 얼른 고개를 돌
리는 모습이 어디선가 본 듯해서 그를 다시 바라본다. 그 역시 불편
한 기색이 역력한 얼굴로 화영의 시선을 피한다.

"왜 그러시오?"

화영이 마음을 감춘 채 묻는다.

"아, 아닙니다. 저, 저…… 이번엔 도, 도둑이 아닙니다."

청년은 손사래까지 치며 말을 더듬는다. 그러고 보니 낯이 익
다. 군자금이 든 보자기를 훔치려다가 란사에게 잡혀 호되게 혼
이 났던 소년……. 그새 훌쩍 컸다. 반가운 마음마저 든다.

"국수 대령입니다."

화영과 청년이 어색한 침묵 사이에 있는 동안, 삼월이 소반에 국
수를 들고 나타난다. 제법 꾸미도 만들어 얹어 먹음직스럽다. 화영
은 침착하게 말한다.

"국수나 먹고 가시오."

"저, 저 이젠 도둑질 안 합니다."

청년이 국수 그릇이 놓인 소반을 바라보며 허둥거린다.

"됐어요. 지난 일인데, 그때 일을 탓할 생각은 없으니 국수나 먹고 가요. 심부름을 온 거 보니 이 씨 가게에 있나 보군요."

화영은 소반을 그 앞으로 밀며 웃어 보인다. 사람을 편안하게 하는 데 웃음만 한 것이 없다. 호박과 김치를 송송 썰어 얹은 국수가 먹음직스럽다.

"너는 가지 않고 왜 거기 서 있느냐?"

화영은 대청마루 아래서 청년을 올려다보고 있는 삼월에게 묻는다.

"예에? 예에……."

허둥지둥 서둘러 부엌으로 향하는 삼월의 귓불이 불그레하다. 저것이 벌써? 화영은 삼월의 태도에 고개를 갸웃거리면서도 청년을 훑어본다. 마르긴 했어도 코밑에 거뭇거뭇한 수염이 돋는 걸 보니 저것도 사내 꼴을 갖추어가는 게로구나. 그런 생각을 하니 슬그머니 웃음이 난다. 처음 본 사이인데도 서로 마음이 동하는 것일까. 욕심 사납게 국수를 입속으로 끌어넣으면서도 청년의 눈길은 부엌 쪽으로 향해 있다.

"이름이 무어냐?"

"벼, 병습니다. 지난번에는 죄송했습니다."

국수를 후루룩 들이켜면서도 고개를 숙여 미안함을 전하는 청년이 그리 밉지 않다.

"지난 일은 잊어라. 이제부터라도 바르게 살면 되는 것이지. 혹 독립운동을 하느냐?"

"예에? 그런 건 모르고요. 털보 아저씨 심부름만 합니다."

국수를 한껏 밀어넣고 우물거리며 하는 말이 어눌하기만 하다. 아직은 자신이 하는 일이 어떤 일인지도 모르고 있는 것 같았다.

"이거, 더 드세요."

삼월이가 어느새 양푼 가득 국수를 더 내온다. 수줍은 듯 내미는 양푼을 청년이 받아들고 국물만 남아 있는 그릇에 부어 설렁설렁 젓는다. 배가 무척 고팠던지 양푼까지 먹을 기세다. 마음이 짠하다. 하지만 동정은 금물이다. 어떠한 상황에 처해 있든 혼자 살아내야 한다. 값싼 동정심으로 도와주는 것은 자칫 위험할 수 있다. 국수를 허겁지겁 먹어 치운 청년이 후다닥 일어선다. 그도 불편한 자리를 빨리 벗어나고 싶은 눈치다.

"딴 맘 먹지 말고 잘 전하시게."

화영은 청년의 눈을 보며 보자기를 건넨다. 고개를 깊이 숙이고 신발을 꿴 청년이 바람처럼 빠르게 사라진다. 삼월이가 소반을 거둬가며 청년이 사라진 대문 언저리를 흘깃거린다.

심부름꾼

병수는 북촌 마을을 벗어나서야 숨을 돌렸다. 하필 그 집일 게 무어람. 낯이 벌게질 정도로 부끄러웠다. 게다가 주인 여자의 몸종인 듯한 여자애의 눈길도 거북했다. 자신을 쳐다보는 눈빛이 마치 도둑놈 쳐다보는 것만 같았다. 흘깃흘깃 쳐다보면서 그의 행동을 감시하는 것만 같았다. 국수를 더 가져올 때도 그랬다. 옆에서 지켜본 듯이, 국수 그릇이 비자마자 바로 국수 덩이를 들고 왔다. 이제는 도둑질을 안 하는데도 한 번 붙은 도둑놈 소리는 떼어내기가 힘들었다. 그럴수록 병수는 이 씨 아저씨 심부름을 부지런히 했다. 주로 하는 심부름은 건어물을 포장해 지방으로 보내고 주문 들어오는 곳으로 배달하는 일이었다. 한 달에 한 번쯤은 염천교 다리 아래 강 씨에게도 갔다. 이 씨는 심부름꾼이 생겨서 그런지 가게에 있는 날이 많아졌고 더러 한가한 상인들끼리 모여 화투판을 벌이기도 했다. 그러다 몇 푼 잃기라도 하는 날엔 게거품을 물고 드잡이를 했다. 그럴 땐 잔돈푼에 눈이 먼 빙충이 같았다. 빈둥빈둥 노는 것 같은데 가끔은 상인들끼리 모여서 머리를 맞대고 뭔가를 수군거리기도 했다. 영감의 보퉁이를 들고 가게로 들어서는 순간에도 이 씨는 몇몇 상인들과 화투판을 벌이고 있었다.

불퉁해서 돌아온 병수를 보고 이 씨가 물었다.

"뭐, 안 좋은 일이라도 있었느냐?"

"아니오."

그 말을 하면서 보퉁이를 이 씨에게 내밀었다. 이 씨는 화투장을 던지고 보퉁이를 받아들었다. 그러자 화투를 치던 다른 상인들도 자리를 털고 일어나 뿔뿔이 흩어졌다. 보퉁이를 확인도 안 하고 깔고 앉아 있던 방석 밑에 밀어넣은 이 씨가 물었다.

"그런데 낯빛이 왜 그래?"

"오늘 간 집이 하필……."

"하필?"

"전에 도둑질하다 잡힌……."

병수는 주눅이 든 목소리로 조그맣게 말했다.

"하하하, 이눔아. 기어갔느냐, 그 고운 부인에게 잡히게?"

이 씨는 고소하다는 듯이 크게 웃었다.

"그 부인에게 잡힌 게 아니고요, 길 가던 다른 아줌마에게 잡혔는데……."

병수는 다시 생각해도 그때의 일이 억울해 뒤통수를 긁적거렸다. 그 아줌마만 나타나지 아니했으면 잡힐 일은 없었을 것이다.

"잡혔는데?"

"어찌나 기운이 세던지 내가 잡혀서 맞았다니깐요."

"하하하, 여장부였던 모양이네. 그래도 그 아줌마에게 잡혔으니 도둑놈 생활을 접은 거 아니냐."

"아닙니다. 고운 부인이 내민 돈 때문이었어요."

"돈? 무슨 돈?"

"배곯지 말고 밥 사 먹으라고 돈을 주었어요."

그 말을 할 때는 괜스레 목소리가 촉촉해졌다. 그때 경찰서에 넘 겼더라면 병수는 영락없는 전과자가 되었을 판이다.

"도둑놈한테 밥 사 먹으라고 돈을 주었다고? 좋은 사람을 만났 네."

"그, 그렇죠."

괜히 얼굴이 벌게졌다.

"오늘 그 부인께 받아온 것이 무엇인지 아느냐?"

이 씨가 목소리를 낮추어 은근하게 물었다.

"돈 같은데……. 아닌가요?"

"맞다. 돈."

"그런데 왜 나한테 그런 심부름을?"

"이제는 너를 믿는다는 얘기다. 그걸 들고 튈 놈이 아니라는 걸 안 거지."

"어, 어떻게?"

"다 아는 수가 있지. 허허허."

이 씨는 병수의 어깨를 툭툭 치며 기분 좋게 웃었다. 병수는 그래도 기분이 언짢았다. 자신을 시험해보았다는 생각이 들었기 때문이다. 창고 한구석에 의자를 붙여 자는 잠도 견딜 만했다. 하지만 도둑 의심을 아직도 받고 있다는 생각이 들면 다른 곳으로 도망갈까 싶기도 했다.

"병수야, 이젠 혼자서도 가게 볼 수 있겠지?"

웃음을 거둔 이 씨가 진지하게 물었다.

"예, 뭐……. 근데 왜요?"

이번에도 또 시험해보려는 건가 싶어 움찔했다.

"내가 며칠 어디 좀 다녀와야겠다."

"어, 어딜요?"

"좀 멀리 다녀와야 하니까 며칠 너 혼자 가게를 봐라."

이 씨는 병수가 오기를 기다린 듯이 중절모를 눌러쓰고 가게를 나섰다. 가게 보는 거야 일도 아니지만, 순간 기분이 좋아졌다. 이제야 믿어주는 것 같아 하늘을 날아갈 듯했다.

"잘 다녀오십쇼."

병수는 고개를 90도로 꺾어 이 씨의 등에다 대고 인사를 했다.

***

"잘 지냈어?"

오랜만에 만난 란사는 화영을 무척 반갑게 맞았다. 정동교회에

151

서 만나자고 전갈을 넣은 것은 란사 쪽이었지만 화영도 란사를 만나야겠다고 생각하던 차였다. 화영은 요즈음 들어 무척 바빠졌다. 마음 둘 데 없는 고적한 나날을 견디기 힘들어 일부러 일거리를 만들어서 몸을 혹사하고 있었기 때문이었다. 그래서일까. 전에 없이 몸이 몹시 피곤했다. 강 씨 아주머니를 돕는 일도 그렇고 게일 선교사의『논어』강독도 들으러 다니는 데다 교회 일도 버거울 정도로 일이 많았다. 란사는 교회에서 가끔 만나기는 하지만 개인적인 이야기를 한가하게 나눌 수 있는 시간이 없었다. 그녀 역시 바빴다. 더구나 황제를 알현하고 온 후부터는 어딘가 다른 느낌도 들었다. 승승장구한다는 느낌과 뭔가 특별한 임무를 부여받은 듯한 그녀의 눈빛이 그런 짐작을 하게 했다. 어쩌면 화영이 느끼는 자격지심일 수도 있었다.

"오랜만이야. 보고 싶었어."

화영은 란사를 얼싸안았다. 그녀에게서 싱그러운 향수 냄새가 났다.

"나도. 그런데 넌 얼굴이 안돼 보이네? 어디 아픈 거 아냐?"

란사가 화영의 얼굴을 쓰다듬으며 걱정스런 표정으로 물었다.

"아프긴. 일이 너무 힘들어 그럴 거야."

"그럼 일을 좀 줄이지."

진정 걱정스러운 란사의 눈빛이 참 따뜻했다.

"소화도 잘 안 되고 먹으면 잘 체하고 그러네."

아침으로 먹은 미역국 냄새가 아직 코끝에 걸려 있었다.

"소화가 안 돼?"

"응."

"그럼 점심에 뭘 먹지? 교회에서는 오늘 소고기국밥을 끓인다던데."

소고기국밥이라는 말에 속이 울렁거렸다. 구토를 할 것 같은 느낌이 들어 얼른 입을 가렸다.

"국수나 그런 걸로 간단히 먹으면 안 될까?"

화영은 란사를 건너다보며 양해를 구했다.

"그래도 되지. 우리 둘이 만나 이야기하는 게 목적이니까. 근데 너 얼굴도 해쓱하고……. 가만, 너, 혹시?"

란사가 화영의 얼굴을 찬찬히 들여다보았다.

"왜? 뭐?"

화영도 제 얼굴에 무엇이 묻었나 싶어 손으로 얼굴을 더듬었다.

"너, 임신한 거 아냐?"

란사가 정색을 하고 물었다. 화영은 그 말을 듣자마자 어이없다는 듯 고개를 강하게 저었다.

"말도 안 돼. 무슨 말도 안 되는 소리를."

"왜 말이 안 돼?"

"내 나이가 몇인데?"

화영은 나이를 말하는 순간, 서글픈 생각이 들었다. 기생이었던 자신이 임신을 하리라는 생각은 꿈에도 하지 못했다.

"임신하기엔 조금 많은 나이이긴 하지만, 그럴 수도 있지."

란사가 모처럼 진지한 얼굴로 화영을 위아래로 훑어보았다.

"말도 안 돼!"

화영은 고개를 설레설레 저었다. 란사가 화영의 손을 잡고 말했다.

"병원 가보자. 내가 보기엔 틀림없어."

"창피하게 왜 이래?"

화영은 주변을 살피면서 란사에게 잡힌 손을 빼냈다. 그러면서도 내심 정말 임신이라면 얼마나 좋을까 하는 생각이 잠시 스쳤다.

"창피할 거 하나도 없어. 어서 일어나. 내가 잘 아는 의사가 있어. 임신이 아니라도 창피할 일 없는 친구야."

란사는 망설이는 화영의 손목을 꼭 잡고 일어섰다. 끌려가듯이 란사의 뒤를 따라가는 화영의 마음은 몹시 착잡했다. 모르는 사람이 보면 무슨 큰 잘못이라도 저질러 끌려가는 듯한 형국이었다.

"임신 맞네요."

에스더의 확답을 들은 것은 소독약 냄새가 지독한 병원에 들러 한 시간도 안 된 시각이었다. 정작 화영은 어리둥절하여 그 말을 믿지도 못하고 있는데 란사가 화영을 와락 끌어안고 기뻐했다.

"축하해. 정말 축하해. 당장 영감님께 알려."

란사는 자신의 자동차로 화영을 집까지 데려다주었다. 자동차에서 내린 다음에도 화영을 부축해 조심조심 걸음을 옮겼다. 대문께에서 안을 기웃거리던 청년과 마주쳤다. 청년은 란사를 알아보지 못했다. 세월도 세월이지만, 어느 누구라도 변한 란사를 알아보기 힘들 정도였다. 청년은 화영을 보고는 고개를 숙여 인사하며 물었다.

"어디 편찮으세요?"

"아, 아니야. 어찌 오셨누?"

"영감님이 잠시 들르라고 하시던걸요."

"그래? 집에 들어오셨는가?"

"그러니 오라 하셨겠지요."

그렇게 말하면서도 청년의 목울대가 꿀떡거렸다. 아마도 국수 생각이 나는 모양이었다. 그도 그럴 것이, 심부름 오는 날은 거의 국수를 먹고 돌아갔기 때문일 것이다.

"그, 그렇지. 들어가세."

화영과 청년의 대화를 듣던 란사가 불쑥 물었다.

"누구신가?"

"응, 저…… 그…….."

란사는 머뭇거리는 화영을 보다 무슨 생각이 들었는지 청년을 유심히 바라보았다. 청년도 란사를 바라보다 어느 순간 움찔했다.

"그때 그 도둑놈?"

"응, 문병수라고 남대문 건어물집 심부름꾼이야."

화영이 샐샐 웃으며 대꾸하자 란사의 표정이 험악해졌다.

"저놈이, 그, 그 구더기 같은 놈?"

"지금은 착실하게 살고 있으니 걱정하지 마시게. 그보다 오늘은 기쁜 날이니 좋은 말만 했으면 좋겠다."

화영의 말에 란사가 미안한 듯 사나운 표정을 풀었다.

"맞다. 얼른 영감님께 알려야지. 경사로세, 경사야. 이놈아, 너는 오늘 마님 덕에 산 줄 알아라."

란사는 문병수를 향해 눈을 흘겼으나 그 정도에서 멈추었다. 영문을 모르는 병수는 쭈뼛쭈뼛 따라 들어왔다. 마당의 소란에 사랑 방 문이 열리며 영감님이 얼굴을 내밀었다.

"어딜 다녀오는 겐가?"

언짢은 말투였다.

"병원 다녀옵니다."

란사가 대신 대답했다.

"어디가 아픈가?"

심드렁한 목소리에 화영이 살짝 고개를 숙이며 부끄러워했다.

"영감님, 화영이가 아기를 가졌습니다~."

란사의 목소리가 무척 컸다. 삼월이가 쭈르르 나와 놀란 눈으로 병수를 한 번 쳐다보고 화영을 한 번 쳐다보았다.

"뭣이라?"

영감님이 벌떡 일어났다. 불퉁하던 표정에 햇살이 깃들었다. 화영이 고개를 외로 꼬며 살풋 웃었다. 신발도 꿰지 않고 마당으로 내려선 영감님의 얼굴이 환했다.

란사는 흐뭇했다. 늘 외로운 섬 같다는 생각을 하게 만드는 친구였다. 그래서 곱상한 얼굴이 더 애처로웠다. 이제 자신의 배 속에 아기를 가졌으니 부러울 게 없을 터였다. 그런 생각을 하던 란사도 찔끔 걸리는 게 있었다. 낳아놓기만 했지, 기르는 일에는 나 몰라라 했던 자옥의 얼굴이 어른거렸다. 자신도 모르게, 이제는 자옥의 분신인 양 여기는 자옥(紫玉) 가락지를 애잔하게 쓰다듬었다.

"삼월아, 마님 잘 모셔라."

란사는 우울한 마음에서 벗어나려는 듯 큰 소리로 말했다.

"예에? 예."

삼월은 얼결에 대답하면서도 눈은 온통 병수에게 머물러 있었다. 화영이 대청마루로 올라서자 삼월이 말했다.

"국수 삶을까요?"

그 말에 병수가 입맛을 다셨다.

"국수? 그래, 국수 삶아라. 자네도 한 그릇 들고 가시게."

흡족한 표정의 화영이 넉넉한 웃음을 지으며 말했다. 영감님이 화영을 어루만지며 헤벌쭉했다. 늘그막에 자식을 보는 일이 더없이 좋은 모양이었다. 좋은 걸로 치자면 화영이만 할까. 란사는 모처럼 환한 화영의 얼굴을 보고 마음이 따뜻해졌다.

"아니, 난 가겠네."

그동안 덤덤했던 하상기의 얼굴이 가슴 그득하게 차올랐다.

***

1909년 9월.

가을이 슬금슬금 내려앉는 9월이었다. 란사는 모처럼 집에서 조용한 시간을 보내고 있었다. 그가 외국에서 가져온 커피를 음미하며 서양 음악을 듣고 있던 중이었다. 그가 마련해준 축음기는 란사의 여유 시간에 아주 유용했다. 하상기는 기뻐하는 란사를 보는 일이 유일한 낙인 것처럼 그윽한 눈길로 란사를 바라보았다. 늘 바쁜 하상기로서는 모처럼 누리는 란사와의 시간이 더없이 흡족했다.

"조금 있다 화신백화점이나 갈까?"

"백화점에는 왜요?"

"한동안 당신이 바빠서 자주 못 보았으니 당신 옷이나 목걸이나, 뭐든 하나 사줄까 싶어서 그러지."

"하긴 그랬네요."

애정 어린 하상기의 눈길이 가슴팍이 드러나도록 깊이 파인 목덜미에 머물렀다. 란사가 해죽 웃으며 고개를 끄덕였다. 그때 대문을 흔드는 소리에 하상기가 시선을 거두었다.

"마님, 어떤 가마꾼이 마님을 찾는데요?"

대문 두드리는 소리에 후다닥 달려 나갔던 함평댁이 큰 소리로 말했다.

란사는 대문 밖에 인력거꾼이 와 있다는 말에 마치 기다리고 있었던 듯 커피 잔을 내려놓고 벌떡 일어났다.

"누가 보낸 가마라 하더냐?"

함평댁이 샐곰샐곰 눈치를 보며 말했다.

"이강이라는 분이 보냈답니다."

이강이라는 말을 듣자마자 란사의 얼굴이 환해졌다. 함평댁은 얼른 하상기의 표정을 살폈다. 애써 숨기는 듯했지만 하상기의 이 맛살이 치올라 붙었다. 란사의 그런 태도가 마뜩잖은 게 분명했다. 함평댁도 불편하게 여기고 있었다. 주종관계만 아니라면 호되게 꾸짖고 싶을 정도로 란사의 모든 행동은 눈에 났다. 자신이 한평생 모시고 살아온 주인댁 마님만 아니라면 한바탕 잔소리를 하고 싶은 지경이었다. 란사의 행동거지는 못마땅하기가 이를 데 없었다. 또 남정네를 만나러 간다고? 주인님이 집에 있는데? 함평댁의 입이 삐죽거렸다.

　란사는 잠시 망설이는 듯하다가 하상기에게 말했다.

　"저 좀 나갔다 와야 해요."

　란사는 서둘러 얼굴을 매만지며 하상기에게 말했다. 모처럼 하상기가 집에 있는 날이었다. 나들이라도 갈까 생각하던 차였다. 단성사에서 영화 한 편 보고 모처럼 갈비를 구워 먹고 화신백화점에서 금붙이라도 하나 사서 걸어줄 생각이었다. 행복해할 란사의 표정을 상상하며 하상기는 내심 기분이 좋았다. 그런데 이강의 이름을 듣는 순간, 표정까지 변해버리는 란사를 하상기는 잡을 수 없었다. 모든 계획이 뒤틀어져버렸다.

　'저 좀 나갔다 와야 해요'라는 말은 '나가도 될까요' 하는 부탁의 말이 아니라 나갔다 오겠다는 통보였다. 하상기는 잠시 침묵했다. 하상기도 이강이 누군지 안다. 뵌 적은 없지만 그분이 어떤 분이고, 란사와 어떻게 아는 사이인지도 안다. 유학을 다녀온 후로 란사는 점점 바빠지고 얼굴조차 보기 어려워진 탓에 때로는 '이 여자가 내 여자 맞나' 하는 의심도 들었다. 그러나 그런 말을 내뱉을 수는 없었다. 그 말을 하는 순간 그녀와의 사이가 깨질 것 같다는 생각이 들었기 때문이다.

하상기에게 란사는 투명한 유리잔이었다. 자칫 잘못하여 떨어트리면 산산조각이 나버릴 것만 같은 그런 존재였다. 하상기는 조금 뜸을 들이다 말했다.

"얼른 나가보구려."

하상기는 아무렇지도 않은 듯이 말했지만 심정은 한없이 복잡했다. 그래도 무슨 일로 나가는지, 왜 가마를 보냈는지도 물어볼 수 없었다. 서둘러 화장을 고치고 대청마루로 나서는 란사에게서 원숙한 여인의 기품이 느껴졌다. 기분이 좋아서인지 발걸음도 가벼워 보였다. 탈피를 하고 날아오르는 나비 같았다. 무언가 하고자 하는 일을 할 때의 란사는 다른 사람처럼 보였다. 눈빛 가득한 기대감에 몸도 가벼워진 모양이었다. 하상기는 그녀가 사라진 대문을 한참이나 바라보았다. 함평댁이 기웃대며 눈치를 살폈다. 아랫것들에게 불편한 마음을 들키고 싶지 않아 하상기는 미닫이문을 닫았다. 전에 없이 창호지 문살이 답답하게 느껴졌다.

인력거꾼은 허름한 복색에 벙거지 모자를 깊숙이 눌러쓰고 있었다. 그는 란사가 인력거에 오르자마자 서둘러 길을 떠났다.

"어디에 계신가?"

란사는 인력거꾼의 뒷모습을 훑으며 물었다. 빗방울이 후두둑거렸다.

"지금은 북한산 근처 별채에 계십니다."

인력거꾼은 인력거를 끄느라 가쁜 숨을 몰아쉬면서도 큰 소리로 말했다.

"별채? 사동궁에 계시지 아니한가?"

"일본 놈들 감시가 심해서 여기저기 옮겨 다니십니다. 저희도 전하가 어디 계시는지는 잘 모릅니다. 그때그때 연락을 주시는 대로 행동을 취합니다."

그럴 수 있겠다 싶었다. 1905년 을사늑약 이후로 헤이그 밀사 사건을 도모한 고종 황제는 퇴위 위기에 놓여 있었다. 러일전쟁 후 통감부를 설치한 일본은 초대 통감인 이토 히로부미로 하여금 헤이그 밀사 사건의 책임을 고종에게 추궁하며 양위를 압박하고 있었다. 그는 배일(排日) 운동을 하는 자들과 황족들을 갖가지 방법으로 압박하면서 모든 정황을 그들의 뜻대로 몰아갔다. 거기에는 이완용 같은 일본 앞잡이들의 역할이 상당히 컸다. 배정자도 빠지지 않았다. 이토는 배정자에게 밀봉 교육을 시켰다고 들었다. 수영, 승마, 자전거뿐 아니라 사격술과 변장술까지 가르쳐 밀정으로 써먹을 날을 대비하면서 키웠다는 소문이 돌았다. 배정자는 통역을 핑계 삼아 고종의 주위를 맴돌았다. 황제의 뜻대로 할 수 있는 일은 거의 없었다. 손발이 잘린 형국의 고종 황제는 가끔씩 란사와 이강을 불러 밀담을 나누었다. 그럴 때마다 배정자가 끼었다. 통역할 일이 없음에도 콧소리를 섞어가며 고종 황제의 곁에 머물렀다. 고종 황제는 배정자를 믿는 듯했다. 믿는 정도가 아니라 총애하는 지경이었다. 이토의 양녀로 알려져 있기는 하나, 정작 고종 황제에게 배정자를 소개한 것은 엄 귀인이었다고 들었다. 엄 귀인은 공부를 핑계 삼아 일본으로 끌려간 영친왕의 생모이며 아관파천(1896년)을 주도한 인물이다. 그래서인지 고종 황제는 엄 귀인이 하는 말이라면 의심 없이 듣는다 했다. 엄 귀인이 추천한 데다 배정자의 미모와 언변에 호감을 느낀 고종 황제는 그녀를 가까이 두었다고 한다. 러일전쟁 직후 일본과 러시아의 관계가 좋지 않을 때 러시아 군대를 끌어들여 일본과 전쟁을 벌이려던 계획을 세운 고종 황제는 여행을 가장해 배정자를 데리고 블라디보스토크에 가겠다고 했는데, 일본의 밀정이던 배정자가 이토에게 계획을 발설하는 바람에 그 계획이 실패로 끝나고 말았다는 이야기도 들었다. 그 이야기를 듣고 배정자에 대한 분노가 더욱 들끓었다.

"구더기 같은 것. 아가리를 확 찢어버려야 해!"

란사는 이를 악물고 주먹을 불끈 쥐었다.

"예에? 뭐라고요?"

부지런히 길을 가던 인력거꾼이 인력거를 세우며 뒤돌아보았다.

"아닐세. 자네한테 한 말이 아니니 괘념치 말게."

"그럼 누굴 그리……."

"가랑이를 찢어 죽일 년이 있네. 박쥐 같은 년이 있어요. 그런 년들은 몸뚱아리가 너덜너덜해지도록 패 죽여야 해!"

이를 앙다물고 욕을 해대는 란사를 보고 인력거꾼이 몸을 부르르 떨었다.

이강은 배정자가 나타나면 입을 다물었다. 란사에게도 경계하라는 눈짓을 보냈다. 헤이그 밀사 사건이 고종 황제의 주도하에 이루어진 거사라는 사실이 알려진 후로 고종 황제는 측근인 이범진과 헐버트 등의 도움 없이는 아무런 일도 할 수 없는 지경에 이르렀다. 그러나 그들의 도움을 받을 수 있는 일도 그리 많지 않았다. 양위 문제만 해도 그랬다. 외무대신 하야시를 경성으로 불러들인 이토는 하야시와 함께 밤을 새워가며 고종 황제를 협박했다. 더 이상 버틸 수 없는 지경에 이른 고종 황제가 결국 7월 18일, '대사를 황태자에게 대리시킨다'는 황태자 섭정의 조칙을 승인했는데 일제는 이 조칙을 왜곡 발표했다. 7월 20일에 순종에게 양위를 한 이후 군중이 들고 일어나 경찰서 등을 파괴하고 이완용의 집에 불을 지르기도 했으나 그것은 조족지혈에 지나지 않았다.

이강은 병약한 순종을 대신해 1907년 7월 27일부터 8월 7일까지 순종 황제의 대리청정을 했으나, 8월 7일 엄 귀인 소생의 동생 이은이 순종의 황태자로 결정되는 어처구니없는 일을 당하게 된다. 엄연히 서열상으로 이강이 우선순위였다. 그럼에도 불구하고 엄비의 욕심과 친일파들의 계략에 의해 이강은 동생에게 황태자 자리마저 빼앗긴 것이다.

생각하면 어이없는 일이기도 했다. 그가 술과 여자에 둘러싸여 세월을 보내고 있다는 소문이 돌았을 때 그의 심정도 십분 이해가 되었으나, 그 사실조차도 위장일 수 있다는 것을 근래에 알게 되었다. 그런 분에게 아무것도 모르고 무식한 소리를 해댄 란사를 그분인들 온전한 믿음을 줄 수 있을 것인가. 생각하면 생각할수록 아득했다.

"불쌍하신 분, 가여우신 분……."

혼자 중얼거리는 소리를 듣던 인력거꾼은 뒤를 돌아보고는 고개를 갸웃했다. 란사는 목소리에 위엄을 담아 준엄하게 꾸짖었다.

"앞이나 보고 걸음을 옮기시게. 뒤에 신경 쓰지 말고! 혹여나 넘어지면 주리를 틀 것이야!"

그는 술에 취해 있었다. 그가 처한 처지를 떠올리면 술을 마시지 않고 견디기 힘들 것이란 생각이 들었다. 함께 술잔을 기울이며 그의 말을 경청하던 몇 명의 사내들이 안으로 들어서는 란사를 올려다봤다.

"오시었소?"

이강이 알은체를 했다. 란사도 고개를 숙여 인사를 대신했다. 함께 있던 사내들 중에는 외국인 선교사도 끼어 있었다. 가끔씩 만나던 게일이나 헐버트가 아닌 처음 보는 인물이었다. 그들은 이강의 말을 열심히 듣고 있던 중이었다. 술을 마셔 얼굴은 불콰하나 이강의 목소리는 또렷하고 힘이 넘쳤다.

"세계 열강은 약소국을 집어삼키기에 혈안이 되어 있소. 헤이그밀사 사건만 해도 그렇소. 을사늑약의 무효화를 희망했으나 어느 나라도 우리를 도와주지 않았소. 강대국들도 속셈이 따로 있기 때문이오. 헤이그 만국평화회의는 이름만 그럴싸할 뿐, 사실은 제국주의 열강들의 이익을 챙기는 회의일 뿐이었소. 일본은 우리나라를 보호국으로 만들어 지배할 생각으로 혈안이 되어 있소. 나라가 이 꼴이 되었으니 백성들의 원망이 황실에 닿는 것은 어쩌면 당연한 일이오."

란사는 심각한 표정으로 말하는 이강의 맞은편에 가 앉았다. 여자는 란사뿐이었다.

"누구십니까?"

한 사내가 궁금증을 이기지 못하고 물었다.

"내 친구일세. 미국서 같은 대학을 다녔다네."

친구? 그 말이 란사의 마음에 포근하게 젖어들었다. 그들이 인사로 고개를 끄덕였다. 이름이나 소속 따위는 묻지 않는 게 불문율처럼 돼 있는 사람들 같았다. 눈빛에는 어떤 결의가 가득했다.

"이제 우리는 결심을 단단히 해야 하네. 저들의 만행을 그대로 보고만 있어서는 안 되네."

"그렇지요. 이 나라를 제대로 세워서 전하를……."

눈빛이 매운 청년 하나가 이강을 안타깝게 바라보며 말을 잇지 못했다.

"그런 소리는 하지 말게. 그게 중요한 게 아니지 않은가."

기품과 위엄 어린 이강의 목소리는 깊은 호소력이 있었다. 세인의 눈에는 파락호나 주색에 빠진 난봉꾼 같을지라도 만날 때마다 새롭게 보이는 그의 모습이 믿음직스러웠다.

델러웨이에서 본 청년도 끼어 있었다. 그는 이강을 가장 가까이에서 모시는 수족 같은 인물인 듯했다. 그가 란사를 보고 성의 없이 고개를 까딱거렸다. 그게 인사인 셈이었다. 벌써 여러 번 보았는데도 참 인색한 인사다 싶었다. 하지만 내색하지는 않았다.

"이보게, 잔 하나 더 가져오게."

그가 말없이 일어나 란사를 살펴보다가 부엌으로 나갔다. 한참 덜그럭거리는 소리가 나더니 그가 술잔 하나를 가져와 란사 앞에 놓았다.

"이보게, 안주도 조금 더 내어오지."

그가 다시 일어났다. 란사를 보는 그의 눈빛에 불편한 기색이 역력했다. 여자가 낀 것이 그리 탐탁지 않은 모양이었다. 다른 이들은 건성으로 술잔을 들었다 났다 하고 있었다.

인력거꾼은 툇마루에 쪼그리고 앉아 있다가 다시 마을로 내려갔다. 산속에 자리한 누옥은 우거진 나무들로 가려져 자세히 살펴보지 않으면 찾아낼 수 없을 것 같았다.

"그럼 저희는 이만 물러가겠습니다."

사내들 몇이 일어나 나갈 채비를 했다.

"그러시게. 거사가 잘 되어야 할 텐데……."

"곧 연락드리겠습니다. 쉬십시오."

그들은 이강을 향해 깍듯하게 인사하고 방을 빠져나갔다. 나뭇잎에 떨어지는 빗소리가 축축했다. 란사는 그들이 나간 후 그의 곁에 바짝 붙어 앉았다. 란사는 궁금증을 참지 못하고 물었다.

"거사라뇨?"

부엌에서 김치보시기를 가져온 청년이 경계를 하듯 란사 옆에 바짝 붙어 앉았다.

"쉿, 목소리 낮추시오."

그는 구멍 난 창호지 틈으로 밖을 내다보았다.

"빨리 이야기해주세요."

란사는 침을 꼴깍 삼키며 이강의 얼굴을 바라봤다. 그는 대답은 하지 않고 술잔을 그녀에게 내밀었다.

"술추렴하자고 부르신 건 아닐 테고……. 무슨 일이어요?"

란사는 술잔을 받으며 그의 얼굴을 바라봤다.

"목이나 축이고 이야기하십시다. 무에 그리 급하시오?"

그가 목이 긴 병에 담긴 약주를 란사에게 따랐다. 란사는 공손한 태도로 술을 받아 단숨에 들이켰다.

"어허, 성품이 어찌 그리……."

그가 천천히, 아주 천천히 술잔을 비웠다.

"저는 원체 성질이 급합니다만 전하께서는 어찌……."

"그렇게 부르지 마시오."

그의 표정이 어두워졌다.

"그럼 무어라……."

"양녕대군이라지 않았나? 아님 파락호가 나을까?"

그가 표정을 바꾸어 실실 웃으며 란사를 바라봤다.

"어찌 이러시옵니까?"

"그냥 강이라 부르시오, 산은 아니고."

그가 깊고 촉촉한 눈으로 란사를 바라보았다. 많이 외로운 듯했다. 싱거운 소리를 실실 해대는 걸 보니 그랬다. 어찌 아니 그러하겠는가. 어찌 술을 마시지 않고 견디겠는가.

"어찌 부르셨습니까?"

란사의 질문에 한참 술잔을 만지작거리던 그가 한숨을 섞어 말했다.

"나를 일본으로 오라 하네."

"누가요?"

"통감 이토 히로부미지."

"그래서 뭐라 하셨습니까?"

"말 같은 말을 해야 답을 하지. 만주에 시찰 다녀올 때까지 결정하라는군."

란사는 그의 얼굴에 드리운 그늘이 걱정스러웠다. 덩치는 산만하나 꼭 길 잃은 아이 같았다.

"중국으로 달아날까 싶기도 하고 미국으로 도망갈까 싶기도 하고……."

갈피를 잡을 수 없는 그의 처지에 한숨이 절로 터졌다. 그가 또 한 잔을 따라 목을 축였다. 그러다 청년에게 눈길이 머물더니 다시 그를 불렀다.

"이보게, 마을에 가서 술 좀 더 사오게."

청년이 힐끗 란사를 바라보았다. 란사는 그의 눈빛이 편치 않았으나 무념한 척 신경 쓰지 않았다.

"술을 더 드시게요?"

그가 란사를 마뜩잖게 바라보며 물었다.

"이 친구가 제법 마실 줄 안다네. 나보다 주량이 셀 걸세."

"어찌……."

청년이 머뭇거리는 폼이, 란사와 그를 두고 가는 것이 내키지 않는 듯했다.

"이보게, 어서 다녀오시게."

그의 목소리에 거역할 수 없는 위엄이 실렸다. 란사를 힐끔거리던 청년은 마지못해 일어났다. 순간, 청년을 떼버리고 그가 하고 싶은 이야기가 있을지도 모른다는 생각이 들었다. 그를 따라다니는 눈들이 있는 한, 그곳이 어디든 편할 수 없을 터였다. 청년이 나가고 발소리가 멀어지자 그가 기다렸다는 듯이 말했다.

"임정은 군자금이 모자라 고생이 많은 것 같습디다. 며칠 전에 사람이 왔어요."

이강은 고개를 떨군 채 조용하게 말했다. 염치없다는 생각이 들었는지 그는 눈을 마주치지 못했다.

"그건 또 준비해보겠습니다. 미국 교포들에게 부탁해둔 것도 있고 교회에서도 모금을 하고 있습니다."

"고생이 많소."

"그런데 저……."

란사는 자세를 고쳐 앉으며 이강을 바라봤다.

"무슨 말을 하려고 뜸을 들입니까?"

"아까 저를 보고…… 치, 친구라 하셨는데…….'"

"친구 맞지 않소? 동문수학한 처지니."

"그리 여겨주시면 황송합니다. 기쁩니다. 그동안에 저지른 결례는 두고두고 갚겠습니다."

"허허허, 하 여사도 마음이 여리군요. 뱉은 말이 아직 명치에 걸려 있나 보오."

"죄송합니다."

"그런 말을 들어도 괘념치 않소. 사실 맞는 부분도 있고……. 내가 가는 곳마다 여자가 있다는 이야기가 헛말만은 아니오. 숨어서 동지들을 만나다 보니 만만한 게 기생집입디다. 더러 술김에 여인을 품기도 했지요. 술 한잔할 때는 딱 서도 창을 들으면 좋은데……. 비가 부슬부슬 내리는 날엔 더욱 생각이 나오."

그가 쓸쓸한 눈길을 들어 창호지 너머를 바라봤다. 빗소리가 자작자작 스며들었다.

"〈관산융마〉를 이르십니까?"

"어찌 아오? 혹 〈관산융마〉를 할 줄 아시오?"

그가 놀란 눈으로 란사를 응시했다.

"그저 몇 번, 잘하는 이에게서 들은 적이 있습니다."

순이가 생각났다.

"그 창을 듣고 있으면 딱 내 처지 같아 가슴이 저리오."

그가 그리운 듯 아슴푸레한 눈길을 저 먼 데로 던졌다.

"제가 아는 기생을 부를까요?"

"아니, 아니오. 그냥 헛헛해서 말해본 것이오. 여긴 산속이기도
하고, 창이나 하며 즐길 장소가 아니오."

"사동궁에 계시다 들었는데 어찌 이런 누추한 곳에 와 계십니까?"

"일경들의 감시가 더 심해졌소. 그래서 요즘에는 동가식서가숙
하며 지낸다오."

"제가 은밀하게 계실 곳을 알아볼까요?"

"아니오. 그럴 필요는 없소. 그런 신세까지 지고 싶지 않소."

그는 완강하게 고개를 저었다.

"어찌 그걸 신세라 하십니까? 서운합니다."

란사는 진정 서운한 마음이 들었다.

그가 말없이 술잔에 시선을 주었다가 란사를 다시 한번 그윽하게
바라보았다. 한참이나 그러고 있던 그가 슬그머니 란사의 어깨를
감싸 안으며 말했다.

"고생하시었소. 앞으로도 더욱 애써주시오."

란사는 이강의 손길이 닿은 부분에 짜릿한 둔통이 이는 걸 느꼈
다. 어느 누구에게서도 받아보지 못한 느낌이었다. 입술이 바짝 타
들어가는 듯했다. 그 짧은 순간, 세상이 고요했다. 큼, 큼, 어색한
분위기를 느꼈는지 그가 란사에게서 손을 떼며 말했다.

"사람이 살면서 겪어야 하는 여덟 가지 괴로움이 있는데, 들어본
적이 있소?"

"여덟 가지 괴로움이라고요?"

"태어나고 죽고 병들고 늙고…… 거기에 애별리고(愛別離苦)와 원증회고(怨憎會苦)가 있소."

"애별리고?"

"사랑하는 사람과 헤어지는 괴로움, 미운 사람과 만나야 하는 괴로움. 거기에 구부득고(求不得苦), 구함을 얻지 못하는 괴로움까지 있소. 우리는 사는 동안 이 여러 가지 괴로움에서 벗어날 수 없소."

"그렇겠네요."

그가 그리 말하는 저의를 알 것도 같았다.

"사는 나날이 다 괴로움의 나날이오."

그가 남은 술을 마시고 빈 잔을 내려놓았다. 술병이 거의 비어 있었다. 이보게가 오려면 얼마나 걸릴까. 란사는 그가 차라리 술에 취해서라도 깊은 잠을 잘 수 있었으면 좋겠다고 생각했다.

"네……. 사는 날이 다 괴로움의 나날……."

란사는 그의 말을 곱씹듯 중얼거렸다. 그러면서 그의 얼굴을 우러러보았다. 그는 눈을 지그시 감고 생각에 잠긴 듯했다.

그가 가지는 괴로움의 종류가 그중 몇 개나 될까. 란사는 기울어가는 해를 보듯 그의 얼굴을 측은하게 우러러봤다. 술잔이 몇 번 돌도록 아무런 말도 할 수가 없었다.

"그보다는 들은 이야기가 있는데, 그 얘기나 좀 해주시오."

침묵이 무거웠는지, 술잔만 만지작거리던 그가 입을 열었다.

"무슨 이야기요?"

"윤치호 선생과 언쟁을 벌인 얘기가 회자되던데……."

"아, 그 일……."

란사는 불쑥 부끄러워져 고개를 돌렸다.

"그 이야기 좀 해보오."

이강의 재촉에 란사가 천천히 입을 떼었다.

"그게 말입니다. 대단한 일도 아닌데, 제가 윤치호 선생과 언쟁을 벌인 건 맞지요……. 화가 나서 문제 제기를 했지요."

"허허허."

그의 허전한 웃음소리가 잔잔하게 가슴에 와닿았다.

윤치호는 일본, 미국 등에 유학하여 신식 교육을 받았으며 의정부 참의, 학부협판 등을 역임한 사람이다. 일제에 아부하는 그의 행동을 탐탁지 않게 여기던 란사는 선교사들이 발행하는 영문 선교 잡지 『코리아 미션 필드(Korea Mission Field)』에 윤치호가 「기술 교육의 필요성」이란 제목의 글을 발표하자 기다렸다는 듯이 시비를 걸었다.

"좋게 말하면 문제 제기지만, 시비를 걸었다는 게 더 적절한 표현일 겁니다."

"대단한 배짱이오. 그래, 어떤 문제 제기를 했소?"

그가 깊은 관심을 표하듯 몸을 기울여 란사 가까이 다가왔다.

"내용인즉 이러합니다. 선교사들이 운영하는 여성 교육에 문제가 있다는 내용에 대해 조목조목 따지고 든 것이지요. 선교부에 다니는 여학생들은 요리하는 법도 모르고 바느질법도 모른다, 옷감을 자르고 빨고 다림질하는 법도 모른다, 경우에 따라 시어머니에게 대들 때도 있다, 대체로 살림하는 법을 모른다, 학교에 다닌다는 핑계로 힘든 일을 하지 않으려 하고, 실생활에 필요한 교육은 하지 않고 의식 교육만 시킨다는 내용에 대해, 그렇게 주장하는 근거를 들어보라며 대든 것이지요."

"허허, 대단하구려."

그녀는 선교사들이 운영하는 학교에 다니는 여학생들이 요리와 바느질을 못한다고 비판하는 것은 옳지 않다며 반박했다. 대부분의 여학생들이 다 하는 일을, 침소봉대하여 마치 많은 수의 여학생들이 그런 것처럼 오도했다는 것이었다.

"선교부에 다니는 여자들이 집에서 살림만 해온 여성들보다 잘하지는 못하여도 그의 주장처럼 형편없는 지경은 아닐뿐더러, 외국의 경우에는 슬기로운 어머니, 충실한 아내, 깨우친 가정주부가 되는 것이 목표이지, 요리사나 간호사, 또는 바느질에 능한 여성을 키우는 것이 목적이 아니라고 이야기했지요."

"허허, 그래서?"

"신여성을 배출해야 할 시기에 구시대적인 잣대로 여성을 바라보는 것이 화가 났어요."

란사는 그때처럼 또 울분이 차올라 목소리를 높였다. 그 소식을 듣고 가장 기뻐하며 박수를 친 것은 화영이었다. 자신은 할 수 없는 일을 당당하게 해내는 란사가 존경스럽고 고맙다고 했다. 그녀가 대단한 여장부라고 두 손을 들어 찬사를 퍼부었다. 감히 윤치호의 주장을 반박하다니!

에스더도 그 소식을 듣고 란사를 칭찬했다. 어떻게 그렇게 당당할 수 있는지, 그녀가 부럽다고도 했다. 란사는 단호하게 말했다.

"여자라고 해서 차별받아야 할 일은 없습니다. 인간으로서, 당당하게 자신이 하고자 하는 일을 할 수 있어야 합니다."

그 일은 란사 자신에게도 자존감을 키우고 용기를 갖게 한 사건이었다. 자신의 주관을 철저하게 지켜나가는 그녀의 용기는 많은 여성들의 억눌린 마음을 시원하게 했다. 지나칠 정도로 사치스럽고 파격적인 행동도 불사하며 성미도 고약할 때가 있지만, 나라의 장래와 여성의 미래를 걱정하는 모습은 많은 존경을 받았다.

"이 땅의 여인들을 사랑하오. 배우지 못하고 대접받지 못한 여인들을 사랑하오. 난 그들을 위해 무언가를 하고 싶소. 여자도 남자와 동등한 대우를 받는 나라가 되어야 하오. 여자도 남자 못지않은 심지와 결단력이 있소."

란사를 그윽하게 바라보는 의친왕의 눈빛엔 깊은 신뢰가 그득했다. 의친왕의 말에 고개를 끄덕이며 그녀는 그 모든 일이 마땅히 해야 하는 일이라고 여겼다. 그 일을 한 것이 자신이라는 것에도 자긍심이 대단했다. 하지만 그 앞에서는 한없이 부끄럽고 초라하게 생각됐다. 힘없고 배우지 못한 여성들을 위한 교육을 펼쳐나가리란 당당한 포부도 사동궁 전하 앞에서는 더없이 작은 일이었다. 이강은 란사의 그런 용기를 깊이 신뢰하고 있는지도 모를 일이었다. 에스더조차도 전하 앞에서 그토록 오만하던 란사가 그런 일을 해냈다는 사실에 놀라워하고 있었다. 그녀의 여성 교육에 대한 열망은 그 누구보다 깊고 열정적이었다.

"놀랍소. 어찌 그런 생각을 하였소?"

그가 술잔을 든 채 하란사를 그윽하게 바라봤다.

"그는 일본의 앞잡이입니다. 일본에 빌붙어 조선중앙기독교 청년회(YMCA) 회장, 조선체육회 회장, 중추원 고문에 연희전문학교 교장 감투까지 쓴 인물이 아닙니까. 누군가는 호되게 반박을 해야 합니다."

"음······."

그가 짧은 신음을 뱉으며 벽에 몸을 기댔다. 바람이 부는지 창호지 문이 몇 번 덜컹거렸다. 문짝이 헐거운 것 같았다. 덜커덩거리는 그 소리가 빈 공간을 몇 번 헤집었다. 잠시 침묵이 흘렀다. 벽에 기대어 있던 그가 갑자기 몸을 일으키더니 창호지 너머를 향해 나지막하게 말했다.

"이보게, 들어오시게."

문밖에서 이야기를 엿듣고 있던 청년이 후다닥 뛰어 들어오며 멋쩍게 웃었다. 그는 여전히 란사를 경계하고 있었다.

그림자가 되고 싶어

란사는 차츰 변해갔다. 황족에 대한 생각도 완전히 달라졌다. 나라를 이 지경으로 만든 것은 사리사욕에 눈이 먼 위정자들과 일제에 붙어 자신의 안위를 보장받으려는 친일파들이었다. 물론 황족이 그 문제에서 완전히 자유로울 수는 없었다. 하지만 고종 황제를 만나고 은밀한 밀지를 수행하는 일이 잦아지면서 황실에 대한 원망은 열망으로 바뀌어갔다. 어서 이 나라를 되찾아야 한다는 생각으로 임정에 보내는 군자금 마련에 온 힘을 쏟았다. 이강과 함께하는 일이라 더욱 힘을 쏟았다. 란사의 눈빛도 달라졌다. 강직한 성격은 오히려 일을 추진하는 데 도움이 되었다. 이강이 하는 일이나 가시는 곳에는 란사가 그림자처럼 따라다녔다. 그러면서 그가 상해 임시정부와도 긴밀한 연락을 주고받는다는 것, 임정에서 그를 모시려는 뜻이 있다는 것을 알게 됐다. 겉으로는 파락호처럼 굴지만 그의 속에는 나라를 되찾으려는 뜨거운 의지가 활활 타오르고 있다는 것을 안 것이다. 그래서 란사는 더 충성을 맹세했다. 물론 더는 그 앞에서 충성 맹세를 하지는 않았지만, 그녀 마음속의 다짐은 점점 단단해졌다. 그를 위해서라면 죽음도 두려워하지 않으리라.

'애정하면 못할 것이 없소, 애국도 그러할 것이오. 이 땅을 애정하기에 애국해야 하는 것이오.'

그 말이 목젖까지 차올랐지만 입 밖으로 내뱉지는 않았다.

이강을 만날 때마다 그의 곁을 지키는 이는 델러웨이에서 본 그 청년이었다. 도무지 친해질 수 없을 만큼 차가운 사람이었다. 청년은 언제나처럼 진지한 얼굴로 나타나 이강의 주변을 지켰다. 얼마나 진지한 표정으로 열심히 그 일을 하는지 웃음이 날 지경이었다. 란사가 물었다.

"청년 이름은 뭐예요? 지난번에도 물었는데 대답 안 했어요."

그러자 청년이 당황한 표정으로 말했다.

"거, 왜 자꾸 이름을 묻고 그래요?"

"그래도 자주 보는 사이면 이름 정도는 알고 있어야 되지 않나요?"

란사의 집요한 물음이 우스웠는지 이강이 청년에게 말했다.

"이보게, 이분은 믿을 만한 분이니 이름을 알려줘도 되네."

그래도 그는 요지부동이었다. 란사에 대한 믿음이 깊지 않은 눈빛이었다. 그런 그를 보고 란사가 손사래를 쳤다.

"그렇게 꽁꽁 숨기지 않아도 내가 청년 이름을 알아냈어요."

그러자 청년이 눈을 동그랗게 떴다.

"어, 어떻게요?"

란사는 능청맞게 대꾸했다.

"이름이 보게구만. 이보게 하는 걸 보니 성씨는 이 씨고. 앞으로는 보게 씨라 부르리다."

란사의 말에 이강이 너털웃음을 터트리며 말했다.

"하하하하, 보게라……. 그것도 나쁘지 않군. 이보게, 어떤가?"

청년이 란사를 향해 눈을 부라리며 안절부절못하더니 이강의 너털웃음에 어설프게 따라 웃었다.

이강을 만나고 돌아온 란사가 가장 먼저 한 일은 집을 고치는 일이었다. 서재로 쓸 방이 좁으니 뒤쪽 헛간을 터서 방을 크게 만들겠다는 것이었다. 물론 하상기가 허락한 일이었다. 하지만 하인들의 입장에서 보면 의아한 생각이 들 만했다. 멀쩡한 방을 터서 안방보다 큰 서재를 만들겠다는 것도 이해할 수 없는 일이었지만, 미송으로 책장을 맞추는 일도 어마어마했다. 한쪽 벽면을 다 책장으로 채우고도 방문까지 가려가며 책장을 만들었다. 수리를 하기 위해 부른 목수들도 전라도 어디에선가 불러왔다 했다. 어찌 그 먼 곳에서 일꾼들을 불러왔나, 사람들은 수군거렸다. 수상한 점은 그뿐만이 아니었다. 한 보름을 퉁탕거리며 공사를 하고 인부들이 돌아가자 방 청소까지 마님이 직접 하는 것이었다. 가장 불편한 건 한집에 사는 며느리였다. 당신이 낳은 딸까지 며느리 손에 키운 터에 새삼스럽게 청소를 손수 하는 것이 영 불편했다.

"왜 이러십니까? 청소는 제가 할 텐데요."

무던한 며느리는 안절부절못했다.

"아닐세. 이 방은 청소도 내가 할 터이니 얼씬거리지 말게."

"어찌? 제가 무얼 소홀히 했습니까?"

며느리는 오히려 죄스러운 표정을 지었다.

"아니라네. 미국에서는 자기 일은 다 자기가 알아서 한다네. 여자라고 너무 집안일에만 매달려 사는 것은 옳지 않네."

구구절절 옳은 소리이긴 하나 며느리는 의아한 마음을 지우지 못했다. 햇살이 들어오는 창문도 반을 가려 책장을 놓았다. 봐야 할 책이 많은 것은 대청에 쌓인 책들만 봐도 이해가 되었으나, 기역 자로 만든 책장에 책을 가득 채운 날 란사가 한 일은 더욱 이해할 수 없는 일이었다.

"오늘 집에 손님들이 올 터이니 술상 좀 차리거라."

미국에서 돌아온 날처럼 란사는 양장을 멋들어지게 차려입었다. 한복을 입고 온 기생들과는 옷차림에서도 비교가 되었다. 큼직한 진주 귀걸이와 목걸이는 도도했고 아래위 까맣게 차려입은 옷은 거만해 보이기까지 했다. 치마 사이로 하얗고 긴 다리가 드러나 있었다. 며느리 말로는 그게 투피스라는 서양 옷이라 했다. 손 하나 까딱하지 않고 사람을 부리는 솜씨는 영락없는 안방마님이었다. 그녀는 당당하고 도도했다.

술상도 잔칫집 수준이었다. '술상 좀' 차린 수준이 아니었다. 집안 여자들만으로는 일손이 부족해 일하는 여자들을 두엇 더 불러 음식 준비를 했다. 마침 하상기는 다른 지방으로 출장을 간 터였다. 그런 일은 자주 있었기에 이상하게 여길 일도 아니었다. 그런데 이번엔 손님으로 온 사람들이 놀라웠다. 코쟁이들이 서넛에, 남정네들이 서넛에, 분내 나는 기생까지 부른 것이었다. 전 부인 때부터 침모로 일하던 함평댁은 혼자 고개를 설레설레 저었다. 그도 그럴 것이, 남편 없는 집에 남자들을 불러들이는 일로도 놀라운데 꽃 같은 기생까지 불러들이다니.

"작은 마님, 이게 무슨 일입니까요?"

함평댁은 마침 부엌으로 들어오는 며느리를 향해 물었다.

"시끄럽네. 일이나 하게."

혼이 빠질 만큼 대청마루는 소란한데, 며느리는 조용하기만 하다. 그도 이해하기 어렵다. 하긴 상전들이 하는 일이니 함평댁이 이해하고 말고 할 문제가 아니긴 했다. 하지만 세상이 이렇게 변해도 되는가 싶은 생각은 지울 수 없었다.

란사를 중심으로 한 손님들은 거리낌 없이 웃고 떠들고 왁자지껄했다. 하지만 다시 꾸민 방에는 사람들을 들이지 않았다.

"자, 많이들 드시고 앞으로 많이 도와주십시오."

며느리가 따끈따끈한 전을 부쳐 내갔다. 란사가 일어나 남자들에게 깊이 절을 하고 기생 한 명을 불러 앉혔다.

"이 아이는 수원 기생입니다. 저랑 친한 기생이 데려온 아이인데 창을 아주 잘합니다."

박수 소리가 났다.

"도화라 하옵니다."

콧소리를 섞어 말하는 기생의 눈에 간살스런 애교가 줄줄 흘렀다. 꽃 같은 기생이 자리하고 앉아 흥겨운 〈방아타령〉을 부르기 시작하자 추임새를 넣는 남정네들은 어깨를 들썩이며 신명이 났다. 쿵타닥 쿵닥, 장단을 맞추는 장구 소리에 대청마루가 들썩거렸다.

오월이라 단오일 송백수양 푸른 가지 높다랗게 그네 매고
작작도화 늘어진 가지 백릉버선에 두 발길로
에~ 후리쳐 툭툭 차니 낙엽이 둥실 떴다~.

기생이 흥을 올리니, 이어 후렴이 붙는다.

얼씨구 절씨구 잦은 방아로 돌려라
아하 에이요 에이어라 방아흥아로다.

코 큰 남자들도 제법 창을 따라 했다. 아마도 선교사라는 사람들 같았다. 조선말도 유창하게 하는 걸 보니 그럴싸했다. 함평댁은 슬금슬금 눈치를 보며 음식을 날랐고 모인 사람들 면면을 훑었다. 나라 사정은 모르쇠인 사람들 같았다. 한심한 인사들 같았다. 일본 놈들 때문에 나라가 엉망진창인데 저 인간들은 뭐하는 인간들인가 생각하니 이가 악물렸다.

하지만 그 사람들, 란사의 집에 모인 사람들은 함평댁이 생각하

는 것처럼 그냥 세월이나 낚는 한량들이 아니었다. 친구 화영을 통해 기생 몇을 부르기는 했지만 그건 일부러 보이기 위한 눈속임이었다. 화영도 모처럼 꽃단장을 하고 와서 분위기를 돋우었다. 아직 표 나게 배가 부르지는 않았다. 반나절을 홍청거린 사람들은 저녁까지 거하게 먹고 난 후에야 돌아갔다. 함평댁은 부엌 가득 쌓인 설거지를 보며 한숨을 쉬었다. 썰물처럼 그들이 빠져나가자 란사는 언제 그랬냐는 듯이 서재 방으로 들어가 조용해졌다. 불빛이 새어나오지 않았다면 사람이 없다 여겼을 만큼 고요했다.

모두가 돌아간 저녁, 란사는 새로 꾸민 서재로 들어와 문을 닫았다. 남편에게조차 다 말할 수 없는 비밀이 그 방에 숨겨져 있었다. 헛간과 맞닿아 있는 벽을 반쯤 터서 비밀 공간을 만들었다. 겨우 한두 사람 정도 쉴 수 있는 공간이었다. 책장을 닫으면 그 공간이 있는지 알 수 없는 구조였다. 정동제일교회 예배당 파이프오르간이 놓인 자리 밑에 비밀한 공간이 있는 것처럼, 만약의 경우에……
란사의 속내는 따로 있었다. 정말 어려운 상황이 되면 그곳에 그분을 모시리라는 것. 그럼에도 불구하고 좁은 공간에 그분을 모실 일은 일어나지 않아야 된다고 생각했다. 아무에게도 들키지 않기 위해 란사는 여러 가지로 마음을 쏟았다. 안 쓰던 요강을 들여놓은 것도 그런 이유에서였다. 하상기는 슬쩍 그 방을 들여다보고는 그냥 씩 웃었다. 그 웃음이 뭘 짐작한 웃음인지 아닌지는 알 수 없었다.
란사는 그 방에서 밤늦도록 책을 보았다. 서양에서 가져온 스탠

드라는 전등이 비치는 방 안은 대낮처럼 밝았다. 때로는 적막하기도 하고 때로는 영어로 중얼거리는 소리도 들렸다. 낮에는 하루 종일 나가 있다가도 저녁이 되면 그 방에 틀어박혀 꼼짝도 하지 않았다. 하루 종일 그 방에서 나오지 않을 때도 있는데 그럴 때는 밥상을 차려 대청 앞에 놓아두라는 분부가 떨어졌다. 방 안까지 가져다드려도 좋으련만 굳이 방문 앞까지만 가져다 놓으라는 것이었다. 당부도 있었다. 밥을 고봉으로 풀 것과 찬도 가지가지 많이 담아오라는 것이었다. 의아해하는 며느리에게 란사는 말했다.

"머리를 쓰는 일은 에너지가 많이 필요해. 그래서 아주 잘 먹어야 되거든."

그러려니 했다. 어떤 땐 그리 드시고도 부엌으로 내려와 먹을 걸 찾을 때도 있었다.

"혹 임신을 하신 건 아닐까요?"

며느리의 말에 고개를 갸웃거리던 함평댁이 조심스럽게 말했다.

"그런데 왜 요강은 들여놓으라시지?"

"요강을요?"

"그래, 미국 다녀오신 후부터 비위생적이라고 방 안에 요강을 안 두셨잖아. 그런데 요즘은 요강을 쓰신다니까?"

"정말요?"

며느리도 놀라운 듯 눈이 동그래졌다.

"그래, 그것도 매일 쓰지는 않으시는 것 같고, 어쩌다 쓰시는데, 전 같으면 나를 불러 비우라 할 텐데 그것도 손수 비우신다니까?"

"정말 이상한 일이네요. 하지만 이유가 있겠죠."

성미가 순한 며느리는 늘 그런 식으로 좋게 생각하는 듯했다. 하지만 함평댁은 아무리 생각해도 이해하기 어려운 일이었다.

그러던 어느 날, 함평댁은 이상한 장면을 목격했다. 저녁 반찬이 짰던지 갈증이 나 물을 마시기 위해 부엌으로 가던 함평댁이 흠칫 걸음을 멈추었다. 자정이 깊어가는 시각에 마당을 서성이는 마님을 본 것이다. 대문 쪽을 자꾸 바라보던 마님은 곧 어떤 소리에 끌리듯 걸음이 빨라졌다.

"헉!"

함평댁은 너무 놀라 자신도 모르게 입을 막았다.

살그머니 열리는 대문으로 들어서는 사람이 키가 큰 남자였다. 어두워서 얼굴은 보이지 않았지만 그는 성큼성큼 집 안으로 들어서 마님이 안내하는 대로 대청을 지나 서재 방으로 그림자처럼 스몄다.

함평댁은 너무 놀라서 얼른 방으로 돌아와 자리에 누웠다. 가슴이 벌떡거려 숨소리가 거칠었다.

"세상에나, 세상에나. 남편 없다고 사내를 집으로 끌어들여?"

함평댁은 놀란 가슴을 툭툭 치며 숨을 참았다. 아무도 본 사람이 없길 바랐다. 나이로 치자면 딸보다도 어린 사람이다. 뜨거운 춘정을 어쩌지 못해 사내를 끌어들인 걸까? 아버지뻘인 남편이 없는 사이, 사내를 불러들여…….

그런 생각을 하다가 함평댁은 제 볼을 꼬집었다.

"아이구, 망측해라. 세상에, 세상에!"

살그머니 일어나 문을 열고 살펴보았다. 서재 방에는 불이 꺼져 있었다.

수상한 세월은 여전히 소리 없이 흘렀다. 란사의 일상은 여전히 바빴다. 조용하게 일기 시작한 여성들의 모임에서도 주도적 역할을 하고 학생들도 가르쳐야 하고 가끔 전하와 궁에도 드나들어야 했다.

지독한 여름이 지나는가 싶더니 어느새 바람이 불고 푸르던 나뭇잎이 새들새들 말라가다가 더는 견디지 못하고 바닥으로 나뒹굴었다. 그걸 보고 있자니 마음이 쓸쓸했다. 저 낙엽이 나라와 비슷해 보일 때면 우울하기 짝이 없었다.

"아, 언제나 빼앗긴 나라를 되찾을 수 있을꼬."

이강을 만난 이후로 자리 잡기 시작한 란사의 꿈은 점점 간절해져 갔다.

그를 죽인 자

밤늦게 전갈이 왔다. 지난번 그 인력거꾼이었다. 전보다 심각한 표정으로 말을 전했다. 모시랍니다. 분명 짐작하는 그 일 때문인 게다. 란사는 서둘러 간편한 복장으로 집을 나섰다. 함평댁이 입을 삐죽이며 고개를 저었다. 함평댁의 눈에 란사는 영락없이 바람난 여편네였다. 하상기는 또 출장 중이었다.

인력거꾼이 란사를 데려간 곳은 지난번과 또 다른 곳이었다. 이번엔 자하문 밖 허름한 초옥이었다. 여전히 대여섯 명의 장정들이 그와 함께 있었다. 그들은 심각한 얼굴로 앉아 있었다. 이제는 제법 낯익은 얼굴들이었다. 물론 보게도 있었다. 란사를 쳐다보는 표정이 여전히 떨떠름했다. 그녀가 자리에 앉자마자 이강이 무겁게 입을 열었다.

"이토가 죽었네."

1909년, 산산한 가을바람이 부는 깊은 10월의 어느 날이었다.

"누가 죽어요?"

란사가 다시 물었다. 이토가 죽었다는 사실을 믿을 수 없어서였다.

란사는 자연스럽게 배정자를 떠올렸다. 세상이 발칵 뒤집힐 만큼 충격적인 소식임에 틀림없고, 덩실덩실 춤이라도 추고 싶은 심정이었다. 그러나 춤을 출 수 없는 것은 용기 있는 한 사람에 대한 연민 때문이었다.

"어, 어디서?"

"하얼빈에서 죽었다네."

그의 목소리가 축축했다.

"그럼 기뻐해야 하는 거 아닌가요?"

"그렇지. 분명 기뻐해야 할 일이지. 그런데 이토를 죽인 사람이…… 안중근이오."

그는 고개를 숙이고 한숨을 깊게 내쉬었다. 안중근, 그 이름을 듣자 란사의 얼굴에도 그늘이 졌다.

"잡혔습니까?"

"어찌 안 잡힐 수 있겠소."

그의 한숨은 안중근에 대한 연민 때문인 것 같았다.

"안중근은 1907년 연해주로 망명하였소. 이는 국외에서 의병부대를 조직하여 독립전쟁 정략을 구사하기 위해서였소."

그는 차분하나 눅눅한 음성으로 말했다. 마치 애도하는 듯한 말투였다.

"1909년 1월, 의병 재기를 도모하면서 동지 11명과 단지동맹을

맺고 구국에 헌신할 것을 맹세한 안중근이 기어코 거사를 치른 모양이오."

"침략의 원흉인 이토를 없애기 위해 안중근이 오래전부터 계획하고 있다는 이야기는 듣고 있었지요."

사내 중 한 명이 이강의 말을 받았다.

"하지만 늙은 능구렁이 같은 이토가 그리 쉽게 잡힐 리는 없지요."

또 다른 사내가 한숨을 내쉬며 무겁게 입을 열었다.

"자세하게 좀 이야기해봐요."

란사가 조급하게 말했다.

"안 동지가 대동공보*에 들렀다가 이토 히로부미가 만주에 온다는 소식을 들었다오. 호시탐탐 기회를 노리던 안 동지가 이번에는 반드시 거사를 행하겠다는 다짐을 하고 준비를 했다 합니다. 원수를 없앨 기회가 왔다는 생각에 안 동지는 기뻐했답니다."

하얼빈에서 소식을 들고 온 사람이었다. 그는 턱수염을 기르고 검은 모자를 눌러써 얼핏 보아서는 조선 사람 같아 보이지 않았다.

"누군들 그러하지 않았겠나."

그가 여전히 젖은 목소리로 말했다.

"그에게 도움을 준 것은 대동공보사의 사람들이었답니다. 하얼빈으로 가는 경비와 권총 세 자루를 마련해주었고, 이때 함께한 사

---

*   20세기 초 러시아에서 한국 교민단체가 발행한 신문. 1908년 6월 블라디보스토크에서 교포들의 친목 단체인 한국국민회(국민회)의 기관지로 창간되어 주 2회 발간했다.

람이 대동공보사의 집금 회계원인 우덕순이라 합니다. 10월 21일, 우덕순과 안중근이 블라디보스토크에서 하얼빈으로 갔답니다. 26일 아침에 이토가 하얼빈에 도착한다는 정보를 얻은 안중근은 역에서 러시아 병사들의 경비망을 뚫고 이토를 저격하였답니다."

"참 장한 일이나 가슴이 아프오."

그가 가슴을 문지르며 한숨을 토해냈다.

"러시아의 재무대신 코코프초프와 열차 안에서 30분 정도의 회담을 마친 이토가 역 구내에 도열한 러시아 의장대를 사열할 때 안 동지가 권총을 쏘았다 합니다. 미리 준비한 권총으로 세 발을 쏘자 일본인들이 쓰러졌고, 이토를 수행하던 비서관과 하얼빈 총영사, 만주 철도 이사 등이 중경상을 입고 쓰러졌다 합니다. 이토에게 발사한 총알은 오른팔 윗부분을 관통하고 흉부에, 제2탄은 오른쪽 팔꿈치를 관통하고 흉복부에, 제3탄은 윗배 중앙 우측으로 들어가 좌측 복근에 박혔답니다……."

그의 말이 끝나자 긴 침묵이 흘렀다. 원흉이 죽었다는 일은 만세를 부를 일이나 앞으로 안중근에게 일어날 일에 대한 참혹한 상상에 모두 입을 다물고 있는 것 같았다. 란사 역시 침묵했다.

"참 장한 일을 하였소. 그가 한 일이 바로 애국이오. 크나큰 애국이오. 그런데 그를 구할 방법은 없겠소?"

이강의 무거운 한마디가 방 안에 무겁게 내려앉았다. 그가 나라를 진정으로 사랑하였구나. 애국이란 진정한 사랑에서 나오는 것이라. 이강의 말에 누구도 대답하는 이가 없었다. 다들 고개를 깊이 숙이고 한숨만 내뱉고 있었다.

지난번 만났을 때 이토가 돌아오면 이강을 일본으로 데려갈 방도를 찾겠다 하였던 일이 떠올랐다. 그 생각을 하면 이토가 죽은 것은 참으로 다행스러운 일이었다. 그러나 그 일로 말미암아 일경들은 독립운동하는 이들을 감시하고 색출하는 일에 더욱더 혈안이 될 것이다. 그렇게 생각하니 걱정이 앞섰다.

"전하가 걱정됩니다. 당분간 어디 피해 계셔야 할 듯싶습니다."

란사의 목소리가 떨렸다.

"어디로 피할 수 있겠소……."

체념 어린 목소리였다.

"만주로 가 계시는 게 어떠실지……."

청년 한 명이 조심스럽게 말했다.

"불가할 것이오. 이미 나를 잡으려고 혈안이 되어 있을 텐데. 더구나 그들은 나를 일본에 사죄특사로 보내려 한다*는 말이 있소."

"저런 죽일 놈들, 그게 어찌 전하를 앞세울 일이라고!"

한 청년이 울분을 참지 못해 주먹으로 바닥을 내려쳤다. 하지만 그것뿐이었다.

긴 침묵이 방 안에 감돌았다. 아무것도 할 수 없는 무력감이 란사의 온몸을 휘감았다. 그가 해외로 돌아다닌 일은 한두 번이 아니나, 갑자기 요주의 인물이 되었으니 날개를 잃은 새 꼴이 되어 달아날

---

*   이혜경, 『나의 아버지 의친왕』, 도서출판 진, 1997, 63쪽.

곳은 없어 보였다. 1891년, 고종 28년에 의화군에 봉해진 후에는 더욱 그러했다.

"1894년 보빙대사로 도일하여 청일 전쟁의 승리를 축하하고 이듬해 6개국 특파대사 자격으로 영국, 독일, 프랑스, 러시아, 이탈리아, 오스트리아 등을 방문하실 때만 해도 전하의 앞날은 거칠 것이 없어 보였지요."

한 청년이 그리운 일을 떠올리듯 한숨을 섞어 말했다.

"그랬지요."

곁에 앉은 이가 고개를 주억거리며 대꾸했다.

"이제는 이토가 죽은 상황이니 외국으로 가는 일도 어려울 것입니다."

"전하는 미국 유학 등을 통해 누구보다 국제 정세에 민감하지만 이토가 죽은 상황에서는 운신하시기가……."

모두 이강을 염려하는 말들을 쏟아냈다. 하지만 그들이 하는 말은 오직 염려일 뿐, 대안을 제시하는 이는 없었다.

란사는 깊은 시름에 잠겼다. 방 안에는 침묵이 흘렀다. 바람 소리가 방 안을 휘저었다. 그 누구도 입을 열지 않았다. 이보게는 여전히 충실하게 그의 곁을 지키고 있었다.

"아무래도 내가 가봐야겠소."

한참 만에 그가 무겁게 입을 열었다. 고개를 떨구고 앉아 있던 사람들이 일제히 고개를 들었다.

"안 됩니다. 전하께서 가실 수는 없습니다."

거의 동시에 그들이 외쳤다.

"어떻게든 그를 살릴 방도를 찾아봐야 하지 않겠나. 여기 앉아서는 아무것도 할 수가 없지 않은가."

"전하가 가셨다가 일을 더 크게 만들 수 있습니다. 저희들이 의논해보겠습니다. 전하는 안전한 곳에 피해 계셔야 합니다."

그들의 표정은 단호하고 진지했다. 그들의 말을 들으며 란사도 마음이 무거웠다. 어찌하면 저분을 지킬 수 있을까, 그 생각뿐이었다. 그러나 아무리 생각해보아도 란사가 할 수 있는 일은 생각나지 않았다.

"어떻게 하든 그를 구할 방도를 찾아야 하오."

그가 침통한 표정으로 말했다. 그는 오로지 안중근을 걱정했다.

"저도 도울 수 있는 방법을 찾아보겠습니다."

대책도 없이 그런 말이라도 해야 할 것 같았다.

"하 여사는 지난번 부탁한 일이나 서둘러주시오. 조만간 중국으로 갈 사람이 정해질 것이오."

"예, 알겠습니다."

지난번 부탁한 일……. 그것은 임정에 전할 군자금일 것이었다. 하지만 번번이 큰돈을 모으기란 쉽지 않았다. 손을 벌릴 수 있는 데는 다 손을 벌렸고, 심지어는 남편에게도 큰돈을 부탁한 적이 있었다. 출구가 막힌 동굴 속 같았지만 이럴 때일수록 더 적극적으로 그를 도와야겠다는 생각이 들었다. 하지만 구체적으로 뭘 어떻게 해야 할지는 얼른 생각나지 않았다. 이즈음 사는 일은 문 하나를 열면 또 다른 문이 있는 형국이었다. 그 문 안에는 무엇이 있는지 알 수 없었다.

하상기가 오기를 기다려 란사는 통고하듯 말했다.

"미국엘 다녀와야겠어요."

그녀의 말투를 알고는 있었지만 하상기는 조금 기분이 상했다. 요즘 그녀의 행동은 하상기의 심사를 건드리기에 충분했다. 시도 때도 없이 밖으로 나도는 것은 그렇다 쳐도, 전에 없이 자주 가마꾼이 오는 것은 불편했다.

"갑자기 미국엔 왜?"

하상기의 말투도 곱지 않았다.

"대학 동창들과 교회 사람들을 좀 만나야 해요."

"무슨 일로?"

꼬치꼬치 묻는 하상기의 태도에 란사도 기분이 썩 좋지 않은 듯했다.

"왜 전에 없이 꼬치꼬치 묻는 거죠?"

그 말에 하상기의 표정이 조금 더 사나워졌다.

"뭐든 당신 마음대로 하라 했지만, 요즘은 좀 지나치다 싶은 생각이 들어서 그러오."

"뭐가 지나친가요? 수시로 드나드는 가마꾼 때문에 그러는 거예요?"

란사의 목소리에도 날이 서 있었다.

"아니라고는 하지 못하겠소. 내가 당신을 만난 세월이……."

하상기의 목울대가 꿀꺽 말을 삼켰다. 란사가 하상기를 똑바로 바라보며 말했다.

"저를 의심하는 거여요?"

"그건 아니오만……."

하상기가 오히려 말꼬리를 흐렸다.

"나라가 존망 위기에 처했는데 대장부가 어찌 그런……."

말꼬리를 흐리는 건 란사도 마찬가지였다. 대의를 앞세운다는 명분이 있기는 했지만 그것만이 온전한 목적이라고는 할 수 없었기 때문이다.

"누구랑 가오?"

하상기의 목소리에 풀기가 빠졌다.

"혼자 가요."

쌀쌀하게 건너오는 란사의 말투에는 화가 잔뜩 묻어 있었다. 하상기가 기대했던 대답은 아니었다. 그녀가 혼자 미국으로 건너가서 할 일은 대충 짐작이 갔다. 선교사들을 만나고 대학 동창들을 만나고 사탕수수밭 노동자로 일하는 동포들을 만날 것이다. 그들에게 임정의 어려운 사정을 알리고 구걸하듯 자금을 모아 오기 위함일 것이다. 그녀는 이미 그런 쪽으로 탁월한 능력을 드러내고 있었다. 그럼에도 불구하고 하상기의 마음은 결코 편치 않았다. 그녀의 마음이 흘러가 있는 곳을 짐작하기 때문이었다.

"미안하오. 안중근이 이토를 죽인 이후에 나라 안팎이 더 뒤숭숭한데, 당신 혼자 간다는 게 염려되어서 하는 소리요."

그는 성급하게 변명했다. 하지만 그의 사과에도 란사는 대답이 없었다. 들려오는 숨소리가 거칠었다. 화를 참고 있다는 증거였다. 하상기는 란사를 바라보았다. 시선을 저 먼 데다 두고 팔짱을 낀 채였다. 그는 미리 준비해두었던 봉투를 하나 내밀었다. 비자금인 셈이었다.

"얼마 되지는 않지만 보태시오."

그렇게 말하면 란사의 마음이 좀 누그러지리라 생각했다. 그런데 란사는 봉투를 본체만체 방문을 소리 나게 닫고 밖으로 나가버렸다. 찬바람이 쌩 불었다. 한숨이 터져 나왔다. 자신이 못나게 굴었다는 생각과 그럴 수 있다는 생각이 엇갈렸다. 자신의 아내이나, 어느 순간부터 그녀는 그의 품에 없었다. 다소곳하지도 않고 상냥하지도 않고 부드럽지도 않은 여자, 고집이 세서 그 누구의 말도 듣지 않는 여자, 욕 잘하고 제멋대로인 여자……

하상기는 그런 란사를 사랑으로 보듬었다. 말은 하지 않았지만 어려운 시절을 이겨내기 위해 그런 성격이 형성되었으리라는 생각에 그저 안쓰럽기만 해서 매사 너그럽게 대해왔다. 그것은 집을 자주 비우는 데 대한 보상일 수도 있었다. 그런데 이즈음에 드는 생각은 그게 아니었다.

사실 그 봉투부터 내밀고 이야기를 하는 게 옳았다. 그리고 조곤조곤 물어보았어도 좋을 일이었다. 하지만 그의 마음이 조급했으므로 생각처럼 말이 곱게 나오지 않았던 것이다. 그는 길게 한숨을 쉬었다. 그러고는 양복을 갖춰 입고 방을 나섰다.

"함평댁."

"예에~."

기다린 것처럼 함평댁이 마루 끝에 서 있었다.

"마님 들어오시면 저녁에 늦는다 전하시게."

"예에~."

함평댁은 대답을 하면서도 하상기를 힐끗거리며 눈치를 살폈다.

바람이 차가웠다.

보게의 심부름을 온 것은 지난번 산속 누옥에서 본 적이 있는 청
년이었다. 그가 전해온 종이에는 미국에 가서 만날 인사들의 명단
이 적혀 있었다.

"어디 계신가?"

그가 어디에 몸을 숨기고 있는지가 가장 궁금했다. 머뭇거리던
청년이 아주 조심스럽게 말했다.

"거창에 가 계십니다."

"거창?"

"예, 거기에 전 승지였던 정태균의 집이 있다 합니다. 거기서 우
국 청년들과 접촉하시고 그곳을 장차 의병의 본거지로 삼으려고
하신다 들었습니다."

잠시 서운한 생각이 스쳤다. 말씀을 해주시고 가셔도 좋았을 것을.

"오, 그래요……. 얼마나 머무르신다던가요?"

"그것까지는 모릅니다. 여사님께 그렇게만 전하라 하셨습니다."

"네에……."

날씨가 꽤 쌀쌀했다. 무심한 구름이 하늘에 걸려 있었다.

"정말 동가식서가숙이시구나."

마음이 저릿하고 쓸쓸했다. 어디에도 깃들지 못하는 인생행로가 더없이 측은하고 안타까웠다.

안중근은 1910년 2월 14일에 사형 언도를 받고 3월 26일 뤼순 감옥 형장에서 순국했다.

"내가 대한 독립을 회복하고 동양 평화를 유지하기 위하여 3년 동안 해외에서 풍찬 노숙하다가 마침내 그 목적을 달성하지 못하고 이곳에서 죽노니 우리들 2,000만 형제자매는 각각 스스로 분발하여 학문에 힘쓰고 실업을 진흥하며 나의 끼친 뜻을 이어 자유 독립을 회복하면 죽는 여한이 없겠노라."

순국 직전 남겼다는 그의 말이 칼보다 깊게 마음에 박혔다. 더구나 그의 어머니가 아들에게 남긴 말은 더욱 아프게 다가왔다. 안중근이 사형 선고를 받았다는 소식을 들은 어머니 조 마리아 여사는 '목숨을 구걸하는 것처럼 보일 염려가 있으니 아예 항소를 포기하라'고 권유했다고 한다. 더구나 '너의 죽음은 너 한 사람의 것이 아니라 조선인 전체의 공분(公憤)을 짊어지고 있는 것'임을 갈파한 어머니의 뜻에 따라 안중근은 항소도 하지 않고 담담히 사형을 받아들였다 한다. 이런 경우, 모든 어머니들의 소망은 아들이 하루라도 더 살기를 바라는 것일 테다. 그런 어머니의 가슴을 덮고 그리 매찬 말을 한 어머니의 가슴에는 피울음이 고였을 것이다.

일제는 40일 만에 안중근을 전격적으로 처형한다.

년년세세화상사세세년년인부동
(年年歲歲花相似歲歲年年人不同)

'해마다 계절 따라 같은 꽃이 피건만 해마다 사람들은 같지 않고 변하네.'

자연의 섭리는 그대로이나, 사람들은 세월 따라 변한다.

당시의 암울한 현실을 걱정하는 구절로, 1910년 2월 안중근이 옥중에서 남긴 글씨다. 그 뜻을 새기면서 란사는 주먹을 움켜쥐었다. 그러면서 안중근이 이토 히로부미를 단죄한 이유 몇 가지를 새겨본다.

이토 히로부미의 죄악 그 하나는 1867년 대일본 명치 천왕 부친 태황제 폐하를 시살한 대역불도의 짓.

둘, 자객들을 황궁에 돌입시켜 대한 황후 폐하를 시살한 것.

셋, 1905년 병사들을 개입시켜 대한 황실 황제 폐하를 위협해 강제로 다섯 조약을 맺게 한 죄……

안중근이 운명을 달리한 후 거처를 옮긴 그는 란사에게도 연락하지 않았다. 거창으로 갔다는 이야기를 전해들은 후로도 그는 그 어떤 연락도 해오지 않았다. 일경이 혈안이 되어 그를 찾고 있다는 말도 들려왔다. 아마도 일본 측에서는 이토가 죽은 일과 의친왕이 무관하지 않을 거라는 결론을 얻어서일 것이다. 바람처럼, 또는 지나가는 구름처럼, 이 강산 산천을 떠돌고 있을 생각을 하니 마음이 쓰렸다. 어딘가 안전한 곳에 은거해 있기라도 하면 좋겠지만 물살에 휘둘려 둥둥 떠다니는 물풀 같은 처지가 안쓰럽기 그지없었다. 그러나 서운한 생각도 들었다. 가까운 사이라는 것은 그녀만의 소망일 수도 있다고 생각하니 더욱 그랬다.

하지만 어느 밤 문득, 그림자처럼 찾아오실지도 모른다는 생각에 위안이 되기도 했다. 그래서 서재의 은밀한 골방을 늘 깨끗하게 치워두었다. 언제라도 그분이 오실지도 모른다는 생각 때문이었다. 마음이 들쑥날쑥, 방향 없이 흔들거렸다. 란사는 아무도 몰래 골방에 들어가 자신을 가두고 그의 생각에 더욱 골똘해졌다.

영어 선생님

"병수야."

병든 병아리처럼 졸던 병수는 걸걸한 털보 아저씨 목소리에 벌떡 일어났다.

"아저씨!"

병수는 헤벌쭉해서 방문을 열었다. 문 앞에 이 씨가 우뚝 서 있었다. 남루한 행색이 측은했지만 눈빛은 맑고 깊었다.

"잘 있었느냐?"

그새 구레나룻이 더 짙어진 이 씨는 등에 졌던 짐을 내려놓으며 씩 웃었다.

"왜 이렇게 늦었어요?"

"장사가 잘돼서 그렇다, 하하하."

방으로 들어와 아랫목에 앉는 이 씨의 표정이 몹시 노곤해 보였다.

"강 씨 아줌마가 다녀가셨어요."

"그래?"

"란사 선생님이랑 세실리아 아줌마도 다녀가셨고요. 오늘쯤 아저씨가 오신다 했더니 오후에 들르신다 하셨어요."

병수는 말이 하고 싶었던 사람처럼 조잘조잘 떠들어댔다. 하긴 일주일이나 혼자 가게를 봤으니 그럴 만도 했다. 이 씨가 만주에 다녀오는 동안 병수는 제법 장사꾼 노릇을 톡톡히 한 듯했다. 창고에 그득했던 건어물들이 쑥 줄어 있었다.

"내년쯤엔 우리 병수 가게를 내줄까?"

병수를 쳐다보는 이 씨의 눈에 잔정이 가득하다.

"예에? 정말요?"

병수는 비쩍 마른 두 팔을 들고 폴짝폴짝 뛰었다. 더구나 우리 병수라고 불러주다니, 기분이 날아갈 듯했다. 가족이 생긴 것처럼 마음이 그득해졌다.

"영어 공부는 좀 했느냐?"

"예. 공부 게을리하면 란사 선생님한테 욕먹어요. 돌대가리 새끼라고."

"하하하, 그분은 욕쟁이 선생님 아니냐. 그러려니 해라."

"그럼요, 저 잘되라고 그러시는 건데."

"장사는 좀 했느냐?"

"예. 청주에서 오징어 열 축 주문 와서 보냈고요, 수원에서는 가자미 말린 거 주문 들어왔어요. 내일까지 보내면 돼요. 황태포랑 건새우도 좀 팔았고요."

"허허, 이 녀석. 이제 제법 장사꾼 태가 나네? 나 잠시 눈 붙일 테니 선생님 오시면 깨워라."

"예."

병수는 냉큼 대답하고 얼른 이부자리를 폈다. 미리 덥혀둔 아랫목이 따끈따끈해서 피로가 금세 풀릴 것 같았다. 볼이 움푹 들어간 이 씨 아저씨가 왠지 측은했다.

"아저씨, 다리 좀 주물러 드릴까요?"

진심이었다. 다리라도 주물러 드리면 피로가 빨리 풀릴까 싶어서였다.

"이놈이, 점점 연한 배 같아지네. 되었다, 너도 혼자 가게 본다고 힘들었을 텐데. 이따 선생님 오시면 국밥 먹으러 가자."

"예."

병수는 이 씨 아저씨의 따뜻한 눈을 보니 눈물이 찔끔 났다. 마음속으로 많이 기다렸던 것 같았다.

이 씨는 눕자마자 코를 골았다. 구레나룻 털이 수북하게 자라 있었다. 몹시 피곤했는지 코 고는 소리가 방 안을 가득 메웠다. 드르렁 푸~ 드르렁 푸~. 전에 없이 코 고는 소리가 유난히 심했다.

병수는 방을 나와 창고로 갔다. 창고 한구석에 놓인 책상을 걸레로 닦았다. 고물상에서 거저 가져오다시피 한 책상은 이제 병수의 보물이 되었다. 아마도 살 만한 집에서 새 물건을 들이면서 버린 것 같았다. 이 어려운 시기에 멀쩡한 가구를 버리는 그들이 어떤 사람인지 궁금하면서 화도 났다. 일본에 빌붙어 사는 인간들이거나 일본인 현지처 노릇을 하는 여인네일지도 모른다. 물건을 버린 사정이야 어찌 되었든 간에, 병수에게는 귀한 보물이 되었다. 한가할 때는 거기서 책을 읽었다. 영어 공부도 했다. 비록 알파벳을 떼고 겨우 인사말을 하는 정도지만 조금씩 아는 단어가 많아져 갔다. 배가 부른 듯이 뿌듯했다.

란사 선생은 병수를 가르치기 위해 일부러 이곳을 방문하는 것이었다. 일주일에 한 번 듣는 영어 수업은 재미있을 뿐만 아니라 희망도 가져다주었다. 나도 언젠가는 미국으로 공부하러 갈 거다, 병수의 꿈은 야무졌다.

병수가 영어 공부를 할 때 끼어서 하는 친구가 한 명 더 있었다. 이발소의 심부름꾼 이상태였다. 그는 병수가 공부를 한다는 사실을 알고는 병수 주변을 얼쩡거리다가 란사 선생 눈에 띄었다.

"너는 왜 이곳을 얼쩡거리느냐?"

란사 선생이 그 아이를 뚫어지게 바라보며 물었다.

"아, 아닙니다. 병수 친구입니다."

"그런데 왜 얼쩡거리느냐고?"

매서운 란사 선생의 눈빛에 주눅이 든 상태가 오줌 마려운 아이처럼 쭈뼛거리며 우물우물 말했다.

"나도 공부하고 싶은데……."

상태의 말이 끝나기도 전에 란사 선생의 꾸지람이 먼저 터졌다.

"나도가 아니고 저도, 라고 해야 한다. 어른 앞에서는 나를 낮추어야 해."

"예. 나도 영어 공부하고 싶은데 돈도 없고 시간도 없고……."

"또 나도라네? 그럼 가거라. 여기 얼쩡거리지 말고."

란사 선생의 반응은 단호했다.

"예에? 가라고요?"

가라는 란사 선생의 말에 상태가 울먹이며 말했다. 서운한 기색
이 역력했다.

"그렇게 핑계가 많은 놈이 무슨 공부를 하겠느냐."

"그게……."

절절매는 상태를 보고 란사 선생이 다시 물었다.

"이름이 무어냐?"

"이, 이상태요."

상태는 란사 선생의 위압적인 눈빛에 짓눌려 말을 더듬었다.

"무슨 일을 하느냐?"

"이, 이발소……."

"어허, 상놈이로고. 어른 앞에서 말을 높일 줄도 모르는 놈."

"그, 그게 아니고……."

"어허, 또!"

상태의 고개가 푹 수그러질 즈음 란사 선생이 말했다.

"공부하고 싶다는 놈이 무슨 핑계가 그렇게 많아? 학교 갈 형편
이 안 되면 병수 공부할 때 오너라."

쩔쩔매던 상태가 와락 란사 선생을 껴안았다. 그렇게 상태는 병
수와 같이 공부하는 학생이 됐다.

오늘도 상태가 왔다. 콧물 흐르는 콧잔등을 소매로 문지르면서 나타났다. 어디서 구했는지 미제 노트 한 권을 폼나게 들고 있었다.

"너, 그거 어디서 났냐?"

병수는 란사 선생이 미국 다녀올 때 선물로 준 노트를 자랑할 생각이었는데 상태가 그와 비슷한 노트를 들고 나타나니 심술이 났다.

"이거? 란사 선생님이 주셨어."

"란사 선생님이?"

슬쩍 부아가 났다. 곁눈질로 훔쳐보니 병수의 것과 색깔만 다른 것 같았다. 병수는 주머니에서 연필을 꺼냈다.

"나한테는 미제 연필도 주셨어."

자랑질인 셈이었다. 상태가 단박에 부러운 눈빛으로 연필을 바라보았다. 그의 손에 들린 몽당연필이 초라해 보이자 괜히 으쓱했다.

"이놈들, 하라는 공부는 안 하고 무슨 짓들이야?"

란사 선생의 쩌렁쩌렁한 목소리에 병수와 상태는 움츠러들었다.

"숙제했느냐? 영어 알파벳 50번 쓰고 인사말 20번 써오라 했지?"

그녀의 손엔 작고 호리호리한 매가 들려 있었다. 숙제를 안 해오면 여지 없이 손바닥이 벌게지도록 맞았다.

"예!"

둘 다 큰 소리로 대답했다. 무섭기는 하지만 공부를 가르쳐주시니 고맙기만 했다.

"근데요. 인사말은 굿모닝만 20번 썼는데요."

상태가 기어들어가는 목소리로 눈치 없이 말했다.

"이런 말귀도 못 알아듣는 놈! 점심 인사, 저녁 인사는 왜 빼먹어? 정신 상태가 안 좋은 게로군."

란사 선생의 호통에 병수는 킥킥 웃어댔고 상태는 움찔했다.

"손바닥 내밀어!"

상태가 벌벌 떨면서 손바닥을 내밀었다. 회초리가 상태의 손바닥에 벌건 줄을 그었다. 아파서 어쩔 줄 모르는 상태가 약간 불쌍했다. 상태는 무릎 사이에다 두 손을 넣고 싹싹 비벼댔다.

"내가 공부를 가르쳐주는 것은 공짜가 아니다. 다 갚아야 한다."

전에 없이 란사 선생의 표정이 심각했다.

"예!"

"갚는 방법은 여러 가지다. 너희들도 나중에 공부 못 한 이들을 가르치거나."

"예."

"나라를 되찾으려는 노력을 하거나."

"예."

"애국을 하다 돌아가신 안중근 선생같이 훌륭한 분을 기억하거라."

그 말을 할 때 란사 선생의 목소리가 눅눅해졌다. 병수도 공짜로 배울 생각은 없었다. 나중에 커서 제대로 돈벌이를 하면 꼭 갚으리라 생각했다. 세상에 공짜는 없으니까!

"자, 영어 책 펴라."

란사 선생의 말에 상태와 병수가 후다닥 책을 꺼냈다.

란사 선생의 공부 시간이 끝난 후에 기다리고 있던 강 씨 아줌마와 화영이 아줌마가 나타났다. 이 씨도 코를 드르렁거리며 자다가 일어나 눈곱을 뗐다. 국밥을 먹는 것은 핑계고 다른 의논거리가 있는 것 같았다. 병수는 긴장한 채로 공부를 하고 뜨거운 국밥을 훌훌 먹었더니 몸이 노곤해졌다. 낮잠이라도 자고 싶은 생각이 굴뚝같았다. 이 씨도 잠이 모자랐는지 연신 하품을 해대며 뒤통수를 벅벅 긁었다. 병수는 어른들의 이야기에 방해가 되지 않기 위해 방으로 들어가지 않고 가게에 앉아 있었다. 혹시나 비밀스러운 이야기를 누가 엿듣기라도 하면 곤란하므로 병수가 보초 노릇을 하는 거였다. 하지만 하품은 끊임없이 터졌다. 상태는 수업이 끝나기 무섭게 이발소로 가버렸다. 요즘 주인아저씨가 자주 자리를 비운다고 눈치를 준다 했다.

병수는 졸음을 쫓기 위해 가게에 있는 나무 의자에 앉아 책을 다시 펼쳤다. 복습을 하기 위해서였다. 하지만 눈꺼풀이 자꾸 주저앉았다. 간간이 방에서 들려오는 목소리가 꿈결처럼 병수의 귀에도 들렸다.

"평양에서도 수상쩍은 모임이 결성 중이라 합니다."

강 씨 아줌마의 목소리였다.

"나도 들었어요. 대한애국부인회라고 하던데…… 임시정부 지원이 목적이라 하던데, 아직은 회원이 많지 않다고 해요. 더구나 쉬쉬하면서 모이다 보니 아직 정식으로 발족한 것도 아니래요."

화영이 아줌마였다. 병수는 정신을 차리기 위해 주먹으로 머리를 쥐어박았다.

"조선민족대동단도 발족을 준비 중이라던데. 의친왕 전하를 임시정부에 참여시키고자 애를 쓰고 있대요."

란사 선생이었다. 란사 선생은 미국을 수시로 오가니 아는 것도 많았다. 미국 가서 동포들에게 돈을 얻어오기도 하고 교회에 오르간을 기증하기도 했다 들었다. 대단한 여성이었다. 존경의 마음이 절로 들었다. 병수도 그 대열에 끼고 싶었다. 하지만 무얼 어떻게 해야 하는지도 모르고, 어디로 가야 그런 분들을 만날 수 있는지도 몰랐다. 여자들 모임 말고 조선민족대동단이라는 단체가 정확히 어떤 일을 하는지 알고 싶었다. 수상한 세월 속에서 털보 아저씨도 수상쩍기는 매한가지였다. 뭔가 비밀스런 일을 하고 있는 것은 틀림없는 것 같았다.

방 안의 이야기에 귀를 잔뜩 기울이고 있는데, 저벅저벅 발소리를 내며 남자 한 명이 가게로 들어섰다. 무거운 눈꺼풀을 한껏 밀어 올렸다. 늘 오가는 일본인 형사 하야시였다. 잠이 싹 달아났다. 병수는 자리에서 벌떡 일어났다.

"이 상!"

하야시는 무엇엔가 화가 났는지 이 씨를 부르는 소리가 사납고 거칠었다. 병수는 방 안을 향해 소리쳤다.

"아저씨, 손님 오셨어요."

매서운 눈으로 가게를 둘러보는 하야시의 태도가 자못 위압적이다. 가슴이 덜컥했다.

"아저씨, 손님 오셨다구요."

병수는 일부러 큰 소리로 말했다. 거친 발소리를 내며 하야시가 가게에 딸린 방으로 걸음을 옮겼다. 가슴이 조마조마했다. 그가 거칠게 방문을 열어젖혔다. 병수는 얼른 뒤따라갔다. 방 안엔 화투판이 질편하게 벌어져 있었다.

"이 상!"

하야시가 이 씨를 불렀을 때 그는 화투장을 들고 있다가 사납게 내팽개쳤다. 금세라도 화투판을 엎을 기세였다.

"똥을 그렇게 먹어가면 어째요? 다 이긴 판이었는데."

이 씨가 벌떡 일어나다 하야시를 보고는 표정을 바꾸어 웃음을 머금으며 허리를 굽혔다.

"지니까 판 깨려는가 본데, 돈이나 내놔."

역시 강 씨 아줌마였다. 아줌마 앞에는 똥 쌍 피가 놓여 있고 손에도 똥 광을 쥐고 있었다. 병수는 화투를 잘 치지는 못하지만 이 씨가 가끔씩 벌이는 화투판에서 어깨너머로 배운 바가 있었다. 병수의 판단으로는 강 씨 아줌마가 이긴 게 분명한데 이 씨 아저씨가 어깃장을 놓고 있는 거 같았다.

"에이씨. 옜수!"

강 씨 아저씨가 동전 몇 닢을 강 씨 아줌마에게 던졌다.

"대낮에 뭔 짓이오? 장사는 안 하고."

하야시가 방 안을 둘러보며 한 사람 한 사람을 유심히 살폈다.

"장사가 돼야 말입죠. 심심하니까 국밥 내기나 하는 거요. 이거,

이 고도리가 엄청 재미있습니다요. 근데 형사님께서는 어찌 오셨소?"

실실 웃으며 두 손을 비벼대던 이 씨가 하야시의 등을 밀며 밖으로 나왔다.

"가만, 저 여자는 못 보던 얼굴인데 누구요?"

하야시가 걸음을 멈추고 란사 선생님을 노려보며 물었다.

"아, 저분은 우리 병수 영어 선생이오."

"병수 영어 샌샘?"

그가 이상하다는 듯이 고개를 갸웃했다.

"우리 병수가 학교에도 못 간다 하니 불쌍해서 일주일에 한 번씩 와서 영어를 가르쳐주신다오."

"요즘 이상한 여자들이 몰려다닌다던데……."

그가 여전히 의심의 눈초리를 떼지 않고 란사와 화영을 살폈다. 강 씨 아줌마가 큰 소리로 말했다.

"나는 염천교 다리 아래서 거지들 밥 주는 사람이오. 배고프면 오시오. 한 그릇 말아줄 테니."

그 말에 하야시의 인상이 올라붙었다. 병수가 히죽 웃었다.

"수상한 사람이 보이면 얼른 신고하시오. 괜히 숨겨주다가 들키면 큰 벌을 받을 줄 아시오."

기분이 상했는지 헛기침을 콩콩 하며 인상을 쓰는 하야시에게 이 씨가 슬그머니 봉투를 쥐여주었다.

"수고하시는데 목이나 축이시오."

하야시는 이 씨의 손을 저지하지 않았다. 먼 데를 보는 척하며 슬그머니 받은 봉투를 주머니 속에 구겨 넣었다. 하야시는 그것을 욕심낸 것인지도 모른다.

이 씨는 능수능란한 장사꾼이었다.

언제부터인가, 란사 선생의 뒤를 밟고 있는 사람이 있다는 생각이 들었다. 수업을 마치고 란사 선생을 배웅하느라 골목 끝까지 지켜보고 있으면 골목 중간쯤에서 모자를 눌러쓴 깡마른 남자가 슬그머니 뒤따랐다. 기분이 영 찜찜했다. 분명 일본 앞잡이거나 일본 놈일 터였다. 화영 아줌마에게 말했더니 궁에 자주 드나들고 의친왕과 친해서 그런 거라고, 조심하라고 일러야겠다고 했다. 그래서 일부러 가던 길을 멈추어 돌아가기도 하고, 사람들 만나는 일도 가능한 한 조심하라고 했다지. 지난번 남대문 가게에서도 그랬다. 란사를 살피는 형사의 눈매가 예사롭지 않았다. 그래서 일부러 남대문 시장에 있는 소년들을 모아 영어 수업을 더 늘렸다 했다. 표면적으로 그녀는 불우한 소년들의 공부를 지도해주는 천사 같은 선생이었다.

오늘도 그랬다. 병수를 가르치기 위해 란사 선생이 남대문 건어물 가게에 들렀다. 병수가 가게를 비우고 나갈 수 없는 처지이니 란사가 병수의 선생을 자청했다. 물론 자청이라고 하지만 많은 부분에서 화영의 역할이 컸다. 란사는 병수의 영어 공부를 위해 건어물 가게에 드나들고, 화영은 황태국을 좋아하는 영감을 위해서 자주 드나들었다. 해장을 하는 데는 황태국만 한 게 없다고 했다. 자주 술자리를 갖는 영감님에 대한 정성이었다. 다들 건어물 가게에 드나드는 이유가 분명했다. 강 씨 아줌마도 명분은 있었다. 형태가 망가지거나 오래된 건어물을 얻어다가 반찬을 만들어 다리 밑으로 가져간다는 것이었다. 말하자면 하자품을 거둬가는 단골이었다.

세 사람 중 가장 자주 오는 건 강 씨 아줌마였다. 딸랑딸랑, 방울 소리가 들리면 지하실 책상에 앉아 있던 병수는 얼른 지상으로 올라왔다. 전깃줄로 위아래 층을 연결해두어, 문을 열면 저절로 지하 층까지 벨이 울리도록 되어 있었다. 그러면 후다닥 올라와서 손님을 상대하면 되는 것이다. 오후에 들른 강 씨 아줌마는 보자기에 뭔가를 싸왔다.

"그게 뭐여요?"

"너 좋아하는 만두 싸왔다."

언제나 넉넉한 인심을 가진 아줌마다. 그러니 염천교 아래에서 그렇게 힘든 일을 하면서도 늘 웃는 얼굴일 수 있는가 싶었다.

"우와, 감사합니다."

인사도 하기 전에 군침이 꼴깍 넘어갔다. 아직 따뜻한 만두 그릇을 두 손으로 감싸 쥐고 한참을 서 있었다.

"공부를 해도 든든하게 먹으면서 해야 한다. 사람이 사는 힘은 밥심에서 나오는 거다."

강 씨 아줌마의 말은 언제나 따뜻했다.

"아줌마, 고맙습니다."

병수는 고개를 깊이 숙여 인사했다.

"장사도 열심히 배우고."

강 씨 아줌마의 거친 손이 병수의 얼굴을 쓰다듬었다.

"예. 그런데 궁금한 게 있어요."

"뭐가?"

"전에 털보 아저씨 심부름 갔을 때……."

병수는 조심스럽게 말을 꺼냈다.

"응, 그런 적이 몇 번 있었지?"

"그때, 왜……."

"왜?"

"보따리 드리니까 쪽지 보고 막 웃었잖아요."

"그랬지. 그런데 그게 왜?"

"저는 내내 그게 궁금했어요."

"뭐가 궁금해?"

"왜 웃으셨냐구요."

"이 녀석아, 웃는 것도 내 마음대로 못 웃나?"

"그게 아닌 것 같아서……."

"안이고 밖이고 간에 별것도 아닌 거에 신경 쓰지 말아라."

"자꾸 신경이 쓰여요."

병수는 강 씨 아줌마를 찬찬히 바라보며 미진한 마음을 접지 못했다.

"이 씨가 너를 지극히 아낀다는 것만 알아둬라."

여전히 아리송한 말이었다.

"예에?"

"나 또한 너를 아끼느니."

"고맙습니다."

병수는 고개를 숙이며 웃어 보였다. 기분이 좋았다. 그것도 잠시, 도둑놈으로 괄시받던 기억이 떠올라 얼굴이 벌게졌다. 병수는 도리질을 하며 다짐했다. 다시는 도둑질하지 말아야지. 암, 암.

"나라를 도둑질하려는 놈들도 있다."

병수의 마음을 읽은 듯이 강 씨 아줌마가 말했다.

"예에?"

괜히 마음이 뜨끔했다.

"그런 놈들도 있다는 말이다. 도처에 도둑이 버글버글하다."

"네에……."

뭔 소리인지는 정확히 몰라도 그 도둑놈은 일본 놈들일 것이다. 따지고 보면 아버지가 돌아오지 않는 것도 그놈들 탓만 같았다. 혹시나 아버지도 독립운동을 하는 건 아닐까 하는 생각이 든 건 이 씨 아저씨와 강 씨 아줌마, 란사 선생님과 화영이 아줌마 때문이다. 다들 다른 일을 하고 있어도 눈 맞추며 이야기할 땐 눈빛이 똑같았다.

"제 것 빼앗기는데 가만히 있는 사람이 어디 있겠느냐. 애국은 특별한 사람들만 하는 게 아니고 우리 모두 해야 하는 것이다."

강 씨 아줌마 말을 듣고 보니 왠지 울분이 치솟았다. 란사 선생도 틈틈이 말했다. "애정하면 못할 것이 없다, 애국도 그러한 것이다.

이 땅을 애정하기에 애국해야 하는 것이다."

란사 선생의 음성이 귓전에 웅웅 울렸다. 주먹이 불끈 쥐어졌다. 일본 순사만 봐도 오금이 저리던 이유를 생각해보니 더 그랬다. 폭력을 휘두르는 순사들 앞에 지레 겁을 먹었던 것이다. 아무 잘못도 없이 그들만 보면 주눅이 드는 것은 힘이 없어서다. 그들을 이길 힘이 없기 때문에 두려운 것이다.

"아줌마, 나도 그 애국이라는 거 하면 안 돼요? 어떻게 하면 애국할 수 있어요?"

병수의 말에 강 씨 아줌마 눈이 휘둥그레졌다. 그러면서 혼잣말처럼 중얼거렸다.

"피는 못 속인다더니……. 병수야, 우선은 공부를 하거라. 힘이 있어야 싸울 수 있는 거야. 공부는 힘을 기르는 일이야."

어깨를 투덕투덕 두드리는 강 씨 아줌마의 손이 참 따뜻했다. 아직 병수를 어린아이라고 생각하는 것 같았다.

***

이강에게서 전갈이 왔다. 의논할 일이 있으니 속히 오라는 전갈이었다. 물론 인력거꾼을 통해서였다.

"이번엔 어디에 계신답니까?"

몇 번 보아서 얼굴이 익은 인력거꾼에게 조용히 물었다. 다행히 하상기는 출타 중이고 란사는 그러잖아도 그의 안부가 궁금했던 차였다.

"성락원에 계십니다."

"성락원?"

"예."

들은 적이 있다. 성북동에 있는 성락원 입구에 들어서면 두 줄기 계류가 하나로 모이는 산문(山門) 같은 계곡이 있다 했다. 이를 '쌍류동천(雙流洞天)'이라 하는데 이 글자가 계류 암벽에 새겨져 있다 들었다. 쌍류동천 안으로는 용두가산(龍頭假山)을 만들어둬 밖에서는 성락원이 보이지 않는다 했다. 용두가산은 성락원 내원(內園)을 아늑하게 감싸서 깊이를 주기 위해 만든 인공조산(人工造山)으로 200~300년 된 느티나무·음나무·참나무 숲이 울창하다 했다.

그가 그곳에서 가장 좋아하는 건 용두가산이며, 그곳을 특별히 좋아하는 것은 성락원이 밖에서는 잘 보이지 않는다는 점 때문이라 했다. 언제든 바깥의 동정을 살피고 몸을 피할 시간을 벌 수 있는 장소이기에 그가 가끔 간다는 소리를 들었다.

이번엔 무슨 일일까? 동가식서가숙하는 그의 처지가 참으로 안타깝고 측은하다 여겼는데 다행히 또 다른 은신처가 있다니 조금 안심이 됐다. 그를 생각하며 비밀스런 공간을 만들었으나 그분을 모시기에는 너무도 협소한 공간이었다. 란사가 간청하여 정히 가실 곳이 없으실 때 들르시라고 했더니 한두 번 인사처럼 머물러 가시기는 했으나 그뿐이었다. 그는 여전히 물 위를 떠도는 낙엽처럼 정처가 없다. 왕자면 뭘 하나, 배다른 동생에게 황태자 자리를 빼앗

기고 호시탐탐 그를 노리는 일본 경찰을 피해 다니는 신세는 오갈
데 없는 노숙자와 다를 바 없었다. 그를 생각하면 마음속에서 늘 서
늘한 겨울바람이 불었다.

"어찌 부르셨습니까?"

용두가산을 넘어 농막에 다다르니 그가 영벽지 주변을 거닐고 있
었다.

"어서 오시오. 요즘은 남대문 영어 선생님까지 하신다지요?"

도처에 있을 그의 귀가 알린 모양이었다. 별반 새로울 것도 없는
인사였다.

"학교에 갈 수 없는 아이들을 모아 가르치고 있습니다."

"훌륭하오. 그리고 고맙소."

"무엇이 말씀이십니까?"

"하 선생 같은 분들이 이 나라의 희망을 만드는 게 아니겠소?"

"희망이 없어도 세월은 흘러갑니다. 그런 말씀 하시려고 절 부른
건 아니실 텐데요."

란사는 오랜만의 만남에도 왠지 겉도는 그의 인사가 불편했다.
그래서 차갑게 대꾸했다. 그런데도 그는 바위 주변을 서성이며 못
알아챈 듯 능청스럽게 물었다.

"흠, 이 영벽지 각자 위의 바위에 내리쓴 글자를 읽어보시겠소?"

란사의 실력을 떠보려는 것일까. 란사는 그의 태도에 갑자기 화
가 났다. 그래서 불퉁한 목소리로 되물었다.

"무얼 하자 하십니까?"

"아는 대로 읽어보시오."

빙긋이 웃으며 말하는 그는 짐짓 란사를 떠보려는 의중이 분명해 보였다.

"저는 한문은 잘 알지 못합니다."

그 말을 하면서 란사의 목소리가 기어들어갔다. 어릴 때 서당에 다니기는 했으나 한문을 술술 읽을 정도의 실력은 아니었다. 그저 쉬운 글자나 더듬더듬 읽는 정도였다.

"영어만 능통하시오?"

"농이나 하시려고 저를 부르셨습니까?"

불쑥 자존심이 상했다.

"아니, 아니오. 내가 좋아하는 문장이라서 자랑 한번 하려고 그런 거요. 원문은 '명월송간조 청천석상류 청산수첩 오애오로(明月松間照 淸泉石上流 靑山數疊 吾愛吾盧)'이오."

란사는 더욱더 화가 났다. 무식한 것을 시험해보시려는 건가 싶어 창피한 마음도 들었다. 하지만 꾹 참고 알량한 자존심을 구기며 차분한 목소리로 물었다.

"그게 뭔 소리죠?"

"밝은 달은 소나무 사이에 비치고, 맑은 샘물은 돌 위에 흐르며, 푸른 산이 몇 겹 싸여, 나는 내 농막을 사랑한다……. 뭐 그런 말이오."

그는 영벽지 위의 각자를 보며 흐뭇한 표정을 지었다. 인력거꾼은 어디로 갔는지 보이지 않았다. 근처에는 아무도 없는 것 같았다.

"하실 말씀 하소서."

눈을 내리깔고 그 앞에 읍소했다. 그러나 그는 아무런 말없이 영벽지 주변을 한 바퀴 돌았다. 아무런 생각도 없는 듯이 유유자적한 그의 걸음걸이를 보다가 불쑥, 그에게 물었다. 심술이 잔뜩 묻은 목소리였다.

"애국이 무엇입니까?"

그 말에 그가 걸음을 멈추었다. 당황한 표정이 어스름 속에서도 읽혔다. 한참을 말없이 서 있던 그가 뜬금없이 물었다.

"변소에서 누구랑 의논을 해본 적이 있소?"

"아이구, 망측해라. 어찌…….."

어이없기도 하고 우습기도 했다. 퉁명스럽고 심술궂은 질문에 대한 답이라기엔 너무 진지한 표정이었다. 너무 심심해서 저러시는 건가 싶기도 했다. 도대체 무슨 말을 하려고 저러는 것인지…….

"나는 그걸 해보았다오."

그가 주위를 살피며 빠르게 말했다.

"에에?"

"사실 요 며칠 전에 아버님을 만났소. 나를 급히 찾으신다는 전갈을 받았소."

그는 여전히 조심스러운 몸짓으로 주변을 살피고 있었다.

"아버지와 변소에서 밀담을 나누었소. 주변에 듣는 귀가 많아서."

듣기에 민망해서 얼른 질문을 퍼부었다.

"무슨 하명을 하셨나이까? 어떤 밀명을 받으셨나이까?"

그러면서, 그에게 불쑥 애국이 무어냐고 물은 것이 후회되었다. 그가 여전히 주변을 살피며 목소리를 낮추었다.

"미국 대통령 윌슨이 민족자결주의*를 부르짖었소. 전 세계 약소국가가 다 이 사상에 매료돼 있소."

바람이 살랑살랑 불었다. 바람에도 귀가 있을까, 문득 그런 생각이 들었다. 그가 좋아한다는 회화나무 잎새들이 사사사, 소리를 내며 참견해댔다.

"피압박민족인 우리나라도 큰 자극을 받았소. 아버지께서도 이좋은 기회를 잡을 생각이신 것 같소. 국내외 애국지사들에게 연락을 취해 일을 도모했으면 하시오. 그 일에 적당한 조력자를 하 여사로 보시는 것 같소. 나를 도와 같이 일하시겠소?"

그가 그윽한 눈빛으로 란사를 살폈다. 가슴이 벌떡벌떡 뛰었다.

"어찌 그런 하문을 하십니까, 당연한 일을요."

사실 그런 질문은 아직 란사에 대한 믿음이 굳지 않다는 느낌을 주었다. 그런 면에서 야속한 생각이 들기도 했다.

"하 여사는 유학 당시에도 교우관계의 폭이 넓고 교포들과 연결도 잘되는 것 같아 나도 적격자라 생각하오. 아버님의 뜻에 전적으

---

* 1918년 11월 제1차 세계대전은 연합국의 승리로 막을 내렸다. 종전 선언 일주일 후 윌슨은 스스로 미국 측 수석대표로 파리강화회의에 참석한다고 발표했다. 자신이 직접 강화회의에 참석하는 것은 단지 미국 대표로서가 아니라, 모든 국가가 한 깃발 아래 모여 세계의 영원한 평화와 질서를 구축할 수 있음을 보여주기 위해서라는 것이 그의 설명이었다.

로 동감하오."

그 말에 서운한 마음이 조금 풀어졌다. 문득 황제의 주변에서 알
짱거리던 배정자의 안위가 궁금했다. 이토가 죽고 난 후에는 어찌
살고 있을까. 아직도 궁에 남아 시궁쥐처럼 살고 있을까? 궁금했지
만 애써 일깨울 일은 아니다 싶어 입을 다물고 말았다. 전부터 배정
자에 대한 생각은 그도 그리 좋지 않았으니까. 한때 불가근불가원
(不可近不可遠)*의 사이였을 것이나, 이토가 죽고 없는 지금은 낮달
같은 신세일 거라 생각됐다.

"아버지께서 궁중 패물을 군자금으로 내어주시었소. 이 일이 얼
마나 중요한 일인지 아시겠소?"

"그럼요, 알다마다요."

란사는 잠시나마 그에 대한 서운한 생각을 가졌던 것이 민망해
수없이 고개를 끄덕거렸다.

"그럼 일을 착수합시다. 소위 한일의정서, 협약, 합병조약 등의
원문과 외국 의원들에게 보낼 호소문을 작성해야 하오."

"그러지요."

란사는 가슴이 벅찼다. 나라를 위해 할 수 있는 일이 있다는 것만
으로도 벅찬데, 그와 함께라니.

"파리강화회의에 보내서 윌슨 대통령에게 호소를 해야 하오."

그도 오랜만에 나라를 위해 뜻 깊은 일을 한다는 사명감에 불타

---

*   가까이하기도 멀리하기도 어려움.

있는 듯했다. 애국은 그런 것일 터. 그의 눈빛에서 강렬한 투지가 느껴졌다.

"당분간은 아무에게도 이야기하지 마시오."

그가 주변을 둘러보며 낮은 목소리로 말했다.

"지당하신 말씀이십니다. 낮말은 새가 듣고 밤말은 쥐가 듣는다 하였습니다."

"알겠소. 당분간은 우리 둘만 알고 있도록 합시다."

'우리 둘'이란 말에 가슴이 두근거렸다. '우리 둘…….' 입속으로 조용히 읊조리다 민망한 마음을 가리듯 큰 소리로 말했다.

"그리 알고 있겠습니다. 저는 우선 이화학당 선교사들을 만나보 겠습니다. 도움이 될 만한 사람이 있을지 알아보겠습니다."

란사는 애써 덤덤한 얼굴로 말했다.

"그리하시오."

그때 청년이 헐레벌떡 달려왔다. 그를 모시는 청년이었다. 그가 늘 '이보게'라고 부르는 청년.

"전하, 여기 계셨습니까? 한참 찾아 헤맸습니다."

"왜 찾았나?"

"예에?"

청년이 오히려 의아해서 되물었다.

"이보게, 자네는 노이로제 환자 같으이. 내가 어디로 사라질까 봐 늘 노심초사일세그려."

"아, 예……."

청년이 어색하게 웃으며 머리를 긁적였다. 물소리가 들려왔다. 아까는 들리지 않던 소리였다.

"이 집은 성락원이라는 이름 외에 한 가지 이름이 더 있네. 소의 서쪽 암벽에 행서체로 '장빙가 완당(檣氷家 阮堂)'이라 새겨져 있다네."

그는 여태 그런 한담이나 나누고 있었다는 듯 천연덕스럽게 성락원에 대해 이야기하고 있었다.

"장빙가?"

란사가 고개를 갸웃했다. 오늘은 그의 앞에서 무식한 것이 여과 없이 드러나는 것 같아 창피했다.

"장빙가란 겨울에 고드름이 매달리는 집이란 뜻이오. 여름엔 물소리가 좋고, 겨울엔 고드름 달린 풍경이 좋고……."

그가 여름에는 물소리가 요란한 폭포를 이룬다는 장빙가를 그윽한 시선으로 바라보았다.

"이곳에 심신을 헹구러 자주 오시면 좋겠습니다."

그 말은 진심이었다. 그분이 마음을 헹굴 수 있는 곳이 있다면 아픈 마음이 덜할 듯했다.

"나도 그랬으면 좋겠소."

그가 고개를 들어 하늘을 바라보고 푸른색으로 빛나는 소나무를 그윽하게 바라보았다. 나무들도 화답하듯 서로 몸을 비볐다. 푸른 잎들이 푸른 물을 뿜어내듯, 초록의 향기가 그윽하게 퍼졌다. 청년은 별 뜻도 없는 대화의 이면을 읽어내느라 바빠 보였다.

"이보게, 점심은 아직 멀었다 하는가?"

"곧 준비하도록 하겠습니다."

이해되지 않은 표정으로 청년이 사라진 후 그가 다시 말했다.

"불가근불가원이라 하였소. 저 녀석이 그렇소."

란사는 그 말을 듣고 짧게 답했다.

"그러하지요."

볼 때마다 마음이 편치 않은 젊은이였다.

하루 앞 또는 한 시간 앞을 모르는 것이 인생이다. 성락원에서의 밀담은 란사의 애국심에 불을 지폈다. 그 누구에게도 말하지 않은 채로 그와 나눈 이야기는 그녀에게 기쁨을 넘어 비밀스런 작전이 됐다. 란사는 밤마다 서재에 들어앉아 궁리를 했다. 어떻게 하면 실수 없이 매끄럽게 일할 수 있을지 고민하고 또 고민했다. 낮에는 여전히 아이들을 가르치고 교회일로도 분주해서 밤이나 되어야 책을 들여다볼 수 있는 시간이 되었다. 어떤 땐 서책을 뒤지다 밤을 꼴딱 새울 때도 있는데 그런 날은 오히려 기운이 솟았다. 나라를 위해 중요한 일을 할 수 있다는 생각에 마음까지 그득했다. 하야시가 대놓고 그녀를 감시하고 있다는 생각이 들었지만 개의치 않았다. 그가 알고 있고 감시하는 것이라야 독립자금을 모금하러 다니는 정도일 것이다. 그건 걱정도 아니다. 그런 일은 란사가 하지 않아도 할 사람이 많다. 강 씨 아줌마가 있고 화영이 있고 털보 이 씨가 있으며 재바른 심부름꾼 병수도 있다. 주변에 믿을 만한 사람이 많다는 것은 큰 재산을 지닌 것이나 다름없었다. 란사는 그것이 늘 흐뭇했다.

고종 황제와 이강이 변소에서 나눈 밀담의 진행은 얼핏 착착 진행되는 듯이 보였다. 란사는 교회 부인회를 통해서나 학생들을 향해 자주독립을 해야 하는 당위성을 설파하고 다녔다. 비밀스러운 후원이 있다 생각하니 마음도 든든했다. 그런 이유로 자주 고종 황제를 만나고 엄 귀인도 만났다. 엄 귀인은 영왕의 모후로 교육산업에 특별한 관심을 가지고 있었다. 자신의 사재를 털어서라도 학교를 많이 지어야 한다고 열성을 보였다. 그러저러한 이유로 란사는 전보다 더 자주 궁에 드나들게 되었다.

하얀 눈이 내렸다. 더러운 것, 보기 싫은 것을 다 덮어주는 눈은 한순간이라도 고마웠다. 어느새 크리스마스가 다가오고 있었다.

란사는 그 어느 때보다 들떠 있었다. 올해는 전과 달리 아주 특별한 크리스마스가 될 것이었다. 정동교회에 설치한 파이프오르간으로 성가가 연주될 것이기 때문이었다. 동양에는 석 대밖에 없다는 파이프오르간을 정동교회에 가져오게 된 데는 그녀의 역할이 가장 컸다. 그녀는 그게 무척 자랑스러웠다. 란사는 화영에게 자랑스럽게 말했다.

"정말 귀한 오르간이야. 동양에 세 대밖에 없는 오르간이거든."

하지만 화영의 생각은 달랐다.

"그 귀한 파이프오르간을 장만할 돈을 군자금으로 돌리는 게 낫지 않았을까?"

화영의 말에 란사가 샐쭉한 표정으로 말했다.

"하지만 멀리 내다보면 파이프오르간을 마련한 것이 더 의미 있는 일일 거야."

"그럴까?"

화영이 고개를 갸웃했다.

"내가 안창호 선생에게 편지를 보냈어. 미국에 거주하는 동포들이 오르간을 구매해 정동교회에 설치하는 건 매우 적절한 일이라고. 또 모국을 그리워하는 그들에겐 기꺼운 기념품이 될 것이며, 모국의 동포들에게 희망을 선물하고, 사랑하고 감사하는 마음을 가지게 되는 계기가 될 거라고."

"음……."

"오직 우리 힘만으로 해내야 한다는 신념은 독립을 염원하는 마음과도 같은 거지."

갸웃하던 화영이 란사의 말에 금세 수긍했다. 언제나 더 멀리 더 깊게 내다보는 란사의 말을 믿기로 한 것이었다.

1916년 조선연회 평신도 대표로 미국 감리회 4년 차 총회에 참석하여 미주 지역을 돌며 교포들에게 강연을 하고 모은 성금으로 파이프오르간을 구입해 1918년 7월에 경성 정동 제일예배당에 설치한 일은 란사에게도 자랑스런 일이었다. 그러한 일은 군자금을 조금 더 보내는 일보다 더 빛나는 일이라고 생각했기 때문이었다.

"이 파이프오르간으로 성가 연습을 하면 절로 애국심이 고조될 거야."

란사의 믿음은 확고했다. 마음으로 이어지는, 휘청거리는 나라에 대한 연대는 그 어떤 신념보다 깊었다. 겉으로는 하나님을 찬양하는 예배였지만 그 속은 애국 모임이라 해도 될 만했다. 실제로 파이프오르간이 설치된 이후 란사의 말에 귀를 기울이는 신도들이 점점 더 늘어났다. 심지어는 3·1운동 당시 만세 운동의 소식을 담은『독립신문』을 인쇄하는 경우도 있었고 독립운동의 아지트로 쓰이는 경우도 있었다. 오르간의 송풍구가 성인 남자 한두 명이 들어갈 정도로 컸기 때문이었다. 하지만 이를 아는 사람은 거의 없었다.

겨울이 다가오자 란사는 크리스마스를 맞이해 학생들과 성극을 꾸며보기로 했다. 장중한 파이프오르간 연주를 곁들인 성극은 생각만 해도 기쁜 일이었다. 학생들도 몹시 흥분했다. 서로 역할 맡기를 원했다. 나는 마리아를 하고 싶어요, 저는 성 요셉 역할을 하고 싶어요, 저도 한 역할 하게 해주세요. 모두 주도적이었고, 어떤 일에서든 희망을 찾으려는 노력이 엿보였다. 교회에서 예배가 끝나면 모두 바로 모여 성극 준비로 바빴다.

"이번엔 아주 귀한 손님이 오실지 모르니까 잘해야 해."

란사는 이강을 염두에 두고 말했다.

"귀한 손님이 누군데요?"

"그거는 나중에 그분을 모시게 되면 알려주지."

가장 중요한 자리에 그분을 모시리라 생각했다. 란사도 역할을 하나 맡았다. 목동의 어머니 역할이었다. 분장은 강 씨 아주머니가 맡았다. 멀쩡한 얼굴에 검은 칠을 하고 주름을 그려 넣었다. 분장은 사람을 몰라보게 바꾸어놓았다. 란사는 강 씨 아주머니 곁에서 분장하는 모습을 유심히 살폈다. 자신의 분장은 스스로 해보고 싶은 욕심 때문이었다. 강 씨 아주머니가 란사의 의욕에 혀를 내둘렀다. 분장용 콤팩트를 잔뜩 바르고 거기에 깊은 주름까지 그려 넣고, 거지 옷을 구해다 입히고 다리를 절뚝이는 노파 역할로 연극 무대에 선 영락없는 할매 거지가 됐다. 목동의 어머니는 흰옷을 입고 흰 수건을 쓰고 주름을 그려 넣었다. 허리를 구부리고 지팡이를 짚어 나이 듦을 표현했다. 변장술이 후일 요긴하게 쓰일 수도 있겠다는 생각을 한 건 그때였다. 성경을 바탕으로 하되 거기에 핍박받는 민족의 울분을 표현해내려 했다. 모두가 열심히 성극을 했다.

마침 크리스마스에 눈이 내렸고, 그분이 오셨고, 그래서 연극은 아주 성공적이었다. 더러는 눈물을 찍어내며 감동하는 사람들도 있었다. 화영은 그녀의 성격처럼 보이지 않는 곳에서 두루 살폈다. 출연자에 맞는 소품을 정하고 출연 순서를 도왔으며 의상에도 신경을 썼다. 보이지 않는 곳에서 가장 수고하는 건 화영이 같은 존재였다. 강 씨 아줌마는 연극이 끝난 후 미리 준비해두었던 소고기국밥을 가져와 출연진들을 배불리 먹게 했다.

〈관산융마〉 2 '입이 없다'

고종 황제의 갑작스런 붕어는 온 나라를 들끓게 했다. 마른하늘에 벼락이 치는 것만큼의 충격이었다. 이강에게는 더욱 그러했다. 마치 돌망치로 머리를 맞은 것처럼 그 순간 세상이 멈춘 듯했다. 그는 종이 인형처럼 힘이 없고 표정도 없었다. 눈은 넋이 나간 듯이 초점을 잃고 몸은 죽은 이의 그것과 같으며, 머릿속은 마치 사나운 폭풍이 휩쓸고 지나간 것처럼 모든 것이 엉망진창이 되었다. 모든 질서가 무너지고 모든 형체가 사라지고 모든 소리가 사라졌다. 세상은 한 칸 누옥만큼 좁았으며 햇살도 바람도 멈추었다. 아니, 그리 느껴졌다.

"우리는 오늘 조선이 독립한 나라이며 조선인이 이 나라의 주인됨을 선언한다. 우리는 이를 세계 모든 나라에 알려 인류가 모두 평등하다는 뜻을 분명히 하고 우리 후손이 민족 스스로 살아갈 정당한 권리를 영원히 누리게 할 것이다. 이 선언은 5,000년 동안 이어온 우리 역사의 힘으로 하는 것이며 2,000만 민중의 정성을 모은 것이다. 우리 민족이 영원히 자유롭게 발전하려는 것이며 인류가 양심에 따라 만들어가는 세계 변화의 큰 흐름에 맞추려는 것이다……."

황제 앞에서 「독립선언서」를 외던 그의 모습이 떠올랐다. 열망에 가득 찬 눈빛과 자신감 넘치는 그의 목소리가 바로 옆에서 들리는 듯했다. 그러나 자주국을 열망하던 황제가 사라진 땅은 동토와 다름없었다. 모든 것이 얼어붙고 모든 것이 무너졌다. 모든 것이 형체를 잃고 사라진 듯했다. 그도 사라졌다. 단 한마디의 언질도 없이 사라졌다. 사라져야 살 것이었다. 그래서 서운한 마음을 다독였다. 슬픔이 얼마나 깊을까 생각하니 곁에 있어도 딱히 위로할 말이 없을 것이었다. 그저 비탄스러운 현실을 빨리 벗어날 수 있기만을 진심으로 빌었다. 란사는 더욱 열심히 아이들에게 기도하는 법을 가르쳤으며 나라와 나를 지키는 방법에 대해 가르쳤다. 미친 듯이 일에 몰두했다. 그래야 견뎌낼 수 있을 것 같았다. 제 몸을 혹사하는 것이 고통을 잊는 방법이 되리라는 걸 알았다. 그것이 그를 기다리는 방법이라는 것도 알 수 있었다. 한동안 거처도 없이 돌아다니다 무사히 돌아오시기만을 기도에 얹었다.

그러던 어느 날, 가마꾼이 란사를 찾아왔다.

"부르십니다."

단 그 한마디뿐이었다. 란사 역시 아무 말 없이 가마꾼을 따라나섰다.

"어디에 계시느냐?"

"그냥 아무 말도 하지 말고 모셔 오라 하셨습니다."

그 말은 아무것도 묻지 말라는 말이었다. 란사도 입을 닫았다. 다만 그분이 계신 곳으로 가는 동안 그가 외던 「독립선언서」를 입속으로 외웠다.

가마꾼은 요리조리 잘도 달려서 한적한 시골 동네의 허물어져가는 초옥에 그녀를 내려놓았다. 좁은 방 안에 구겨지듯 앉아 있는 그의 몰골은 바라보기 민망할 정도였다.

"강녕하셨습니까."

엎드려 절하며 내뱉는 말에 울음이 묻어났다.

"어서 오시게."

술잔을 기울이던 그가 고개를 들어 란사를 바라보았다.

"어찌 이렇게 누추한 곳에 계십니까."

"내 처지가, 더한 곳에 있은들 다른 게 무어겠나. 아무것도 지켜내지 못한 내가 어찌 편한 곳에 있겠는가."

"듣기 민망하옵니다."

란사는 고개를 숙이고 눈을 내리깔았다. 침묵이 흘렀다.

"어찌 아무 말도 안 하십니까?"

침묵이 무거워 란사가 먼저 입을 열었다.

"나는 입이 없소."

무겁게 내려앉은 그의 목소리가 란사의 가슴에 화살처럼 박혔다. 그녀 역시 더 이상 입을 뗄 수가 없었다. 또 긴 침묵이 흘렀다. 바람 소리만 살아 있다는 듯 창문을 흔들어댔다.

"우리는 오늘 조선이 독립한 나라이며 조선인이 이 나라의 주인 됨을 선언한다. 우리는 이를 세계 모든 나라에 알려 인류가 모두 평등하다는 뜻을 분명히 하고 우리 후손이 민족 스스로 살아갈 정당한 권리를 영원히 누리게 할 것이다."

한참 후에야 그의 목소리가 아주 담담하게 흘러나왔다. 절제된 목소리가 한없이 슬프게 느껴졌다.

"이 선언은 5,000년 동안 이어온 우리 역사의 힘으로 하는 것이며 2,000만 민중의 정성을 모은 것이다. 우리 민족이 영원히 자유롭게 발전하려는 것이며 인류가 양심에 따라 만들어가는 세계 변화의 큰 흐름에 맞추려는 것이다. 이것은 하늘의 뜻이고 시대의 흐름이며 전 인류가 함께 살아갈 정당한 권리에서 나온 것이다. 이 세상 어떤 것도 우리 독립을 막지 못한다……."

란사가 조용히 그의 곁에 앉아 뒤를 이어 「독립선언서」를 외웠다. 란사가 문장을 외우는 동안 그는 눈을 지그시 감고 앉아서 들었다. 그러다 란사가 외우기를 멈추면 눈을 뜨고 그다음을 이었다.

"낡은 시대의 유물인 침략주의와 강권주의에 희생되어 우리 민족이 수천 년의 역사상 처음으로 다른 민족에게 억눌리는 고통을 받은 지 10년이 지났다……."

그러고는 또다시 침묵이 흘렀다. 그가 또 술 한 잔을 마셨다. 안주도 없이. 술잔을 잡은 그의 손이 미세하게 떨렸다. 말없이 그가 술잔을 내밀었다. 란사도 말없이 잔을 받아들었다. 목젖을 타고 내려가는 술이 독약만큼이나 썼다. 술 한 잔 마시고 한 문장 외우고,

또 한 잔 마시고 한 문장 외우기를 여러 번. 그의 눈에서는 피눈물 같은 눈물이 흘렀다. 그것은 아버지에 대한 추모이며 한 나라의 황제였던 고종에 대한 조문이며 구렁텅이에서 나라를 구해보려는 민초들의 열망이었다. 그들은 벌써 몇 번이나 같은 문장을 되뇌고 있었다.

3·1 독립선언서는 대한의 자존이다.
조선을 세운 지 4,252년, 모든 행동은 질서를 존중하며 우리의 주장과 태도를 떳떳이 하고 정당하게 하라.

초옥의 나무들이 떨었다. 술에 담긴 하늘도 시퍼렇다. 아무것도 할 수 없는 무력감에 그는 오로지 술을 마셨다. 입을 다물고 눈을 닫고 귀를 닫고, 마음엔 아무것도 담지 않았다. 아니 담을 수가 없으리라. 가끔 입을 열어 하는 말은 '이보게'가 다였다. 그러다 술에 갇히면 맥없이 쓰러졌다. 그는 살아 있는 사람이라고 말할 수 없었다. 팔다리 다 잘린 허깨비, 그는 움직이려 하지 않았다. 그럴 수만 있다면, 땅속으로 사라질 수만 있다면, 흔적 없이 사라질 수만 있다면……. 그는 그러고 싶을 것이다. 란사의 마음은 찢어질 듯 아팠다. 그럼에도 불구하고 그를 위해 아무것도 해줄 수 없었다. 다만, 그의 곁에서 함께 술을 나눈 친구 하란사가 있었다.

"전하, 〈관산융마〉를 들으시겠습니까?"

그날, 란사는 이강이 술기운에서 깨어나자 조심스럽게 말했다. 이강이 눈을 번쩍 떴다.

"〈관산융마〉를…… 할 줄 아시오?"

그 말에 란사가 알 듯 모를 듯한 미소를 지으며 물었다.

"내일 어디에 계시옵니까?"

"그건 왜 묻는가?"

"비밀은 지킬 것이옵니다."

"음……. 내일은 성락원에 있을 걸세."

"알겠습니다. 저녁 즈음에 술이나 한 잔 올리면서 〈관산융마〉를 듣도록 해드리지요."

란사의 말투는 그 어느 때보다 진지했다.

"점점 모를 소리로고."

"기다려보오소서. 기뻐하실 것이옵니다."

란사는 '관산융마'라는 말에 밝아지는 이강의 얼굴을 보고 제 생각이 적중한 것에 기뻐했다. 그분을 위해서라면 뭐든 할 수 있다. 그것이 아무리 금지된 일이라 하여도. 하지만 내일 성락원에 있을 거라는 말은 믿을 수 없었다. 늘, 수시로 거처를 옮기시는 분이기에. 그럼에도 불구하고 어떤 방식으로든, 당신이 계신 곳을 알려주실 거라는 믿음은 흔들리지 않았다.

학선의 거처를 미리 알아둔 게 다행이라 여겼다. 그 일도 쉬운 일은 아니었다. 이리저리 다리를 놓아 알아본 바로는, 학선은 이강의 앞이 아니면 〈관산융마〉를 부르지 않는다는 이야기를 들었다. 그러니 더욱 관심이 깊어졌다. 도대체 어떤 사연으로 그런 결심을 했을까? 혹여 머리를 올려준 사연이 있나 하는 생각도 들었다. 그러자 불같은 질투가 일었다. 하지만 곧 냉정을 찾았다. 설령 그렇다 해도 란사의 입장에서 할 말이 없지 않은가. 그분이 어느 여인을 취하든 란사가 관여할 일은 아니기 때문이었다. 하지만 감정만은 숨길 수 없었다. 그림자처럼 그분을 섬기리라, 그렇게 다짐하고 다짐해왔다. 단 몇 시간만이라도 그분이 진정 즐거워하시는 모습을 보고 싶었다. 전하가 진정 즐거워하실 일이 없을까, 그러한 생각에 학선을 찾게 된 것이었다.

* * *

학선은 여인이 하는 말을 듣고 가슴이 철렁했다.

"뭐라 하셨습니까?"

학선은 여인의 얼굴을 찬찬히 올려다봤다. 기품이 느껴지는 차림새에 눈빛이 형형한 여인이었다. 크고 마른 몸매가 얼핏 외국 여인 같은 느낌이 들었다.

"〈관산융마〉를 불러주겠느냐 하였다."

여인의 말에 학선의 눈빛이 놀라움으로 차올랐다. 가늘고 긴 손가락이 바르르 떨렸다.

"어찌 아시고 오셨나이까?"

목소리까지 떨렸다.

"자네의 〈관산융마〉가 뛰어나다는 소리를 듣고 왔네."

학선에 비해 여인의 목소리는 단단하고 차분했다.

"하지만 저는 이제 〈관산융마〉를 부르지 않습니다."

학선은 고개를 숙인 채 눈길을 거두었다.

"어찌 그러한가?"

"사연은 묻지 마시옵소서."

학선은 고개를 깊이 숙이며 한숨을 섞어 말했다.

"자네의 그 시창을 간절히 듣고 싶어 하는 분이 계시네."

란사의 말에 학선의 눈빛이 또 한 번 파르르 떨렸다.

"예에? 어느 분이?"

"조선에서 〈관산융마〉는 자네가 으뜸이라 아끼시는 분일세."

"호, 혹시?"

"그분이 어떤 분인지는 묻지 말고 따라나서게. 후회하지 않을 걸세."

"……."

"내일 오후 다섯 시쯤에 인력거를 보낼 테니 준비하고 계시게."

여인의 말에는 거역할 수 없는 힘이 느껴졌다. 당당하고 도도한 눈빛에 기품도 느껴졌다. 학선은 〈관산융마〉라는 말에 자연스럽게 떠오르는 얼굴을 생각하며 몸을 떨었다. 그분 앞이 아니면 다시는 〈관산융마〉를 부르지 않겠다 하였거늘. 간청하는 것도 아니고 애절하게 부탁하는 것도 아닌데 여인의 청을 거절할 수 없었다.

추강(秋江)이 적막어룡냉(寂寞魚龍冷)하니 인재서풍중선루(人在西風
仲宣樓)를 매화만국청모적(梅花萬國聽暮笛)이요 도죽잔년수백구(桃
竹殘年隨白鷗)를……

혼자서 조용히 입술을 열었다. 눈물이 절로 흘렀다. 청아하나 한
서린 목소리가 어둠 속으로 퍼졌다.

그날이, 그분을 뵙던 날이 활동사진 돌아가듯 펼쳐졌다.

가마를 타고 도착한 곳은 어딘지도 알 수 없는 깊은 산골이었다.
경성에도 이런 깊은 골이 있나 싶을 정도로 으슥하고 고요한 숲이
었다.

"다 왔습니다요."

인력거꾼이 말을 했을 때에야 학선은 정신을 차리고 내릴 채비를
했다.

"어서 오시게. 먼 길 오시느라 수고 많았네."

어제의 그 여인이었다. 도도한 자세는 여전했지만, 어제보다는
눈빛이 부드럽고 말투가 다정했다. 걸어서 한 10여 분 숲길을 걸어
가자 조그만 초옥이 나타났다. 숲속에 폭 싸인 그 집은 세 칸짜리
누옥이었다. 젊은 사내 하나가 학선을 이리저리 훑어보다가 사라
졌다.

"들어오시게."

방 안은 초라할 만큼 단출했다. 작은 반닫이가 하나 있을 뿐, 세

간도 없었다. 살림을 하는 집 같지는 않았다. 그렇다면 이 집에는 어떤 분이 어떤 사연으로 숨어 지내는 걸까, 생각하니 예사로운 분은 아닐 거라는 느낌이 들었다.

"편히 앉아 계시게."

여인은 학선을 앉혀두고 밖으로 나갔다. 두런두런 말소리가 들리고 발소리도 부산해지더니 이내 방문을 열고 사내 하나가 들어왔다. 아까 깐깐하게 학선을 살피던 그 사내였다.

"여기서 있었던 일은 아무 데도 발설하면 아니 되오. 만약 발설했다가는 목숨이 위태로울 것이오. 입은 없다고 생각하시오."

사내는 위협적인 목소리로 말했다.

"예."

학선은 조용히 대답했다. 젊은 사내에게서 느껴지는 깐깐함이 그녀를 조심스럽게 만들었다. 젊은이는 학선을 다시 한번 위협하듯 훑어보고는 곧 방을 나갔다. 이어 수더분한 여인네가 상을 들고 들어왔다. 상차림은 간단했다. 반상에 술과 안주 두어 가지가 전부였다. 여인네가 힐끗, 학선을 살피고 물러갔다. 몹시 불편했다. 바늘방석이 따로 없었다. 길을 잘못 나선 건 아닌가 하는 후회가 밀려들었다. 하지만 약속을 되물릴 수도 없을뿐더러 도망을 갈 수도 없다는 생각이 들었다. 잠시 주위가 조용했다. 새소리도 들리고 바람소리도 간간이 섞여 들었다. 학선은 참선하듯 조용히 눈을 감고 앉아 있었다. 한참 후에 저벅저벅 큰 발소리가 들리더니 문이 열리고한 사내가 들어섰다. 학선은 다소곳이 일어나 목례를 보냈다.

"오느라 수고 많았소."

굵직한 음성이 어디선가 들었던 듯했다. 학선은 고개를 들어 사내의 얼굴을 바라보았다. 순간, 몸이 얼어붙는 것 같았다.

"저, 전하……."

"앉읍시다."

그가 싱긋 웃으며 자리를 권했다. 자리를 주선한 여인이 곧 따라 들어왔다. 젊은 사내는 밖에서 주변을 지키고 있는 듯했다.

"내가 자네의 〈관산융마〉를 그리워했더니 저분이 이리 자리를 마련하였구려."

전하가 여인을 보며 허허 웃었다. 전하께서 '저분'이라 칭하는 걸 보아 여인도 예사 아낙은 아닌 것 같았다. 학선은 몸 둘 바를 몰라 엉거주춤 서 있었다.

"앉으세요."

여인이 거부할 수 없는 위엄 어린 목소리로 말했다.

"하, 학선이라 하옵니다."

학선은 예를 갖추어 절을 올렸다. 다리가 후들후들 떨렸다.

"자, 너무 긴장하지 말고 술이나 한잔하고 〈관산융마〉를 들려주 시오."

그가 술잔을 내밀었다. 술잔에 술이 차오르는 동안 학선은 고개를 깊이 숙이고 있었다.

"전하께서 자네의 시창을 그리워하시기에 청했네. 그러니 어려 워 말고 기쁘게 해드리게."

차분하게 가라앉은 여인의 목소리가 서늘했다. 전하의 곁에 단정하게 앉은 모습이 어떤 임무를 수행하는 사람 같았다.

"자, 자. 우리 모두 술이 몇 순배 돌거든 시창을 듣도록 합시다. 마침 달도 뜨는 밤이니 자네만 괜찮다면 〈관산융마〉를 듣고 또 듣고 싶소."

그의 말에 학선은 고개를 조아리며 읍소했다. 전하의 뜻이라면 이 자리에서 시창을 하다가 목이 터져도 좋을 것 같았다.

"나도 듣고 싶소. 얼마나 훌륭하기에 전하가 그토록 찬사를 하시는지. 오늘 내 귀도 호강을 하고 싶소."

여인이 술잔을 들어 학선에게 부딪는 시늉을 하고 단숨에 마셨다. 술을 그렇게 단숨에 비우는 여인을 본 적이 없기에 학선은 조금 놀랐다. 여인이 그런 학선을 보고 대수롭지 않다는 듯 또 술잔을 기울였다. 술이 몇 순배 돌아도 여인의 몸가짐은 흐트러짐이 없었다.

기운 햇살이 어느 사이 넘어가고 밤이 슬며시 찾아왔다. 술 먹은 시간은 슬금슬금 교태를 부리기 시작하고 밖을 지키는 청년은 가끔씩 헛기침을 하면서 제 존재를 알렸다. 여인은 여전히 흐트러짐 없이 자리를 지켰다. 마침내 달이 뜨고 학선이 목을 풀기 시작했다.

추강(秋江)이 적막어룡냉(寂寞魚龍冷)하니 인재서풍중선루(人在西風仲宣樓)를 매화만국청모적(梅花萬國聽暮笛)이요 도죽잔년수백구(桃竹殘年隨白鷗)를……

그 옛날의 하루가 어제인 듯 기억으로 올라와 학선을 조용히 흔들었다.

학선은 불을 껐다. 창을 통해 들어오는 달빛이 새하얀 비단 저고리에 닿았다. 학선은 조용히 앉아 한참 동안 숨을 골랐다. 어른어른 비치는 바깥 나무 그늘이 으스스했다. 눈을 감고 다시 숨을 들이쉬었다. 그분의 얼굴이 어지럽게 떠올랐다. 눈을 떠도 눈을 감아도 지울 수 없는 얼굴이었다. 부질없는 일이라는 걸 알면서도 마음을 거둘 수 없었다. 혼자서 키우는 마음은 애간장이 녹았다. 이럴 때, 마음을 다스릴 수 있는 방법은 창을 하는 것뿐이었다. 그분이 앞에 앉아 계신 듯 조심스럽게 목청을 틔웠다.

추강(秋江)이 적막어룡냉(寂寞魚龍冷)하니 인재서풍중선루(人在西風仲宣樓)를 매화만국청모적(梅花萬國聽暮笛)이요 도죽잔년수백구(桃竹殘年隨白鷗)를……

눈물이 절로 흘렀다. 청아하나 한 서린 목소리가 어둠 속으로 퍼졌다. 아무도 없는 집에서, 듣는 이도 없는 빈 방에 앉아 목청을 돋우는 학선은, 가슴에 시퍼런 칼자루 품고 있는 심정이었다. 언제라도 그 칼로 가슴을 그어 마음을 접어야 할 만큼 진정으로 그분이 그리웠다.

처음 학선의 창을 듣던 그분의 표정이 선연했다. 감히 우러를 수도 없는 드높은 그분이 학선을 쳐다보는 눈길에 놀라움이 서렸다.

"진정 이것이 네가 하는 소리냐?"

그분은 고개를 들어 학선을 찬찬히 바라보았다.

"부끄럽사옵니다."

학선이 할 수 있는 말은 그뿐이었다.

"네가 이 서도 시창을 안다는 말이렷다?"

"감히 여쭈옵니다. 이 시는 영조 때의 문인 석북 신광수의······."

그분의 의도를 몰랐다. 그래서 어설픈 소리를 했다. 그분이 말했다.

"〈관산융마〉, 다시 한번 들을 수 있겠느냐?"

그분 옆에 있던 애심 언니가 바짝 붙어 앉으며 간드러진 목소리로 말했다.

"그래, 한 번 더 부르려무나. 이리 원하시는 것을."

학선은 자신에게 머물러 있는 그분의 시선을 피하며 다시 한번 목청을 돋우었다. 하지만 처음 할 때와는 다르게 음이 불안했다. 죄송스러운 마음에 머리를 조아렸다.

"호호호, 얘가 존귀하신 분 앞이라 얼었나 봅니다. 보통 때는 잘 부르더니 오늘은 영 아니옵니다."

애심 언니가 간드러지게 말하며 웃음을 흘렸다. 존귀하신 분? 학선은 그 말에 고개를 갸웃했다. 내로라하는 세도가들이 드나드는 요정이었다. 이 집을 드나드는 남정네들은 다 존귀하다 할 만했다. 세력에 빌붙은 자들, 호색하는 관리들, 썩어빠진 왕족들까지 드나드는 집이었다. 대개는 기생을 끼고 질탕하게 놀다가 가고, 더러는 맘에 드는 기생을 끼고 나가기도 했다. 그중에 학선을 찾는 사람들은 드물었다. 기생집에 오는 목적이 너무나도 분명해서 그들은 목적에 맞는 기생들을 주무르다 갔다. 학선을 찾는 사람들은 창을 아주 좋아하는 사람이거나 지체 높은 양반 가문의 선비들이 대부분이었다.

"아니다, 아니다. 아주 훌륭하였다. 아주 훌륭하였어."

그분이 박수를 치며 다시 깊은 눈으로 학선을 바라봤다. 입가에 만족한 웃음이 고여 있었다.

"황공하옵니다."

"아니다. 내 너를 자주 찾을 것 같다. 아주 좋구나."

처음 뵈었을 때 음울하다 싶을 정도로 어두운 눈빛에 두려움이 일었다. 얼마나 지체 높으신 분이기에 애심 언니가 직접 모시는 걸까 싶은 생각이 들자 다른 날보다 더 신경 써서 창을 해야겠다 싶었다. 그런데 긴장해서일까, 오히려 다른 날보다 목청이 트이지 않았다. 죽은 듯이 엎디었다. 온몸이 덜덜 떨렸다.

"고개를 들라."

준엄한 목소리였다. 고개를 들었다. 그분의 손이 눈앞에 보였다. 다시 눈을 질끈 감았다. 꾸짖으시려는 것인가.

"눈을 뜨라."

눈을 떴다. 그분이 학선의 손을 잡아 일으키며 다른 한 손으로 학선의 손을 덮었다.

따스하게 번져오는 체온에 온몸이 떨렸다. 그분의 음성이 들려왔다.

"가을바람이 적막하니 물고기도 찬데 쓸쓸한 가을바람에 한 나그네 중선루에 오르는구나."

그분의 쓸쓸한 음성을 들으며 학선은 용기를 냈다. 화답하듯 입을 열었다.

"황혼에 옛 소리 담은 피리 소리 들려오고 지팡이 짚은 늙은 나그네 갈매기 따라 흐르네."

"오호. 그래그래."

그분의 표정이 그득해졌다. 학선의 손을 잡은 그분의 손이 무척 따뜻했다.

"원제목은 〈등악양루탄관산융마(登岳陽樓歎關山戎馬)〉이옵고……."

"그래, 당나라 시인 두보가 만년에 천하를 유랑하다가 악주의 악양루에 올라 안녹산의 난으로 어지러워진 세상을 한탄하며 지은 오언율시지."

그분이 지그시 눈을 감고 슬픈 목소리로 조용히 말했다.

"관동 기생은 송강 정철의 영향을 받아 〈관동별곡〉이나 〈사미인곡〉을 즐겨 부르옵고, 영흥 기생은 태조 이성계의 영향을 받아 〈용비어천가〉를 잘 부르옵고……."

학선은 두려운 중에도 목소리를 낮추어 조용하게 말했다. 이런 대화를 해본 지가 언제인지 아득했다.

"평양 기생은 〈관산융마〉를 잘 부른다?"

그분이 너그러운 눈길로 학선을 바라봤다.

"그리 들었사옵니다."

"아무려나, 어떻겠느냐. 내 오늘 너로 인해 맘이 따듯해졌구나."

천천히 고개를 끄덕이며 학선을 바라보는 그분의 눈가에 얼핏 물기가 느껴졌다.

"너, 그분이 누군지 아느냐?"

그분이 가신 후 애심 언니가 학선에게 시비를 걸듯 물었다.

"모릅니다."

"내가 아까 뭐랬느냐. 귀하신 분이 오신다고 했잖느냐."

"네에."

"그분이 의화군이시다."

"의화군이라면……?"

"에고, 이런 답답이. 그분이 장차 이 나라의 왕이 되실 분이란 말이다. 다음에 널 찾아오시면 네 머리를 올려주실지도 모르지. 호호호."

애심 언니는 입을 비쭉대며 학선의 등을 톡톡 쳤다.

그날 이후로 그분은 가끔 학선을 찾았다. 학선을 찾을 땐 다른 기생을 들이지 않았다. 그저 눈을 지그시 감고 〈관산융마〉만 듣다 가셨다. 머리를 올려줄지도 모른다는 애심 언니의 예상은 빗나갔다. 학선은 그분이 오시는 날에는 다른 자리에 나가지 않았다. 오로지 그분만을 위해 〈관산융마〉를 부르고 싶었다. 그분이 어떤 분인지 알고 나니 〈관산융마〉를 듣는 그분의 마음이 절절하게 느껴졌다.

　이 시는 신광수가 지은 것인데 당대에 유명했던 평양 기생 모란이 부르는 소리를 들었으며 만년에 모란은 경성에 올라와서도 〈관산융마〉를 시창했다. 신광수의 『석북시집』에는 "내가 일찍이 평양에서 놀 때 매양 모란과 함께 경치 좋은 누각에서나 멋진 배를 타고 다니며 모란이 부르던 〈관산융마〉를 들었다. 그 목소리가 지나가던 구름마저 멈추게 하는 것 같았다"고 했다. 그 당시 모란은 당대의 명창이었으며 또한 〈관산융마〉는 인구에 회자되는 유명한 소리였다는 것을 알 수 있다. 학선은 모란이 부르는 시창을 듣지는 못했으나 그 심정을 헤아려 열심히 시창을 익혔다. 그렇게 열심히 익힌 시창이 그분께 위로가 되었다는 사실만으로도 학선은 크게 기뻤다. 가슴이 그득해졌다.

　어느 사이엔가 학선의 가슴속에 그분이 가득 차오르기 시작했다. 언감생심, 바라볼 수도 없는 분이지만 가슴속에서 자라나는 나무는 잎을 돋우고 가지를 치고 또 잎이 무성해져 초록으로 짙어졌다. 나뭇잎이 초록으로 짙어질수록 학선의 마음은 찢어질 듯 아팠는데, 일본의 발아래에 짓밟힌 나라를 생각하면 자신의 가슴 찢어지는 일 따위야 큰일도 아니었다. 〈관산융마〉를 부르는 일이 그분에게 조그만 위안이라도 될 수 있다면 피를 토하다 죽어도 좋을 일이었다. 학선은 점점 말라갔고 그리움은 하늘까지 치올랐다. 허나 입 밖으로 소리 낼 수 없는 그리움이었다. 그분을 위해 할 수 있는 것이 〈관산융마〉를 부르는 일뿐이라서 학선은 더욱 가슴이 시렸다. 요정을 드나드는 일본인들도 덩달아 학선의 〈관산융마〉를 들으려 했으나 그들 앞에서는 절대 부르지 않았다. 그분을 뵌 이후로, 그 시창에 대한 사연을 안 이후로, 〈관산융마〉는 그분만을 위한 시창이 되어버렸다. 다시 뵐 수 없을지라도……. 그것은 그녀의 절개였다. 그리움이 깊어도 드러낼 수 없는 처지였다. 지독하게 가슴이 저린 날에는 가끔 달 밝은 밤에 산에 올라가 〈관산융마〉를 불렀다. 목청이 터질 듯 그리움을 쏟아내고 나면 그나마 좀 시원해졌다. 더러, 간밤에 〈관산융마〉를 부르는 귀신이 왔던 모양이라고 수군대도 학선은 입을 떼지 않았다. 학선의 눈에는 그분의 환영만 어른댈 뿐이었다. 시절이 하수상하여 가슴이 칼로 도리는 듯이 아팠다.

* * *

란사는 학선이 부르는 〈관산융마〉에 취해 술을 마시는 그를 찬찬히 지켜보았다. 학선의 시창에 넋이 나간 듯한 그를 지켜보는 일이 생각처럼 쉽지 않았다. 학선을 바라보며 짓는 자애로운 미소를 전에는 본 적이 없는 듯했다. 학선의 시창에 고개를 끄덕이다가, 장단을 맞추었다가, 조그만 소리로 따라 하다가……. 진정 즐거우신 얼굴이었다. 진정 흡족하신 얼굴이었다. 그런데 서운한 마음이 드는 건 왜일까. 란사는 시창에 취해 마음을 풀어놓은 듯한 그를 바라보다가 슬그머니 밖으로 나왔다. 마루 끝에서 졸고 있던 이보게가 발딱 일어섰다.

"자네는 위채에 가서 눈 좀 붙이게."

"아닙니다. 저는 여기 있어야 합니다."

그가 눈을 껌벅이며 머리를 흔들었다. 졸음을 쫓으려는 행동이었다.

"전하께서 쉬이 일어서실 것 같지 않네. 오늘 밤은 저 기생의 시창에 취해 지내실 것이야."

란사는 자신의 목소리가 그 어느 때보다 쓸쓸하다고 느꼈다. 그래서 더 인정스럽게 말했다. 그러자 이보게가 머뭇머뭇하다가 일어섰다.

"그러면 저 헛간에서 잠시 눈 좀 붙이고 오겠습니다."

이보게가 방과 붙어 있는 헛간을 가리키며 말했다.

"그러시게."

말끝에 눈물이 묻어났다. 방 안에서는 여전히 학선의 시창이 흘러나오고 가끔씩 따라 하는 그의 목소리도 들렸다. 란사는 하늘을 올려다봤다. 어두워진 하늘에서 차가운 달빛이 쏟아지고 있었다. 그 달빛 사이로 시창이 어우러졌다. 까닭 없는 서러움이 울컥 몰려왔다. 절절한 외로움에 몸이 떨렸다. 그러다 그녀는 고개를 세차게 저었다. 자신의 행동에 대한 정당성을 확고히 하고자 하는 안간힘이었다.

"그래, 이게 내가 할 일이야. 전하께서 잠시라도 즐거우실 수 있다면 어떤 일이든 할 수 있어. 전하를 지키는 것이 나라를 되찾는 일이야."

란사는 스스로에게 주문을 걸듯 그렇게 말하고 고개를 끄덕였다. 어느새 익힌 〈관산융마〉의 가사를 들릴 듯 말 듯 조그만 소리로 따라 불렀다. 그러다 보니 그의 괴로움이 더욱 절절하게 느껴졌다. 차가운 밤공기가 란사의 몸에 내려앉았다. 추위를 피할 수 없는 몸처럼, 정처 없는 이 나라의 운명에 가슴이 저렸다. 내가 이러할진대 저분은 얼마나……. 거기까지 생각하면 절로 눈물이 흘렀다.

목이 쉴 대로 쉰 학선의 〈관산융마〉가 새벽달에 거칠어질 즈음, 란사는 벽에 기대어 눈을 감았다. 으슬으슬한 한기가 느껴지는 몸을 스스로 감싸 안고 란사는 자꾸만 흐르는 눈물을 훔쳤다. 달빛이 비쳐드는 방 안에서 그의 낮은 장단 소리가 가끔 들리고, 학선의 시창도 멈추지 않았다. 저러다 피를 토하고 쓰러지는 건 아닐까, 하는 염려가 되었다.

달은 무심하게도 교교히 밝았다. 그 곁에 별빛도 아스라이 빛났다.

"별은 멀리 있기에 아름다운 것, 멀리 있기에 우러르는 것."

잠결에 눈을 뜨고 얼핏 중얼거린 듯도 했다.

순이, 향화

　화영은 아기를 낳은 후 봉사 활동이 뜸해졌다. 생각지도 않았던 임신이 그녀의 삶을 송두리째 바꾼 게 아닌가 싶을 정도로 그녀가 바깥 활동을 하는 것을 보기 어려웠다. 란사는 그 마음을 충분히 이해할 수 있을 것 같았다. 더구나 고종 황제의 붕어 이후 어수선한 나라 사정은 모든 것이 뒤숭숭했다. 그런 상황이라 예쁜 딸아이를 낳았다는 소식을 듣고도 들여다보지 못했다. 급박한 사정들이 도처에 있었다. 간간이 인편을 통해 소식을 들었을 뿐, 란사는 바쁘다는 핑계로 화영을 소홀히 하고 있었다. 그러던 어느 날, 화영에게서 소식이 왔다.

　간곡히 의논할 일이 있으니 꼭 들러달라는 부탁이었다. '간곡한 부탁?' 그 말을 읊조리던 란사는 그제야 화영에게 너무 소홀했다는 생각이 들어서 부랴부랴 화영을 찾았다.

　화영은 전보다 살이 붙은 듯해서 보기에 좋았다. 바깥세상의 어지러움은 모르는 아낙처럼 넉넉하고 평온한 표정이 아기를 낳기 전과는 다른 모습이었다. 삼월이는 그 옆에 앉아 아이의 옷가지를 개키고 있었다.

"화영아."

이제는 택호를 부르거나 아이 이름을 불러야 하겠지만 아이 이름을 모르니 예전에 부르던 대로 이름을 부르고 말았다.

"어머, 어서 와."

화영의 얼굴에 반가움이 그득했다. 진정 행복한 여자의 모습이 저럴까 싶을 만큼 화영은 평화롭고 온화했다. 온전한 그림 같이 완벽하게 행복해 보이는 그녀의 어디에 간곡하게 부탁할 사연이 있을까 싶었다. 모처럼 수다스럽고 친밀한 이야기들이 오갔다. 다과상을 물리고 나서 란사는 화영에게 말했다.

"간곡히 부탁할 게 뭐야?"

그 말에 행복하기 그지없던 화영의 얼굴에 그늘이 짙어졌다.

"바쁜 사람 불러서 미안한데, 주변에 내 부탁을 들어줄 사람이 너밖에 없어서 염치 불고하고 불렀어."

그녀는 작정한 듯 란사 앞에 앉아 말문을 열었다.

"나만 행복한 거 같아서 견딜 수가 없어."

이건 무슨 뚱딴지같은 소린가? 란사는 화영의 그늘진 얼굴을 들여다보며 그녀의 손을 잡았다.

"뭔데 서두가 그래?"

"순이 말이야."

"순이?"

"응, 전에도 그 애를 한번 만나봐달라고 부탁한 적이 있었지."

그랬다. 수원에 사는 기생 순이를 한 번만 만나서 설득해 달라는 부탁을 벌써부터 했었다. 화영의 가슴에 그늘로 남아 있는 자매 같은 아이라 했다. 화영의 집에 들른 그녀를 얼핏 본 기억도 났다.

"기생 노릇만 하기에 아까운 애라서 그래. 공부를 하게 했으면 해."

화영의 간절한 눈빛에 물기가 느껴졌다.

"공부?"

"응, 내가 이렇게 아이까지 낳고 살다 보니 그 애한테 더 미안한 생각이 드는 거야. 나만 행복한 거 같아서."

"그 노래 잘한다는 기생 언니요?"

삼월이가 관심을 가지고 톡, 끼어들었다. 그녀는 화영보다도 더 바짝 란사의 곁에 붙어앉아 호기심 어린 눈알을 굴렸다.

"넌 뭐가 좋아서 그리 들떴느냐?"

란사가 물었다.

"헤헤, 마님이 수원 갈 때 저도 데려간다 했거든요. 오는 길에 화성 구경도 시켜준다 했거든요."

그러고 보니 오늘따라 옷도 신경 써서 입은 듯했다. 마치 이화학당에 다니는 학생처럼 검정 치마에 흰 무명 저고리를 얌전하게 입었다.

"화성?"

"예, 옛날 정조 임금님이 어머니를 기리며 지었다는 화성 말이에요."

"네가 그런 데 관심이 있었더냐?"

빤히 삼월이를 들여다보는데 화영이 말을 거들었다.

"쟤가 창을 제법 한다네. 꿈이 노래하는 거라네. 순이 이야기를 하니 혹시나 연줄이 닿을까 싶어서 나보다 순이 만나는 일에 더 들떠 있는 거지."

"그렇구나. 뭘 배우고 싶다는 건 좋은 거지."

란사는 삼월의 행동을 찬찬히 훑으며 고개를 끄덕였다. 화영을 만나러 올 때는 그녀가 간곡하게 부탁하는 일을 무조건 들어주자는 생각으로 나섰다. 친구를 위해 할 수 있는 일이라면, 그녀에게 힘이 될 수 있는 일이라면 기꺼이 도와줄 생각이었다. 란사는 화영의 손을 잡고 진심 어린 눈빛을 건네며 말했다.

"네가 부탁하는 일이라면 뭐든 들어줄게. 이왕 이야기 나온 김에 오늘 갈까?"

"그, 그래도 되겠어?"

화영이 환한 미소를 지으며 란사의 손을 더욱 꼭 잡았다.

"그럼, 오늘은 널 위해 시간을 비워두었거든."

화영의 얼굴에 환한 미소가 피어났다. 마치 기다렸다는 듯이 안방으로 들어가더니 나들이 옷으로 갈아입고 나오며 삼월이를 재촉했다. 삼월은 신이 나서 부엌으로 들어가 미리 준비해놓은 듯한 보퉁이들을 챙겨 들었다. 순이에게 가져다주기 위해 만든 반찬일 것이다. 제법 여러 개 되는 데다 무게도 묵직해 보였다. 그런데도 삼월은 보퉁이를 번쩍 들고 가볍게 앞장섰다.

"아이는?"

"요즘 아이 보는 아주머니를 한 분 모셨어. 내가 너무 힘들어하니 영감님이 그리해주시더군. 아이 데리고 요 앞에 산책 가셨는데 곧 오실 게야. 아이는 두고 다녀오려고."

모처럼 육아에서 해방된 기분인 듯 정작 신이 난 건 화영이었다. 삼월이는 수원으로 가는 내내 노래를 흥얼거리는 폼이 진짜 노래가 좋은 모양이었다. 그냥 허투루 가지는 관심은 아닌 듯했다.

"공부할 생각은 없느냐?"

삼월을 보며 란사가 물었다.

"어휴, 저는 공부는 싫습니다요. 그저 춤추고 노래하는 게 좋아요."

"기생이 되지 그랬느냐?"

"아니요, 기생도 공부를 많이 해야 한다고 들었어요. 그래서 그런 건 싫고요, 그저 살림하면서 노래 흥얼대는 게 제일 좋아요."

조잘조잘 떠들어대는 삼월을 바라보던 란사가 관심을 거두고 혼잣말처럼 중얼거렸다.

"그래, 제가 하고 싶은 대로 하고 살아야지. 제 그릇만큼 사는 게야."

그 말뜻을 아는지 모르는지 삼월은 여전히 재잘대고 있었다. 수원에 도착할 때까지.

기생집으로 갈 수는 없는 터라 순이를 불러냈다. 단정한 옷차림으로 보아 기생이라는 느낌은 들지 않았다. 눈매가 고집스러운 아이였다. 서로 인사를 하고, 반찬을 건네는 동안 삼월은 내내 순이를 뚫어질 듯이 바라봤다.

"언니가 창을 그렇게 잘한다면서요?"

삼월이가 불쑥 끼어들어 물었다. 제가 낄 자리가 아닌 것도 모르는 눈치였다.

"나는 창을 잘하지 못해. 흉내나 내는 거야."

그 말에 삼월이 두 손을 모으고 선망의 눈길을 보냈다.

"삼월아, 넌 좀 나가 있거라."

화영의 말에 삼월이가 그제야 눈치를 살피며 내키지 않는 걸음으로 나가더니 멀리도 가지 않고 유리문 밖에서 안을 힐끔힐끔 들여다보고 있었다.

"순이야, 공부를 시작하면 어떻겠느냐?"

삼월이 나간 후 화영은 부드러운 음성으로 순이에게 물었다. 란사는 어찌 된 일인지 순이를 무심하게 바라보고만 있었다. 순이의 입매가 달싹 움직였다.

"공부는 무슨. 나라 꼴이 이런데 무슨 공부를 해요?"

오히려 발끈해서 묻는 순이를 바라보기가 무안한지 화영은 좌불안석이었다. 그도 그럴 것이, 부탁을 해서 어렵게 란사를 데리고 왔는데 정작 공부를 해야 할 순이가 차가운 태도를 보이니 화영의 입장이 난감한 터였다.

"나라 꼴이 이럴수록 공부를 해서 후일을 도모해야지……. 신여성이 많아져야 나라를 위한 운동도 할 수 있지."

순이를 찬찬히 살펴보던 란사가 낮은 목소리로 말했다. 그런데 란사를 바라보는 순이의 눈빛에 적의가 가득했다.

"저는 신여성이 되고 싶지 않습니다. 신여성이 될 자격도 없구요."

눈을 내리깔고 또박또박 말하는 순이의 태도는 신여성에 대한 오해나 혐오가 담겨 있는 언사였다.

"공부는 신분을 초월해서 해야 하는 걸세. 애국 또한 그러하고."

순이는 란사의 말을 귀담아듣지 않았다. 순이를 생각하는 화영의 마음이 오히려 안쓰러웠다. 고집이 없는 이는 설득하기가 쉽지만 자기 고집이 센 이를 설득하는 것은 어렵다. 어쩜 순이를 본 순간, 란사는 그녀의 단단한 마음을 읽었는지도 모르겠다. 순이는 애써 말을 가려가며 하고 있는 듯하나 란사를 끌고 온 화영이 못마땅한 눈치였다.

"사람마다 생김새가 다르듯 하고 사는 일도 다를 겁니다. 언니들은 언니들대로 사시고 우리 같은 기생은 기생 사는 방식으로 살고……."

어쭙잖은 말로는 순이를 설득할 수 없을 것 같았다.

"너는 이미 기생으로 사는 일에서 벗어나 있잖아."

화영은 안타까운 눈빛으로 순이의 얼굴을 바라봤다. 순이에게서는 냉정한 여자의 고집이 느껴지는데 화영은 오로지 순이의 마음을 돌리는 일에만 매달려 있는 것 같았다.

"나는 여전히 기생입니다. 저녁마다 사내들의 술자리에 들어 웃음을 팔고 화대를 받아 모진 목숨을 이어갑니다."

자조적인 언사가 눅눅했다.

"순이야."

순이를 부르는 화영의 목소리가 안타깝다.

"헛걸음하신 듯합니다. 저는 언니처럼 살 팔자는 아닌 듯해요."

"나처럼 살라는 게 아니지 않느냐. 공부를 해보라는 거야. 란사
언니가 이끌어줄 게야."

애원에 가까운 화영의 말에도 순이의 고집은 여전했다.

"나는 되었습니다. 나 때문에 맘 쓰는 일은 그만했으면 해요. 공
부는 인생 공부하는 걸로도 족합니다."

순이의 태도는 변할 것 같지 않았다. 오히려 화영이 조바심을 내
며 불안해했다.

"가세. 애국이든 공부든, 제 맘이 내켜야 할 것이야."

란사의 판단은 빠르고 냉정했다.

"어미만 살아 있었어도 기생이 되지는 않았을 텐데."

화영은 순이 이야기를 할 때마다 안타까워했다. 스물둘의 앳된
기생 순이가 이즈음 유난히 힘들어한다는 걸 화영도 알고 있었다.
공부를 하라고 부추긴 것도 순이가 처한 상황과 무관하지 않았다.
일제가 공창제도를 확대하면서 기생을 창녀 취급했기 때문이다.
순이에게는 그게 치욕스러운 일일 수도 있었다. 그러나 한 번 정해
진 운명은 쉽게 바꿀 수가 없었다.

"언제라도 공부할 마음이 생기면 찾아오너라."

그 말을 하고 란사가 벌떡 일어섰다. 화영은 란사의 성급한 행동이 조금 못마땅했으나 그녀의 결단은 정확했다. 기다렸다는 듯이 순이가 일어서 아주 예쁘게 목례를 했다. 그녀의 눈빛은 기생의 것이라기보다는 단단한 투지를 가진 전사의 눈빛에 가까웠다.

"밥 잘 챙겨 먹고 술 많이 마시지 말고……."

화영의 당부는 언제나 애틋했다. 눈물을 찍어내며 순이를 어루만지는 모습이 안타깝고 애잔했다.

**

화영과 란사가 다녀간 후 순이는 홀로 방 안에 앉아 생각에 잠겼다. 수렴을 쳐 방을 어둑하게 해놓고 참선하듯 눈을 감았다. 눈물 그렁그렁하던 화영의 얼굴이 스쳤다. 잔정이 많은 언니였다. 여리고 부드럽고 따뜻한 여자였다. 뭇 사내에게 웃음을 파는 일이 너무도 싫어서 돈 많은 영감님 재취 자리가 꿈이었던 언니였다. 어떻게 재취 자리가 꿈이냐고 물었을 때 화영은 말했다.

"내 인생, 그만큼만 돼도 운이 튼 거야."

술주정뱅이 아버지에게 맞아 병사한 어머니를 두고두고 가슴 아파하던 화영은 처지가 비슷한 순이와 아주 가까이 지냈다. 자연스럽게 언니, 동생이 되었고 화영이 기생집을 떠날 때까지 피붙이 이상으로 가까이 지냈다. 어쩌다 경성 갈 일이 있으면 당연히 화영 언니 집에서 머물렀다. 그러던 어느 날, 화영이 순이를 붙잡고 말했다.

"너, 이참에 기생 그만두고 우리 집에 같이 살면서 공부를 해라."

"공부?"

"왜 있잖니, 언니 친구 란사. 그분이 선생님이거든."

화영은 자랑스럽게 란사 이야기를 꺼냈다.

"공부를 하라고?"

순이는 확인하듯 되풀이해 말했다.

"그래, 학비도 안 받고 공부시켜 주는 데가 있어. 여자들도 배워야 해. 언니도 이화학당에서 공부했잖니."

"언니하고 나는 형편이 달라요."

"아무 걱정 말고 오기만 하렴. 내가 다 돌봐줄게."

화영의 진심이 느껴졌다. 하지만 힐끔힐끔 쳐다보며 눈으로 순이의 몸을 더듬던 영감이 생각나자 순이는 세차게 고개를 저었다.

"내 형편에 무슨 공부……."

말은 그렇게 했지만 언니의 집에 들어오면 벌어질지도 모를 일에 대한 두려움이 앞섰다. 언니와 남자 문제로 얽히고 싶지 않았다. 더구나 나이 많은 영감이라니! 생각하고 싶지도 않은 일이었다.

"애, 내 얘기 좀 들어봐. 란사도 아주 어려운 형편이었대……."

언니를 통해 들었던 란사의 이야기는 그 자체로 기적이었다.

"원체 자기 얘기를 안 하니 자세한 건 모르겠지만, 공부를 하고 나서부터는 눈빛도 달라지고 표정도 달라졌어. 물론 남편을 잘 만난 덕도 있겠지. 남편은 관리인데, 자식이 넷이나 있는 집에 후처로 들어온 것만 봐도 집안 사정이야 뻔한 거지. 그러니 너한테 이야기하는 거야. 나야 남편이 화초 들이듯 나를 들였지만, 그걸로 만족하고 살지만, 사실 나는 고만큼밖에 안 되는 목숨이야. 나와 달리 란사나 너는 좀 더 큰일을 할 수 있는 인물인 것 같아 하는 소리다. 순이야."

좀 더 큰일을 할 수 있는? 화영 언니는 무얼 보고 그런 소리를 하는 걸까? 기껏해야 허세 부리는 남정네들의 품에 안겨 술 따르고 웃음 파는 기생일 뿐인데.

순간, 검무를 추고 싶다는 생각이 들었다. 순이는 유난히 검무를 잘 추었다. 양금*도 곧잘 연주했다. 흥겨운 춤판을 열어 신나게 춤을 추며 속을 풀어내고 싶었다. 그러나 밤이 야심하도록 사내들의 술시중을 들며 시달린 몸은 언제나 파김치 같았다. 그런데도 잠은 오지 아니하였다. 란사와 화영의 얼굴이 어지럽게 겹쳤다. 너무도 대조적인 두 사람의 행보가 순이는 못마땅하기만 했다.

고종 황제가 붕어한 일로 나라가 뒤숭숭한데, 개인의 일이나 확실하지도 않은 먼 미래의 일을 도모하는 것이 너무도 못마땅했다. 한낱 개인이지만, 나라를 위해 할 수 있는 일이 무엇일까. 순이의 머릿속은 요즘 그런 의문으로 가득했다.

"나무 비녀를 꽂고 성복에 참여한 아이가 기생 노릇은 제대로 하겠느냐?"

란사가 던진 한마디가 마음에 비수처럼 시퍼렇게 꽂혀 있었다.

---

* 기악을 습득하는 초보자들이 배우는 악기로 풍류 음악을 연주할 때 많이 사용한다.

황제 붕어 때 경성에 올라갔다가 화영 언니의 집에서 그녀를 본 적이 있었다.

"그거야 이 나라 백성이면 당연히 해야 할 일이 아닌가요?"

란사에 대한 반감을 느끼면서 내뱉은 말이었다. 달라도 너무 다른 인생을 사는 이에 대한 반감일 수도 있었다.

"당연한 일이지. 나라가 어지러우면 백성이 일어서는 건 너무도 당연한 일이다. 하지만 마음만으로 되는 일은 없지. 그러니 너는 공부해서 나라를 지키는 방법을 배워야 해."

란사 언니의 목소리가 이명처럼 웅웅 울렸다.

울적해서 지필묵을 꺼냈다. 난초를 치다가, 죽을 치다가, 매를 치다가, 국화를 그렸다. 그 어느 것 하나 성에 차지 않았다. 난과 대나무는 제법 잘 친다는 소리를 들었는데 오늘은 엉망진창이었다. 먹물이 손가락에 묻었으나 씻지도 않고 벼루를 저만치 밀어놓았다.

잠이 오지 않아 뒤척이다가 닭 우는 소리에 스러지듯 잠이 들었다.

고백

란사는 모처럼 집에 있었다. 남편이 출장길에서 돌아와 집에 있기 때문이었다. 전에 없이 피곤해하는 모습을 자주 본 터라서 미안한 마음이 들기도 했다. 사실 남편의 적극적인 배려가 없었다면 그녀가 하는 일의 많은 부분을 접어야 할 것이었다. 화영의 경우를 보아도 하상기의 배려는 눈물 날 만큼 고마웠다. 어린 여자를 아내로 들였다는 이유 하나로 그가 희망하고 감내한 부분이 많다는 걸 란사라고 모를 리 없었다. 유학을 가게 된 일도, 딸을 잃은 일도, 살림을 나 몰라라 한 일도, 그가 깐깐하고 편협한 사람이었다면 가당치 않은 일이었다. 고루한 유교적 사상에 물들어 남존여비의 행태를 일삼는 남자들이 아직도 많은 터에 그의 배려는 아주 특별한 것이었다. 그러나 마음에서 우러나는 고마움은 없었다. 아버지의 권유에 밀려 마음에도 없는 결혼을 한 탓이었다. 그것이 그에게 미안하기는 했다. 그래서 애써 그의 곁에 있어주려 노력했다. 그것은 마음이 가서 곁에 머물고 싶은 것이 아니라 의무 같은 것이었다. 이즈음 들어 하상기의 눈빛이 지쳐 보이는 것이 마음에 걸렸다. 그건 어쩜 란사의 마음 한편에 숨어 있는 미안함 때문일지도 몰랐다. 그런 생각을 하다가도 '정말 내가 미안한 것일까?' 하는 의문이 들 때도 있었다.

모처럼 일찍 일어나 부엌으로 갔다. 함평댁이 놀란 눈으로 란사를 바라봤다.

"어, 어쩐 일이세요?"

사실 란사도 어색하기는 했다. 그녀가 부엌으로 내려섰다 해서 할 수 있는 것은 아무것도 없었다. 무엇이 어디에 있는지도 모르고 무엇을 한다 해도 필요한 그릇이 어디에 놓여 있는지조차도 몰랐다.

"물 좀 주게. 차 좀 끓이려 하네."

그녀 자신도 부엌으로 내려선 일이 어색해서 쭈물거리다 말했다. 무얼 해보겠다는 건 마음뿐이었다.

"그냥 부르실 것이지 어찌 부엌에까지 오십니까?"

함평댁이 몸 둘 바를 모르고 절절맸다. 무엇이 조금만 늦어도 불호령을 해대던 마님이 풀 죽은 눈빛으로 부엌을 찾은 게 함평댁은 신기하기만 했던 것이다.

"어허, 그냥 물이나 좀 주면 될 것을."

란사는 여전히 어색하게 함평댁의 시선을 피했다. 그때 란사를 찾는 하상기의 묵직한 목소리가 들렸다.

"어디 계신가?"

란사는 그 말을 듣고는 바로 부엌을 나오며 말했다.

"커피 마실 물 좀 올리시게."

"예."

함평댁이 허리를 반이나 되게 굽히면서도 눈은 란사의 행동을 흘끔거렸다.

하상기는 대청마루에 앉아 밖을 내다보고 있었다.

"어찌 나와 계십니까?"

란사는 가능한 한 부드럽고 조심스러운 목소리로 말했다.

"자네가 안 보여서. 나간다는 소리는 없었는데 안 보이니 궁금해서 불렀지."

그의 눈에 따듯한 온기가 흘렀다.

"오늘은 집에 있겠다 하지 않았습니까."

"그랬지. 그래서 기분은 좋은데 괜히 바쁜 사람 잡아두는 것 같아 미안허이."

"무슨 말씀을 그리하십니까."

"아니지. 알게 모르게 이리저리 바쁜 사정을 내 짐작은 하면서도 나이가 들어가니 가끔 쓸쓸한 생각이 들어서 그러네."

하상기의 말에 란사는 조금 움찔했다. 그의 말에 그 어떤 저의가 없으리라는 걸 알면서도 괜히 미안해지는 건 란사 마음의 변화 때문이었다.

"대단한 일을 하는 것도 아니면서 집을 너무 많이 비웠어요. 미안합니다."

"그런 소리 들으려고 한 말은 아니오. 나도 바쁜 걸로 치자면 자네 못지않지. 그런데 자꾸 허전해지니 하는 소리요. 이게 늙어가는 징조인 모양이오. 허허허."

그의 웃음소리가 전에 없이 쓸쓸했다. 허공으로 날아간 말들이 잿빛 구름처럼 머리 위에서 어지러웠다. 란사는 사실 이즈음 들어서서 변한 자신의 마음을 들킨 것 같아 뜨끔했다. 저 양반이 뭘 알고 저런 소리를 하시는 것인가 싶어서 바로 쳐다보기도 민망했다. 하지만 곧 흔들리는 마음을 바로잡았다. 그러고는 전에 없이 다정한 목소리에 애교를 섞었다.

"오늘은 단성사에 가서 영화 보고 한일관에서 불고기도 먹어요. 모처럼 당신과 하루 종일 붙어 있고 싶어요."

"허허허, 오늘 내가 복이 터졌구려. 그럼 나간 김에 당신 옷도 좀 사고 구두나 다른 것도 좀 삽시다."

"네, 알겠어요."

그즈음 함평댁이 찻물과 잘 데운 커피 잔을 가져왔다. 아주 고급스런 본차이나 제품이었다. 함평댁은 혹시라도 실수를 할까 봐 조심조심 걸었다. 커피를 타는 것은 란사 몫이었다. 오랜 미국 생활로 그녀는 아침은 안 먹어도 커피는 꼭 마시는 습관이 들어 있었다. 하상기 역시 외국으로 출장을 자주 다니다 보니 자연스럽게 커피를 즐겨 마셨다. 커피 향이 방 안 가득 퍼졌다.

"음, 향이 아주 좋구려. 황제께서도 커피를 즐겨 드셨다지?"

"예, 그러하셨습니다."

그러고는 말없이 커피를 마셨다. 란사가 의화군과 자주 만나면서 궁에도 드나든다는 것을 하상기도 진작부터 알고 있었다. 그래서 넌지시 근황을 듣고 싶어 그렇게 운을 뗐다. 요즘 들어 그녀에게서는 전에 없던 묘한 분위기가 느껴졌다. 뭐랄까, 몸과 마음이 한곳에 있지 않다는 느낌이 자주 들었다. 때로는 의화군과 대단한 일을 도모하고 있는 것 같아 장하다는 생각도 들었지만, 한편으로는 민망한 생각도 불쑥불쑥 들었다. 그런 감정이 쌓이면서 가끔씩 그녀와의 대화가 겉돈다는 느낌을 받을 때도 있었다.

지금도 그랬다. 왠지 두 사람 다 눈을 내리깔고 커피 잔만 내려다보고 있었다. 씁쓰레한 커피 맛이 입안에 감돌았다. 마치 폭풍 전야처럼 고요했다. 란사는 오늘따라 그런 분위기를 견디기 힘들었다. 그녀 안에서 흔들리는 마음 때문이었다. 그래서일까, 유난히 하상기에게 다정하게 굴었다. 그도 기분은 몹시 좋으면서도 결국 아내에게서 들어야 할 말이 있을 거라는 짐작을 하고 있었다.

모처럼 즐거운 날인 건 맞았다. 영화를 보고, 맛난 음식을 먹고, 백화점에서 쇼핑도 했다. 아주 다정한 부부처럼 서로 보고 웃고 팔짱을 끼고 거리를 유유자적하게 걷기도 했다.

"원피스가 아주 잘 어울리는구려."

화신백화점에서 큰돈을 주고 산 검정색 원피스에 눈을 주며 그가 칭찬했다. 사실 그 원피스는 그가 권해서 산 것이었다. 특별히 옷을 사고 싶은 마음도 없었다. 하지만 고맙다는 인사는 해야 했다. 아낌없이 돈을 쓰는 그에게 고맙기도 하고 미안하기도 했다. 그래서 고맙다는 말과 함께 볼에 가벼운 입맞춤도 했다. 순간 그는 당황스러워하면서도 기분 좋은 표정으로 환하게 웃었다.

"새삼스럽게 왜 그렇게 부끄러워하세요? 미국에서는 뽀뽀 안 해준다고 성화시더니."

"어허, 이 사람아, 여긴 경성이잖은가."

"그렇네요. 여기는 동방예의지국 대한제국이네요. 잠시 자유로운 생각이 들었어요. 이왕 나온 김에 차라도 한잔하고 들어가요."

"그러세."

그는 란사의 어깨를 감싸 안으며 흔쾌히 말했다.

화신백화점 근처에 있는 가까운 찻집으로 갔다. 전에 선교사들과 몇 번 와본 적이 있는 일본식 찻집이었다.

"하이~."

그녀는 일부러 서양인인 척 손을 높이 들어 인사하고 성큼성큼 걸어 구석자리에 앉았다. 창에서 들어오는 햇살이 눈부셨다. 분홍색 기모노를 입은 마담이 종종걸음으로 다가와 인형 같은 미소를 지으며 말했다.

"이랏샤이마세, 우레시이데스(어서 오십시오, 반갑습니다)."

과분하게 친절한 마담의 인사에 하상기가 어색하게 웃었다. 그리 너른 찻집은 아니었지만 일본풍으로 꾸민 실내가 아주 정갈했다. 테이블마다 앙증맞은 꽃 몇 송이가 유리병에 꽂혀 있었다.

"어떤 차를 드릴까요?"

눈웃음을 달고 있는 마담이 다가와 상냥하게 말하며 웃었다.

"커피 두 잔이요."

란사는 일부러 손가락을 두 개 펴 보이며 부드럽게 말했다.

"하이."

마담이 깍듯이 고개를 숙이고는 종종걸음으로 멀어졌다.

"여길 와본 모양이오?"

하상기가 물었다.

"네, 선교사들하고 몇 번 왔어요."

"음, 여긴 일본인들이 많군. 하긴 그들 세상이니……."

하상기의 얼굴빛이 어두워졌다. 그 역시 일본인이라 하면 두드
러기가 날 정도로 싫어했다. 그건 대한제국 국민이라면 당연한 감
정일 수도 있었다. 더구나 그는 나랏일을 하는 관리가 아닌가. 기모
노를 입은 여자들이 종종걸음으로 드나들고 경찰인 듯한 사내들도
매서운 눈으로 들락거렸다. 크게 틀어둔 일본 가요가 간장을 끊을
듯 애절했다. 애절하고 끈적한 노랫가락이 마치 눈이 풀린 여인의
흐트러진 모습을 보는 듯했다.

"이 시절에 사랑 타령이라니. 허 참."

그가 불만스러운 표정으로 혀를 찼다. 그는 일본어를 유창하게
구사하지는 못해도 대충은 알아들었다. 그의 말에 란사도 인상을
찌푸리며 한숨을 내쉬었다. '구더기 같은 놈들, 남의 나라를 쑥대밭
으로 만들어놓고 사랑 타령?' 하는 소리가 목젖까지 올라오는 걸 애
써 참았다. 짓밟힌 자들의 울분은 정당성을 갖지 못했다. 그녀 역시

무지랭이 촌부의 아내였으면 그 어떤 수모를 당하고 살았을지 알수 없다. 나라를 잃은 설움은 도처에 못처럼 박혀 있었다.

끊임없이 미행 당하는 느낌을 지울 수 없었던 란사로서는 그들의 눈을 피하기에 차라리 일본인들이 드나드는 이런 장소가 나았다. 어딜 가든 당당하게 일본인들이 드나드는 장소를 택했다. 그녀는 선교사들과 어울리고 영어를 잘한다는 이유로 어쩌면 특별한 대우를 받고 있는지 모른다. 더구나 고종의 밀지를 수행해야 하는 비밀스런 임무가 있었다. 란사는 그 일을 생각하면 가슴이 벅차올랐다. 고종께서 궁중 패물을 군자금으로 건네주며 의왕과 일을 착수하라는 부탁까지 하신 터였다. 그런 터에 황망한 소식을 듣고 보니 기가 막혔다. 감옥에서 옥사한 수많은 독립투사들을 생각하면 당장이라도 일본 놈들을 요절내고 싶지만 그건 마음속에서 일어나는 소요일 뿐이었다.

힘이 없는 자는 칼을 들 수 없다. 힘이 없는 자는 땅을 지킬 수 없다. 비굴하거나 아님 당당하거나. 그조차도 선택할 수 있는 것은 아니었다.

란사는 며칠 전부터 벼르던 이야기를 오늘은 꼭 하리라 마음먹었다. 하지만 전과 달리 말 꺼내기가 쉽지 않았다. 하고자 하는 이야기를 하기에는 아주 적당한 장소라는 생각이 들었지만, 낮말은 새가 듣고 밤말은 쥐가 듣는다는 속담처럼 혹시나 하는 마음에 조마조마했다. 하지만 일본인들이 자주 드나드는 장소가 오히려 안전한 장소일지 모른다. 집에 가서 이야기할까도 생각했지만, 망설임

없는 동조를 얻어내기에는 일본인들이 무시로 드나드는 장소가 더 낫다는 결정을 내린 터였다.

"저…… 할 말이 있어요."

커피를 한 모금 마신 후 란사는 조심스럽게 입을 열었다.

"해보시오."

하상기도 이미 짐작하고 있었다는 듯이 고개를 끄덕이며 란사를 바라봤다.

"중국엘 다녀올까 해요."

"중국? 미국이 아니고 중국?"

그는 의외라는 듯 목소리가 조금 커졌다. 란사는 주변을 둘러보았다. 다행히 아무도 그들의 대화에 신경 쓰는 사람은 없었다.

"네, 혼자 가는 게 아니고……."

"음……. 이번 여행은 전과는 상황이 많이 다른 모양이구려."

란사는 하상기의 깊은 배려에 마음이 울컥했다. 이번 일은 군자금을 모아 전달하는 일이나 조선 여성들을 모아 공부를 가르치는 일과는 비교가 되지 않았다. 자세한 이야기는 할 수 없었다. 그건 이강 전하와의 약속 때문이다.

"그분도 함께 가시오?"

란사는 하상기가 그 말을 할 때 가슴이 뜨끔했다. 하지만 곧 고개를 끄덕이며 단호하게 말했다. 마음속 생각은 언제나 숨겨야 했다. 현실에서 드러나면 누더기가 될 것이었다.

"그분이 이끌고 가십니다."

그렇게 말함으로써 가슴속 흔들림을 감추려는 계산이었다. 분명 개인적인, 또는 감정적인 생각은 없는 거라고 자신에게도 다짐하고 싶었다. 하상기는 더 이상 묻지 않았다. 한참이나 말없이 앉아 있다가 몹시 힘들게 입을 뗐다.

"이미 결정된 일이고…… 반대를 해서 될 일도 아닌 것 같고……. 다만 걱정되는 것은 미국 가는 일과는 다르게 힘들 것 같아서……. 지난봄에도 북경에 다녀오고 또 가야 한다니……."

그의 목소리가 떨리고 있었다. 말로 뱉지 못한 그의 마음이 고스란히 느껴졌다. 왜 모를까, 그의 마음을. 그의 마음속에서 뒤엉켜 있는 감정들, 말하지 않아도 다 알 것 같았다. 란사도 자신에게 암시를 걸듯 또박또박 말했다.

"지난봄에는 할 일을 제대로 못하고 돌아오게 돼서……. 이번엔 별일 없이 잘 지내다 올 거예요."

"암, 그래야지, 암."

그가 창밖으로 시선을 던지며 고개를 수도 없이 끄덕였다. 마음이 아팠다. 미안합니다. 그분에 대한 내 마음이 어떨지라도 당신이 염려하는 일은 일어나지 않을 것입니다, 속으로만 그렇게 중얼거렸다. 하지만 곰곰 생각해보면 현실에서 어떤 일이 일어나는지는 그건 그리 중요한 것이 아니었다. 그보다는 마음을 어떻게 단단히 그러매고 있을 수 있느냐 하는 문제가 더 컸다. 그러기에 란사는 하상기에게 미안했다. 그녀의 마음이 가 있는 곳이 어디인지를 숨길 수 없기에.

그가 벌떡 일어났다.

"먼저 들어가시오. 나는 잠시 누굴 좀 만나고 들어가야겠소."

그의 찻잔에는 커피가 반쯤 남아 있었다. 흔들리는 그의 마음을, 분노한 그의 마음을, 불안한 그의 마음을 숨기지 못할 만큼 그의 숨소리가 거칠어졌다.

"어딜 가시게요?"

란사의 목소리가 조금 떨렸다.

"그냥 먼저 들어가시오."

그는 뒤도 돌아보지 않고 걸음을 재촉했다. 뚜벅뚜벅 내딛는 그의 구둣발 소리가 전에 없이 크게 울렸다.

그날 밤, 하상기는 집에 돌아오지 않았다.

항거

"언니."

문밖에서 조심스럽게 부르는 소리에 순이는 눈을 떴다. 밤새 어지러운 꿈에 시달려 머리가 지끈거렸다. 얼른 일어나 이불을 젖히고 자세를 고쳐 앉았다.

"들어오너라."

"일찍 일어나셨네요?"

분칠을 지운 얼굴이 고운 열아홉 산옥이다. 〈경기잡가〉를 잘 불러 인기가 높다. 싸늘한지 어깨를 움츠리고 있다.

"너는 왜 일찍 일어났느냐?"

"맘이 싱숭생숭해서요."

"하긴 그럴 만도 하지."

순이는 고개를 끄덕이며 산옥의 손을 잡는다. 손도 싸늘하다.

"육모초라도 좀 달여 먹어야겠다. 젊은것이 손이 이렇게 차서야

원……."

"언니, 이래 봬도 기적은 내가 선배요. 여덟 살에 각종 가무를 익혀 아홉 살에 경성으로 갔잖수. 연홍사에서 승무를 추어 아주 인기를 끌었지요. 부모님 생각나서 고향으로 왔다가 열한 살 때 다시 경성으로 가서 광무대에서 기생이 되었다오."

"지난 얘기가 오늘따라 기네."

"노래도 곧잘 했어요. 〈춘향가〉, 〈사랑가〉, 판소리, 시조, 가사, 다 하는데 가장 잘하는 건 〈해주난봉가〉라오. 광무대에선 산옥이 하나만 있으면 된다 하였소. 시절을 잘 만났으면 종2품인 기생재상까지 했을지도 모를 일인데. 호호호. 기생재상은 진사님도 눈 아래로 봤다오."

산옥이가 오늘따라 말이 많다. 어디서 주워들은 건지 아는 것도 많다. 속이 허전한 것일까?

"부모님께 효도하려고 고향으로 내려왔네?"

"그런 셈이죠. 하지만 언제 또 뜰지 몰라요. 부평초 같은 신세라……."

"부평초 같은 신세는 너나 나나 다를 바 없지……."

한숨이 폭폭 새어나왔다.

"순이 언니."

산옥의 눈빛에 웃음기가 사라지고 단정해졌다.

"왜?"

"내일 검진 받으러 안 가면 안 돼요?"

"그러면 얼마나 좋겠니. 공창제도를 만들고는 기생까지 다 성병 검사를 받으라 하니……. 우리가 몸 파는 여자들도 아닌데…….”

"그러게 말이에요.”

산옥이 한숨을 푹푹 내쉰다.

"안 갔다가는 감시 대상이 될 테고…….”

"하필 화성행궁에다 병원을 차릴 게 뭐랍니까? 임금께서 능행길에 머물던 곳에다 성병 검사하는 병원을 세운다는 게 말이 됩니까?”

"일부러 그러는 것 아니겠느냐. 이 나라를 치욕스럽게 하려고.”

"하긴 나랏님도 죽이고 이강 전하의 수족도 다 잘라내고, 독립운동한다 싶은 남자들은 다 잡아 죽이고……. 놈들의 만행에 치가 떨려요. 아예 조선의 씨를 말릴 생각인가 봐요.”

산옥이 제 몸을 부르르 떨며 이를 악문다.

"그러나 어쩌겠느냐. 힘이 없는 것을.”

"병원 가면서 만세 운동이나 할까요?”

"아서라. 목숨이 몇 개냐.”

"이러나저러나 목숨은 한 개요. 기생조합을 만들어 저놈들 맘대로 권번이라 부르더니 이제는 아예 창기 취급이라니! 이렇게 개처럼 살 바에야 소리나 실컷 치고 죽지 뭐.”

"얘가, 얘가! 군중을 선도한 죄가 얼마나 큰지 아느냐?”

"진주 기생들도 들고일어났다 해요. 우리라고 가만히 있을 수는 없어요. 우린 늦은 감이 있어요. 3월 1일 날, 화홍문에서는 수백 명이 만세를 불렀대요. 이미 수원에서도 시작된 일이라고요. 25일 장

날에는 청년학생 20여 명과 노동자들이 시장에서 만세를 불렀답니다."

설사 그렇기로. 순이는 산옥의 손을 잡고 눈을 감았다.

"개죽음은 안 당해야 하느니."

달래듯 산옥의 손을 부드럽게 어루만졌다. 산옥의 움직임이 조용해졌다.

사실 기생들끼리 은밀하게 논의한 일이 있긴 있었다. 화홍문에서 일어난 만세 사건을 알고 난 후부터 누구랄 것도 없이 눈빛을 맞추었다. 여차하면 거리로 몰려나갈 계획이었다. 하지만 개죽음을 자초할 수는 없어 기회를 보고 있는 중이었다. 마음 같아서는 당장이라도 경찰서 앞으로 가 만세 운동을 벌이고 싶었다.

"우리가 너무 몸을 사리는 건 아닌가 싶어서 그래요. 우리도 이 나라 백성인데……."

"그렇긴 하다만, 조금만 더 기회를 보세."

순이는 속마음과는 달리 산옥을 달랬다. 그녀의 성미로 보아 옆에서 누가 부추기기라도 하면 당장이라도 거리로 뛰쳐나갈 것 같기 때문이었다. 산옥이 한숨을 폭 쉬었다.

"나는 목욕이나 다녀오려오. 뜨끈한 물에 몸을 담그면 속이 좀 풀릴 것 같소. 다들 점심때 모이기로 했으니 그때까지 언니는 좀 더 쉬세요."

산옥이 일어서며 순이의 어깨를 툭툭 쳤다. 내일 성병 검진을 하는 날이라 다들 마음이 싱숭생숭해서 기생들끼리 신세 타령이나 하자고 모이기로 한 것이었다. 그러나 실상은 다른 계획이 있었다. 작정한 거사는 언제 할 것이며 누가 주동자로 나설 것인지 따위의 의논을 하기 위함이었다. 순이는 자신이 앞장설 것을 결심하고 있었다. 잡혀가도 자신이 잡혀갈 것이라 생각했다. 따지고 보면 불쌍하기 짝이 없는 동생들이었다. 부모를 잘못 만나 이 길로 들어선 아이들이기는 하지만, 그래도 부모가 있고 형제자매가 있는 아이들이었다. 가난해도 사랑하고 지켜야 할 가족들이 있는 아이들이었다. 그러니 그런 아이들이 다치면 안 되었다. 거사 일을 얼른 결정하지 못하는 이유도 가능한 한 다치는 아이들이 적도록 하기 위함이었다. 만세 운동을 했다 해도 주동자만 아니면 큰 고초를 겪지는 않을 것이다. 그런 의미에서 순이는 홀가분했다. 부모도 없고 형제도 없고 마음을 준 이도 없었다. 마음이 가서 맺힐 곳이 없으니 홀가분한 것이었다. 걸리는 것은 화영 언니 정도였다. 친자매보다 더 챙겨주던 언니였다. 그 언니가 없었다면 고달픈 기생살이를 어떻게 견뎌냈을까 생각하니 가슴이 먹먹했다. 만약 만세 운동을 하다가 그녀가 잡혀 고초를 겪게 된다면 가장 가슴 아파할 사람이 화영 언니일 것이라는 데는 의심의 여지가 없었다. 공부하라고 부추기는 란사 언니는 그녀의 마음에 걸려 있는 것이 아무것도 없었다. 그녀는 부유한 환경에서 앞선 의식을 가지고 미국까지 가서 공부하고 온, 순이와는 아주 다른 부류의 사람이었다. 그러니 자신과 동질성이 하나도 없었다. 다만 무지한 이 땅의 여성들을 일깨우고 이끌어가고자 애쓰는 모습은 본받을 만했다.

기방에서는 순이를 '향화'라 불렀다. 기생다운 이름이었다. 향기로운 꽃. 기적을 가지게 되면서 그렇게 이름을 바꾸었다. 그녀의 본명은 순이였다. 엄마가 불러주던 순한 이름 순이. 엄마가 죽은 후 순이는 기생이 되었고 이름도 기생답게 바꾸었다. 그런데도 화영 언니가 옛 이름을 불러줄 때는 가슴이 포근해졌다. 그런 기미를 느껴서일까, 그녀와 친한 기생들은 그녀를 '순이 언니'라고 불렀다.

"잘 다녀오시게. 나는 눈이나 좀 붙이려네."

순이는 산옥이 나가는 걸 보고 그 자리에 드러누웠다. 지끈거리는 머리가 한숨 자고 나면 좀 개운해질까 생각하며 눈을 감았다.

아침부터 마음이 무거웠다. 병원으로 가기 위해 준비하는 기생들의 표정은 하나같이 우울했다. 어제 모임에서도 확실하게 정해진 것이 없어 뒤숭숭한 분위기가 여전했다. 유독 산옥이만 표정이 밝았다. 애써 밝은 표정을 지으려고 노력하는 것 같았다. 순이도 그녀의 그런 모습을 흘끔거리기만 했을 뿐 일부러 모른 체했다.

자혜병원으로 가려면 경찰서 앞을 지나야 한다. 그 앞을 지나는 것은 스스로 자혜병원으로 가겠다는 것이었다. 아니, 그 앞을 지나는 것은 그들의 요구대로 움직이는 굴욕의 행동이었다.

"이왕 창부 취급을 받을 바엔 경찰서 앞에서 그놈들 정신 못 차리게 홀려나 볼까?"

속없이 그런 말을 내뱉는 기녀들도 있었으나 대체적으로는 우울한 표정만 지을 뿐이었다.

가지 않을 수 없는 길. 도살장 끌려가는 소처럼 어쩔 수 없이 그 앞을 지나가야 하는 처지이니 한숨을 섞어 걸음을 옮겼다. 30명이나 되는 기생들이 앞서거니 뒤서거니 하며 경찰서 앞을 지나자 부동자세로 서 있던 경찰들이 조금씩 흐트러지기 시작했다. 일부러 그들을 향해 추파를 던지는 아이들도 있었다. 그런 행동은 기생들이 그들을 무시하고자 하는 야유였다. 경찰들이 힐끔힐끔 눈길을 돌렸다. 기생들을 단속하고 통제해야 하는 곳이었지만, 사내들의 본심을 숨길 수는 없는 듯했다. 30여 명의 기생이 줄을 서서 가는 모습을 보고 경찰들의 눈이 사시미 눈깔이 됐다. 힐긋힐긋 훔쳐보는 눈들이 구역질이 날 지경이었다. 기생 몇몇이 경찰서에다 대고 눈을 흘기고 욕지거리를 했다.

"망할 놈들, 언젠가는 천벌을 받을 게야."

어떤 기생은 경찰 앞에다 대고 종주먹질을 했다.

"빠가야로!"

경찰들이 위협적으로 눈을 부라리며 총검으로 찌르는 시늉을 했다. 그때, 앞서가던 산옥이 갑자기 손을 들더니 소리쳤다.

"대한 독립 만세!"

그러자 우왕좌왕하던 기생들이 모여들어 한목소리로 소리치기 시작했다.

"대한 독립 만세!"

순식간에 30여 명이 한 무리가 되어 소리치기 시작하자 작정이나 한 듯이 산옥이 앞장서 목소리를 높였다.

"화성행궁에서 성병 검사가 어인 말이냐! 대한 독립 만세!"

순이는 산옥의 옆으로 가 산옥을 끌어냈다.

"왜 이러는 거야?"

산옥은 순이에게 눈길도 주지 않은 채 소리를 질렀다.

"대한 독립 만세! 화성행궁 만세!"

기생들에게 화성행궁은 고향집 같은 곳이었다. 그런 장소에 성병 검사를 하기 위해 병원을 짓고 강제적으로 성병 검사를 한다는 것은 치욕이었다. 기름을 부은 듯 함성이 커지기 시작했다. 걷잡을 수 없었다. 순식간에 아수라장이 됐다. 기생들은 참았던 울분을 터트리듯 악을 쓰고, 당황한 경찰들은 곤봉으로 기생들을 후려치기 시작했다. 아악, 악! 비명이 터지고 피가 터졌다. 이 순간, 그 누구도 나서지 않을 자가 없었다. 약속이 없었음에도 불시에 약속이 되었다. 그동안 쉬쉬 억눌러왔던 감정들이 활화산처럼 터졌다. 경찰이 휘두른 총검에 맞아 순이의 머리에서도 피가 흘렀다. 이마에서부터 흘러내린 피가 갸름한 얼굴을 타고 내려와 주근깨까지 덮었다.

"산옥아!"

순이는 벌떡 일어나 앞서는 산옥이를 잡으려 하다가 쿵, 소리를 내며 넘어졌다. 아득한 저세상이 몰려오고 있는 것 같았다. 산옥이는 마치 신들린 여자처럼 피투성이가 되어 미친 듯이 대한 독립 만세를 부르고 있었다. 전에 없이 말이 많던 산옥이가 스스로 불온한 어떤 기미를 느꼈을까, 아님 일부러 운명의 키를 비틀었을까. 의문은 잠시고 순이는 허리를 강타하는 총검에 정신을 잃고 폭 고꾸라졌다. 어디선가 다급한 호루라기 소리가 들렸다. 경찰들의 행동을 저지하는 신호였다.

"손대지 마! 병원으로 가도록 그냥 보내줘!"

명령권자인 듯한 목소리가 확성기를 타고 울려 퍼졌다. 경찰들이 인형처럼 순해졌다. 기생들의 앞길을 막지 않았고 일부러 대드는 기생들에게도 맞서지 않았다. 순이도 정신을 차리고 걸음을 옮겼다. 허리가 끊어질 듯 아팠으나 아이들 앞에서 내색할 수는 없었다. 치욕의 행진이었다. 병원으로 줄지어 들어가는 기생들의 뒷모습을 보면서 경찰들은 이를 갈았다. 그녀들이 치욕스런 검사를 받고 나오는 그 시간까지만 봐주겠다는 듯이.

"주동자가 누구야?"

자혜병원에서 나오는 길에 기생들과 경찰이 부딪쳤다. 들어갈 때 벌어졌던 사고보다는 조용했지만, 모두 작정한 듯이 경찰서로 연행됐다. 경찰서로 잡혀 들어온 후 형사가 가장 먼저 물은 말은 주동자가 누구냐는 말이었다.

"나요!"

순이가 번쩍 손을 들었다. 산옥이 아까 맞은 머리를 문지르고 있을 때였다. 산옥의 눈이 휘둥그레 커졌다.

"아니요, 나요!"

산옥이가 손을 번쩍 들었다.

"아니요, 나요. 향화 언니는 아니오."

이번엔 눈두덩에 곤봉을 맞아 한쪽 눈을 가리고 있던 명월이가 손을 번쩍 들었다.

"이것들이 누굴 놀리는 거야? 향화가 누구야?"

"나요, 내가 주동자요!"

순이는 두 손을 번쩍 들고 앞으로 나섰다.

"이리 나와! 그리고 너, 너, 너. 앞으로 나오고 나머지는 돌려보내!"

산옥이, 명월이가 거칠게 끌려나왔다. 안경을 낀, 눈매가 매서운 경찰이 골치 아프다는 듯이 머리를 짓누르며 소리쳤다. 경찰들이 총검을 앞세워 나머지 기녀들을 경찰서 밖으로 밀어냈다. 머뭇거리며 가기를 꺼리는 기생들에게는 총검으로 윽박지르며 물러나게 했다. 순이는 그나마 다행이라 생각했다. 쫓겨난 기생들은 경찰서 앞에서 또 시위를 했다. 대한 독립 만세! 몇 발의 총성이 울렸다. 가슴이 덜컥했다. 순이는 목을 빼고 창밖을 내다보았다. 경찰 하나가 순이 앞으로 다가와 강제로 머리를 숙이게 했다. 몇 명이 희생되어 다른 아이들이 풀려날 수 있다면 순이는 죄를 뒤집어써도 좋다고 생각했다. 순이는 벌떡 일어서 소리쳤다.

"대한 독립 만세!"

당황한 경찰이 총검으로 순이의 머리를 후려쳤다. 머리에 가해진 일격에 순이는 정신을 잃었다. 어머니가 보였다. 어머니의 따뜻한 손이 순이를 안았다.

화영이 훌쩍훌쩍 울고 있다. 얼마나 울었는지 눈이 퉁퉁 부어 있
다. 순이가 서대문 형무소로 끌려왔다는 소식을 듣고 선교사를 찾
아와 무슨 방도가 없겠느냐고 통사정을 하고 있는 것이다. 목소리
도 다 쉬어 겨우 말을 이었다.

"어찌하면 좋겠소. 불쌍한 것, 저것을 어찌 빼낼 방도가 없겠소?"

선교사는 아무런 대답도 마련하지 못한 채 한숨만 푹푹 쉬어댔다.

"이럴 때 란사가 있었다면."

새삼 그녀가 간절하게 그리웠지만, 우선은 화영이 할 수 있는 방
법을 찾아보기로 했다. 그것은 평소 친분이 있는 외국 선교사를 만
나는 일이었다. 화영의 이야기를 들은 선교사는 난색을 표했다. 선
교사 말은, 서대문 형무소에 갇힌 사람들이 한두 명이 아니어서 어
느 특정인만 손써볼 방도가 없다는 것이다. 온 나라가 들썩이는 이
상황에 누구를 빼내고 누구를 보호한단 말인가. 그럼에도 불구하
고 화영의 입장에서는 순이를 그대로 내버려둘 수는 없었다.

"우선 면회나 하도록 해봅시다."

그쯤에서 정리가 되었다. 화영의 마음도 무거웠다. 순이만 잡혀
간 게 아니라 란사가 가르치던 유관순도 잡혀 들어가 고초를 겪고
있다고 전해 들었다. 이 땅의 백성이라면 다 일어서야 하는 상황이
었다. 일반인들은 면회조차 쉽지 않아 선교사들에게 부탁했던 것
이다.

선교사들 중에는 기도를 해준다는 명분으로 서대문 형무소를 드나드는 이들이 있었다. 화영이 같이 들어가기를 원했지만 그 청은 들어줄 수가 없다고 했다. 갑자기 낯선 사람들이 많이 드나들면 일본 경찰들의 주의를 끌 위험이 있기 때문이라 했다. 하지만 화영은 그대로 있을 수가 없었다. 눈물로 호소하며 간절하게 매달려 겨우 선교사와 함께 형무소에 들어갈 수 있는 방도를 찾았다.

화영은 그 어느 때보다도 옷차림에 신경 썼다. 선교사처럼 꾸몄다. 챙이 넓은 모자도 깊이 눌러쓰고 귀부인처럼 한껏 멋을 냈다. 함께 간 선교사와 대화할 때도 일부러 영어를 썼다. 이럴 때 이화학당에서 배운 영어는 유용했다. 란사처럼 유창한 영어는 아니지만, 일본 놈들 정도는 상대할 만했다. 의심의 눈총으로 화영을 살피던 일본 간수들도 영어를 쓰는 걸 보고 면회를 허락했다. 유학을 한 조선의 엘리트 선교사 정도로 여기는 것 같았다.

형무소로 들어서자 어디선가 함성이 들렸다.

"대한 독립 만세! 우리는 개구리다!"

그들이 소리치는 말의 의미를 화영은 알고 있었다. 좁은 방에, 앉지도 못할 정도로 많은 수형자들을 집어넣고 육체적으로 쉴 수 없도록 고문하는 방법이 있다는 걸 그녀는 익히 들어 알고 있었다. 이가 악물렸다. 하지만 그곳에서 그녀가 할 수 있는 건 아무것도 없었다. 기도는 말 그대로 기도일 뿐이었다. 그 무엇으로도 그들을 위로할 수 없었고 힘이 되어줄 수도 없었다. 그런 자신이 너무나 초라하게 느껴졌다. 하지만 지금은 순이를 만나는 일이 최우선이다. 만난 후에 구체적인 방법을 찾아봐야 할 것이었다. 순이가 갇힌 옥사는 여옥사 8호 감방이라 했다. 햇볕도 들지 않는 축축하고 어두운 옥사에 갇힌 순이를 생각하니 가슴을 돌로 내려친 듯 아팠다.

유관순, 어윤희, 권애라, 신관빈, 심명철, 김향화, 임명애……. 유관순과 향화를 빼고는 모르는 인물들이었으나 만나보나마나 그들의 눈빛은 같을 거라는 생각이 들었다.

선교사가 재소자들을 위한 기도를 해주려 방문했다는 것을 안 형무소 측은 특별히 여옥사 8호 감방 수감자들과의 면회를 허락했다.

"견딜 만한가?"

간수의 눈치를 보며 묻는 화영의 말에 순이가 이를 악물며 고개를 끄덕였다. 순이는 화영을 보고도 그리 반가워하는 눈치가 아니었다.

"염려 마십시오. 잘 견디고 있습니다."

목소리가 갈라져 남자 목소리처럼 울렸다. 화영은 애써 눈물을 참으며 말했다.

"유관순도 들어와 있다고 들었는데……."

목소리를 한껏 낮추어 말했다.

"그러잖아도 란사 선생님 이야기도 했습니다."

순이 역시 목소리를 한껏 낮췄다. 고갯짓으로 관순이 있는 곳을 가리켰다. 유관순은 얼굴이 퉁퉁 부어 있었다. 눈이 안 보일 정도로 부은 관순도 슬며시 화영을 바라봤다. 란사가 가끔 이야기하던 관순은 의연했다. 눈물이 핑 돌았다.

"필요한 것은 없습니까?"

함께 간 미국인 선교사가 한국말로 물었다. 눈빛이 참 따뜻했다. 마음속에 온기를 품은 인간애가 물씬 풍겼다.

"없습니다. 필요한 것은 대한 독립뿐입니다!"

관순과 함께 있어서일까. 어느새 순이의 말투가 변해 있었다.

"필요한 게 있으면 말하시오."

주변을 의식해 지극히 사무적인 태도를 취했다. 순이는 대답 대신 고개를 저었다. 혹시라도 화영에게 어떤 해가 미치지나 않을까 하는 염려 때문이라 해도 좀 서운했다.

관순은 구석에 쪼그리고 앉은 채 고집스런 눈빛으로 화영을 바라봤다. 관순의 눈빛은 모든 것을 관통하고 있었다. 아, 저 고집스러운 결심이 자신에게는 얼마나 혹독한 고초가 될지 뻔히 알 텐데도 관순의 태도는 확고부동했다. 순이의 태도도 그러했다. 그들은 서로 일면식도 없다가 감방 동지가 되면서 친밀해진 것 같았다. 순이의 퉁퉁 부은 얼굴이 다른 사람처럼 보였다.

"몸이 상하지 않도록 애써라."

화영은 그 말밖에 할 말이 없었다. 눈물이 터지려는 걸 억지로 참자니 둔통이 일었다. 가능한 한 감정을 드러내지 않기 위해 목소리를 가다듬었지만 속울음은 그치지 않았다.

"자, 우리 기도합시다."

선교사의 말에 화영도 눈을 감았다. 차라리 눈을 감으면 보이지 않아 편안했다. 선교사가 조용히 기도문을 외우기 시작했다.

"하늘에 계신 우리 아버지. 아버지의 이름이 거룩히 빛나시며 아버지의 나라가 임하시며 아버지의 뜻이 하늘에서와 같이 땅에서도 이루어지소서……."

간절한 기도를 하건만 정작 순이는 딴 곳을 보고 있었다. 기도란 믿음이 있는 자에게나 유용한 것이다. 인간의 믿음이란 지극히 개인적인 감정이다.

"오늘 저희에게 일용할 양식을 주시고 저희에게 잘못한 이를 저희가 용서하오니……."

관순의 목소리가 이어졌다. 두 눈을 꼭 감고 하는 기도는 간절하고 엄숙했다. 향화는, 아니 순이는 두 눈을 뜬 채로 여전히 다른 곳을 바라보고 있었다. 기도를 마친 선교사가 성경 말씀을 봉독하겠다며 성경책을 펼쳤다. 성경책을 꺼낸 선교사가 망설이지도 않고 어느 페이지를 열었다.

"그러므로 깨어 있으라. 어느 날에 너희 주가 임할는지 너희가 알지 못함이니라. 너희도 아는 바니 만일 집주인이 도적이 어느 경점에 올 줄을 알았더라면 깨어 있어 그 집을 뚫지 못하게 하였으리라. 이러므로 너희도 예비하고 있으라. 생각지 않은 때에 인자가 오리라……."

의미심장한 말씀이었다. 아마도 미리 준비해온 말씀 같았다. 관순이 고개를 깊이 숙이며 '아멘' 했다. 순이는 고개를 빳빳하게 든 채로 여전히 딴 데를 쳐다보고 있었다. 부러질 나무였다. 만세를 한 죄로 끌려오기는 했지만 종교를 믿을 생각은 조금도 없어 보였다.

화영이 아직 하나님을 믿지 못하는 것과 같은 이유일 터였다.

진정 하나님이 계시다면 왜 이런 고초를 주십니까? 언젠가 화영에게 던진 순이의 질문에 화영도 대답을 하지 못했었다.

"마태복음 24장 42절부터 44절까지의 말씀입니다. 여러분에게 주님의 가호가 있기를 기도합니다."

선교사는 그렇게 말한 뒤 한참 동안 순이를 쳐다보다가 눈을 감고 침묵했다. 화영이 특별히 챙기는 순이를 마음에 담으려는 듯한 눈빛이었다. 기도가 끝난 후 돌아서 나올 때, 한 서린 노랫소리가 들려왔다.

"……진흙색 일복 입고 두 무릎을 꿇고 앉아 하느님께 기도할 때, 접시 두 개 콩밥덩이 창문 열고 던져줄 때, 피눈물로 기도했네. 대한이 살았다. 산천이 동하고 바다가 끓는다. 에헤이 데헤이 에헤이 데헤이 대한이 살았다, 대한이 살았다……."

노랫소리가 끝나기도 전에 사나운 표정을 한 간수들이 우르르 몰려갔다. 손에는 곤봉을 든 채였다. 보지 않아도 그 후의 풍경은 처참할 것이었다. '대한이 살았다'라는 구절이 가슴을 파고들었다.

그들이 가는 길

"준비가 다 되었소?"

어둠 속에서 그의 목소리가 들렸다. 만나기로 한 장소에 먼저 나
와 기다리던 란사는 성큼성큼 걸어오는 그를 맞았다. 아직 어둠이
다 걷히지도 않은 시각, 허름한 두루마기 상복을 입은 그가 꿈결인
듯 나타났다.

"옷이라도 두툼하게 입고 오시지, 추워 보이십니다."

란사는 자신의 목에 둘렀던 검정색 목도리를 풀어 그의 목에 둘
러주었다. 그녀 역시 상복 차림이었다. 상복만으로는 추위를 견디
기 힘들어서 낡은 검정 코트를 더 걸쳤다. 새벽 공기는 겨울만큼이
나 차가웠다.

"내 걱정 말고 부인이나 챙기시오."

이즈음 들어 부쩍 야위신 모습이 가슴 아팠다. 그것은 고종 황제
가 승하하신 이후의 변화였다. 누런 상복을 입고 두건을 쓴 채로,

낡고 조그만 가방을 든 행색이 영락없는 시골 영감의 모습이었다. 그가 서둘러 떠났을 길이 선연했다. 사동궁을 떠나 공평동, 청운동을 지나 세검정으로 이어지는 길은 걸어서 오기에 쉬운 길이 아니었을 것이다. 그런데도 굳이 먼 길을 돌아온 것은 일경들의 감시를 피해보려는 의도였을 것이다.

"역까지 가려면 서둘러야 합니다."

노인으로 변장한 그의 뒤에서 이보게가 말했다. 이보게는 장사꾼 차림을 하고 있었다. 등에 멘 봇짐에 뭐가 들어 있는지 궁금했다. 곁에 선 병수도 이제는 제법 의젓한 청년 티가 났다. 턱수염도 거무스름하게 자라 있었다. 녀석도 봇짐을 메고 있었다. 잘 먹지도 못했을 텐데 키는 훌쩍 커서 보기에 좋았다. 하지만 보통 땐 의젓하다가도 란사 앞에만 서면 주눅이 드는지 쭈뼛거렸다. 아마도 그녀에게 잡혔던 아픈 기억을 떨쳐내기가 힘들어서일 것이다. 해가 뜨기 전에 서둘렀을 병수의 눈에 아직 잠기운이 묻어 있었다.

란사는 일부러 보퉁이를 들었다. 가난한 시골 아낙처럼 보이게 꾸몄다. 지난 크리스마스 때 성극을 하면서 익혀둔 분장술이 요긴했다. 볼품없는 촌부의 모습으로 길을 걷는 걸 누군가가 보았더라도 그가 천하의 하란사라는 사실을 아무도 믿지 않을 것이다.

어제는 미리 화영을 만나 이별 인사를 나누었다. 눈물을 글썽거리는 화영을 애써 외면하고 돌아섰지만 란사 자신도 왠지 불안한 생각을 지울 수 없었다. 다시 볼 수 있을까, 하는 생각이 불쑥불쑥 들었다. 더구나 남편 하상기는 그날 이후로 냉랭했다. 가능한 한 눈을 맞추려 하지도 않을 뿐 아니라 말도 섞지 않았다. 마음이 많이 불편했지만 한편으로는 차라리 홀가분한 기분도 들었다. 차라리 그가 그녀에게 미운 마음을 가지고 있다면 덜 미안할 것 같았다.

날씨는 손끝이 맵도록 차가웠다. 그나마 바람이 불지 않아 다행이다 싶었다. 몸이 재바른 병수가 동행이 된 것은 만약의 경우를 대비한 차선의 조치였다. 병수는 병색이 짙은 상중의 노인을 모시고 가는 아들 노릇을 하기로 되어 있었다.

"도둑질하던 놈을 아들로 둔 기분이 별로 안 좋네."

란사는 앞서가는 병수의 뒤통수에다 대고 버럭 소리를 질렀다. 병수가 홱 돌아서며 란사를 노려봤다.

"제발 그 소리 좀 그만하세요. 자꾸 성질 건드리면 버리고 갑니다."

"미친놈, 누구 덕에 기차를 타는데? 기차 타고 또 한탕하지. 귀티나는 일본 부인네 가방을 터는 게 어때?"

란사의 말에 병수가 몸을 부르르 떨며 주먹을 쥐어 보였다. 불안한 마음을 누그러트리려고 괜히 농지거리를 해보는 것인데도 병수는 예민하게 반응했다.

"제발 좀 그러지 마세요."

약 올라서 동동 애가 타는 병수를 보는 것이 재미있었다. 란사는 불안한 마음을 그렇게라도 떨치고 싶었다.

기차역에는 단둥(丹東)으로 떠나는 사람들이 많았다. 북경으로 가든, 상해로 가든, 일단 단둥역까지는 가야 했다. 장사치도 있고 어린아이를 업은 새댁도 보였다. 아침에 전하께 목도리를 풀어주어서 목은 허전했지만 그 대신 코트 깃을 잔뜩 끌어올렸다. 북쪽으로 갈수록 날씨는 차가워지기 마련일 터라 낯선 곳까지 가는 차림들이 다 두툼했다. 잔뜩 웅크린 모습으로 발을 동동 구르는 이도 있었다. 미리 표를 끊어둔 이보게가 자리를 안내했다. 그와 란사가 나란히 앉은 앞자리에는 젊은 새댁이 아기를 안고 앉아 있었다. 이보게와 병수는 맞은편 자리에 앉았다. 얼핏 보아서는 며느리를 데리고 가는 노부부 같아 보였다. 란사는 새댁과도 인사를 나누고 어린 아기도 어르며 친근감을 표시했다.

기차가 미끄러지기 시작했다. 차창으로 밀려나는 풍경을 내다보며 그가 두건을 조금 더 깊이 눌러썼다.

란사는 이제부터 진짜 연기를 해야 한다고 생각했다. 만주까지 가는 사람은 많았다. 일본 놈들이 들어오고 나서 만주까지 돈을 벌려고 올라간 사람들이 꽤 많다는 소문을 들었는데 과연 그 말이 맞는 듯했다. 대개는 장사를 하러 가거나 탄부로 가는 젊은이가 많다고 했다. 땅을 파고 광물을 끄집어내는 광부가 되려고 가는 이들이거나, 아니면 적당한 물건들을 사고팔기 위해 가는 행상꾼들이었다. 그중엔 비밀리에 독립운동을 하는 이들도 끼어 있었다. 하지만 겉으로 보아서는 누가 어떤 사람인지 알 수 없었다.

"어이구, 추워라."

뽀얗게 피어오르는 입김을 두 손으로 가리며 그의 옆으로 바짝 다가앉았다. 그는 입을 꾹 다문 채 긴장한 모습이었으나, 슬그머니 란사의 손을 잡는 것이 오래된 부부처럼 자연스러웠다. 하지만 란사의 마음은 아직도 쿵덕쿵덕 뛰었다. 누가 보아도 부끄러운 마음이었다.

지난번 학선을 불러 밤새 〈관산융마〉를 부르게 한 이후로 그가 란사에게 보내는 눈빛이 더욱 깊고 따스해졌다. 많은 말을 하지 않아도 깊은 눈빛을 보면 알 수 있었다. 세상에 알려지면 부끄러운 일이나, 마음속에서는 그처럼 따듯하고 안온한 세상이 없었다. 건너편에 앉은 병수가 힐끗 바라보다가 슬쩍 눈길을 피했다. 란사도 슬그머니 손을 빼내며 다정하게 물었다.

"뭘 좀 드릴까요?"

보퉁이를 풀어헤치며 그의 얼굴을 바라봤다. 시장기가 느껴지는 얼굴이었다.

"뭐, 입 다실 것이 좀 있소?"

그의 말에 란사의 행동이 빨라졌다. 아침도 드시지 못하고 이른 시각에 떠나셨을 것을 생각해 주섬주섬 싸온 간식거리들이 보란 듯이 펼쳐졌다. 병수의 시선도 건너왔다.

"삶은 달걀도 있고 약과도 있어요. 마실 것도 있는데 뭘 드릴까요?"

병수는 미리 군침을 삼키고 있었다. 이보게는 창밖만 내다보며 뭔가 골똘한 생각에 빠져 있었다.

"나는 약과를 하나 주시오. 병수도 뭣 좀 주고."

그 소리에 병수의 입이 헤벌어졌다. 란사는 병수에게 삶은 달걀을 건네주었다. 목이 막힐까 물도 한 병 주었다. 새댁에게도 약과 하나를 건넸다. 병수는 옆에 앉은 이보게가 신경 쓰이지도 않는지 게걸스럽게 먹어댔다. 어려서부터 제대로 음식을 못 먹고 자란 탓인지 음식만 보면 껄떡거렸다.

"이보게도 뭣 좀 드릴까?"

이보게가 생각에서 깨어난 듯 란사의 말소리에 이쪽을 돌아보았다. 급하게 상황 파악을 하더니 고개를 절레절레 저었다.

"뭐라도 좀 먹어두지."

병수에게 준 것처럼 삶은 달걀을 하나 건넸다.

"안 먹습니다."

이보게는 그 말을 하고는 홱 고개를 돌려버렸다. 내민 손이 무안하다는 생각이 들 정도였다. 언제나 냉정하고 곁을 내주지 않는 인물이었다. 란사는 고개를 절레절레 저었다.

"애써 준비해온 건데 하나 드시게나."

그가 란사의 서운한 마음을 읽은 듯, 한마디 보탰다.

"저는 삶은 계란 안 먹습니다."

"그럼 약과를 줄까?"

"군것질은 안 합니다."

여전히 딱딱하고 냉정한 말투였다. 전하를 모시는 사람만 아니라면 뒤통수를 한 대 후려치고도 싶었다. 한바탕 욕이라도 퍼부어주고 싶었다. 그런데 마땅한 욕이 떠오르지 않았다. 부글부글 끓어오르는 속을 애써 참았다.

"허허허, 여전하군. 하루 밥 두 끼만 먹는 거."

오랜 습관임을 아는 듯 전하가 그를 바라보며 웃었다. 전하는 그런 청년을 왜 가까이 두시는지 의심스러웠다. 그렇다고 물어볼 수도 없는 터, 곁을 지킨 세월이 란사와 알아온 세월보다 더 오래된 사람이었다. 그것만으로도 충분한 이유가 되리라. 란사는 그에 대한 의심을 거두어야 한다고 생각했다. 냉정한 성격이야 어찌할 수 없는 일 아닌가. 오히려 그런 성격이 냉정한 판단을 하는 데 도움이 될 수도 있을 터였다. 그는 여전히 전하의 주변을 맴돌며 경호하고 충성을 다하고 있었다. 마치 총알이라도 대신 맞을 준비가 된 것처럼 보였다. 이보게는 란사가 그 일에 낀 것이 마땅찮은 눈치였다. 허나 전하가 이보게만큼 믿는 이가 하란사였다.

"몹시 피곤해 보이는데 괜찮겠소?"

허름한 두루마기를 걸친 그가 걱정스러운 목소리로 물었다. 그의 얼굴에도 피곤한 기색이 역력했다.

"괜찮다마다요. 저는 오히려 전하가 염려되옵니다."

얼결에 그 말을 해놓고 아차 싶었다.

"전하라 하지 말라지 않았소. 우린 친구요."

그가 나지막하게 소곤거렸다.

"예에. 그럼 존함을 부를까요?"

"그냥 강이라 하시오. 그 편이 더 편하오. 아님 영감, 그러든지."

그 소리에 란사의 얼굴이 붉어졌다.

"영감……이라고요?"

"지금 우리는 늙은 부부 행세를 하고 있으니 그도 괜찮을 것 같소."

그의 길고 결 고운 손이 란사의 어깨를 잠시 감싸 안았다. 그의 손길이 머문 자리에 온기가 남았다.

"기차표 좀 봅시다."

정복을 말끔하게 차려입은 철도공무원이 다가오더니 비좁은 통로를 헤쳐 나와 그의 앞에 서서 말했다. 그가 꾸물꾸물 기차표를 꺼내 내밀었다.

"내자 것도 여기 있소."

란사의 표까지 내밀며 그가 천연덕스럽게 말했다. 철도공무원이 검표를 하는 동안 그 옆에서 매의 눈으로 이강을 살피는 일경이 있었다.

"모자 좀 벗어보시오."

일경의 말에 그가 잠시 주춤거렸다. 병수는 옆에서 간이 오그라붙는 것 같은지 얼굴을 잔뜩 찌푸리고 있었다.

"이건 모자가 아니오. 상중인 사람한테 두건을 벗어보라니? 다 늙은 노인을 의심하는 거요?"

그의 목소리는 기운 빠진 저음이었고 몹시 느렸다.

"그래도 벗어보시오!"

일경은 그의 얼굴에서 눈을 떼지 않은 채 거칠고 딱딱하게 말했다. 병수는 마른침을 삼켰다. 이쪽을 건너다보는 이보게의 눈빛도 불안해 보였다. 일촉즉발의 위기 상황! 그가 천천히 두건을 벗었다. 휑한 정수리가 빈 들판 같았다. 언제 저런 위장을 했을까.

"이제 됐소? 늙은이 머리는 왜 보자 하오?"

검버섯이 핀 입매가 파르르 떨렸다.

그를 살피던 일경은 여전히 의심을 거두지 않은 눈길이었지만, 입으로는 "쓰미마셍(미안합니다)."을 외치고 민망한 듯 헛기침을 하며 물러났다. 그가 벽에 기대며 눈을 감았다. 긴장이 풀려서인지 긴한숨을 천천히 내쉬었다.

"눈 좀 붙이세요."

그 말에 그가 고개를 끄덕였다. 란사는 그에게 조금 더 다가가 손을 꼭 쥐었다. 그러고는 그녀 자신도 그에게 기대어 눈을 감았다.

어디선가 〈관산융마〉가 들리는 듯했다. 지긋하게 학선을 바라보던 그의 눈매도 떠올랐다. 쪽마루에 앉아 달을 바라보며 한숨을 내쉬던 자신의 모습도 떠올랐다. 눈을 감으면 모든 것이 아련하게 스쳐지나갔다. 하늘 높이 떠 있던 별도 생각났다.

"별은 멀리 있기에 아름다운 것이다……. 멀리 있기에 우러르는 것이다……."

혼자서 그리 중얼거렸던 것도 같았다.

기차가 기적을 울리며 힘겹게 달리고 있었다. 마치 늙은 농부가 수레를 힘들게 끌 때 나는 쇳소리 같았다. 아주 긴 시간 동안 기차는 헐떡거리며 요란하게 달렸다. 더 이상 달리기 힘들어서 쉬려는 것처럼 열차가 어느 역에 도착했을 때였다. 보게가 긴장한 듯 주변을 살피더니 불안한 눈빛으로 부산스럽게 열차를 오르락내리락했다. 그러더니 다가와 전하의 귀에다 대고 뭔가를 속살거렸다. 심각해진 표정의 그가 란사의 귓전에 속삭이듯 말했다.

"그들이 우리 계획을 안 것 같소. 내부에 첩자가 있는 모양이오. 그만큼 조심하라 일렀건만. 일행이 너무 많으면 위험할 수 있으니 일단 단둥역에 도착하면 흩어집시다. 하 여사는 이보게와 함께 가시오."

"보게를 저랑 보내시면?"

란사는 떨리는 목소리로 불안하게 말했다.

"보게는 믿어도 되오. 하 여사를 잘 보호할 것이오."

그는 애써 침착한 표정을 지으며 조용히 말했다.

"일이 잘못되면 노선이 변경될 것이오. 이륭양행의 배를 타게 될지도 모르오."

"이륭양행이라 하시면?"

"쇼*의 도움을 받을지도 모른다는 말이오. 그러면 우리는 같이 갈 수가 없소. 시선을 흩트려야 하니까."

쇼의 이야기를 들은 적이 있긴 했지만 한 번도 그를 대면한 적은 없었다. 일본인 처를 둔 영국인. 얼핏 일본인 편이 아닐까 하는 생각을 할 수도 있지만, 그는 사업상 불편한 관계가 된 일본을 아주 불편하게 여겼으며 이륭양행이라는 사업체를 하면서 임시정부를 돕는 의인이라 들었다.

---

* 일제강점기 임시정부 독립운동의 중추 역할을 한 아일랜드계 영국인. 그는 중국에서 활동하다 20대 초반 우리나라 평안도 지역의 금광 회사에서 일했으며, 이후 중국 단둥 지역에서 이륭양행이라는 무역·선박업을 하며 임시정부 활동을 지원했다.

"의열단을 지원한다는 그분 말씀이십니까?"

란사는 아주 작은 목소리로 속삭이듯 말했다.

"그렇소."

그의 대답은 아주 간결했으나 얼굴 표정은 비장하고 복잡해 보였다. 불안이 엄습했다. 보게를 따라가면, 늙은 부부로 변장해서 단둥을 거쳐 상해까지 가기로 한 애초의 계획이 어그러지게 되는 것이다. 상해로 가려는 목적은 임시정부 요원들과 접선하려는 비밀 계획을 추진하기 위해서였다. 고종 황제는 붕어하셨지만 그분이 가졌던 비밀한 계획은 이강을 통해 더 탄탄하게 이루어질 것이라 믿었다. 그런데 그 비밀한 계획이 새어나가다니! 어떤 경로로 일경들에게 알려졌는지는 모르지만 아무튼, 만에 하나, 조심하는 게 좋을 것이었다. 란사는 그와 헤어져 가는 길에 대해 불안감이 엄습했다. 하지만 심각한 표정을 애써 감추려는 그의 모습을 보고는 자신의 불안한 마음을 드러낼 수도 없었다.

단둥역에 도착했을 때 뭔가 어수선한 분위기가 느껴졌다. 사람들이 서로 먼저 내리겠다고 아우성치는 사이, 주위를 살피던 보게가 전하를 감싸며 란사에게 말했다.

"하 여사님은 조금 뒤에 나오십시오."

"그, 그러지. 먼저 나가시게?"

이보게가 시선은 딴 데다 둔 채로 고개를 끄덕였다.

병수가 란사의 옆으로 바짝 붙어섰다.

"자네는 날 따라오게. 전하를 모셔야 하네."

이보게가 란사 곁에서 따라오고 있던 병수를 불러 전하를 따르게 했다. 앞서가던 전하가 뒤돌아보았다. 손을 들어 두건을 만지는 척 하면서 고개를 끄덕거렸다. 조금 있다 보자는 사인 같았다. 그녀 역시 고개를 끄덕여 인사를 건넸다. 눈물이 핑 돌았다. 그의 허연 두루마기가 몹시 추워 보였다.

"만일을 모르니 흩어져서 들어갑시다."

이보게가 말했다.

"그럼 어디서 만나는가?"

란사는 몹시 불안했다. 언어조차 자유롭지 못한 중국 땅이다. 게다가 가능한 한 신분이 드러나지 않게 해야 하는 위험을 안고 있지 않은가. 그 사정이야 보게나 병수나 전하나 마찬가지일 터였다. 단둥역의 지리도 모르는 입장에서 어디서 만나자고 약속을 해도 그 장소를 찾아갈 자신이 없었다. 더구나 병수마저 전하를 모시는 일로 란사와 헤어지게 되는 상황. 역사 안은 아수라장이 되어 있었다. 누군가 들것에 실려 나가고, 경찰들이 호루라기를 불며 부산스럽게 움직이고, 여기저기 바닥에 핏자국이 선명했다. 무슨 일이 일어난 게 틀림없다는 생각에 가슴이 벌떡거렸다. 혹여 독립군이 다친 건 아닐까, 그런 염려도 되었다.

"천천히 나와서 광장에 서 계세요. 뭔가 큰일이 벌어진 것 같습니다."

앞서가던 보게가 뒤돌아보며 빠르게 말했다. 란사는 불안한 마음을 억누르며 보게를 쳐다봤다. 보게 역시 불안한 눈빛으로 주변을 두리번거리며 전하를 앞세우고 빠른 걸음으로 역사를 빠져나갔다. 경찰들이 호각을 불고 부산스럽게 움직이는 사이, 사람들이 우왕좌왕하면서 엉키고 넘어지는 바람에 역사를 빠져나오는 일도 쉽지 않았다. 겨우 역사를 빠져나와 한참을 광장에 서 있었는데도 보게는 나타나지 않았다. 순간, 란사는 보게의 행동이 의심스럽다는 생각이 들었다. 그렇다고 해서 먼 타국에 와서 무엇을 어찌해볼 방법도 없었다. 아, 여기서부터 삐걱대면 상해까지 가는 일은 얼마나 힘들까.

"오징어 사세요. 구운 오징어예요."

허름한 모자를 눌러쓴 늙은 여자가 란사 앞으로 다가와 눈만 빼꼼 내놓은 모습으로 나무 상자를 들이밀었다. 오징어의 지린내가 훅, 끼쳤다.

"안 사요."

란사가 인상을 찌푸리며 고개를 저었다.

"한 마리만 사주세요."

그녀는 애원조로 불쌍하게 말했다. 남루한 옷차림이 몹시 추워 보였다. 순간, 란사는 이상한 낌새를 눈치챘다.

"한 마리만 주오."

돈을 꺼내 셈을 하는 사이, 장사치가 오징어를 싼 종이를 내밀며 낮고 은밀한 목소리로 말했다.

"의친왕이 일경에 잡혀가셨어요."

손에 들었던 오징어 봉지가 땅바닥에 떨어졌다.

"뭐, 뭐라고요? 그게 무슨 말이……."

란사의 말이 떨어지기 무섭게 장사치가 눈앞에서 사라졌다. 아득한 현기증이 파도처럼 밀려왔다. 주변을 살폈다. 무엇을 어떻게 해야 할지 아무런 생각도 나지 않았다. 그저 온몸이 벌벌 떨려 걸음조차 걸을 수 없었다. 이 먼 땅까지 와서, 계획한 일을 하시기도 전에 전하가 잡히다니. 이게 무슨 소린가? 그런 생각이 들자 더욱 보게가 의심스러웠다. 앞이 캄캄해졌다. 광장에 주저앉아 심호흡을 했다. 정신을 좀 차려보려는 노력이었다. 그때였다. 저만치에서 보게가 헐레벌떡 뛰어왔다.

"어, 어떻게 된 거야?"

란사의 목소리는 자신도 모르게 높아졌다. 그도 숨을 고르느라 헉헉대며 말을 하지 못했다.

"어떻게 된 거냐고? 전하는?"

보게의 멱살을 잡고 흔들며 란사가 말했다.

"일, 일본 놈들이 누, 눈치를 채서 다, 다른 길로 모셨습니다. 다른 임정 요원이 와서 병수가 모시고 따라갔습니다."

그는 란사가 움켜잡은 목울대가 불편한지 가쁜 숨을 헐떡이며 겨우 말을 이었다. 순간, 오징어를 팔던 늙은 여자의 말이 머리를 스쳤다. '의친왕이 일경에 잡혀가셨어요.' 그렇다면 보게의 등장은 무얼 이야기하는 건가? 머릿속이 핑 돌면서 하얘졌다.

"그런데 자네는 전하를 안 모시고 왜 왔는가?"

목소리가 부들부들 떨렸다. 병수의 안전은 뒷전이었다.

"전하께서 여사님을 모시고 뒤따라오라 하셨습니다."

"뭐, 뭐라고?"

가슴에 아릿한 파문이 일었다.

"어서 가십시다. 일경들이 쫙 깔렸어요."

그가 몹시 서두르며 주위를 살폈다.

"어디로 가는가?"

란사는 다시 오징어를 팔던 늙은 여자의 말을 떠올리며 보게를 뚫어지게 바라보았다.

"따라오시면 됩니다. 낡은 자동차를 하나 구했습니다."

보게가 멱살을 잡았던 란사의 손을 거칠게 풀고 앞서서 걷기 시작했다. 늙은 여자의 말이 자꾸 떠올랐다. 미친 인간이 아니고서야 그런 거짓말을 할 리 없을 것이다. 그렇다면 보게는 왜 돌아온 것일까? 병수는 어찌 되었을까? 란사의 머릿속이 지글지글했다. 중국말도 모르고 지리도 모르는 병수 녀석이 어떤 상황에서 두려움에 떨고 있을까? 아비를 만나게 해주고 싶은 생각에 저지른 일이 아이의 인생까지 꼬이게 만든 꼴이 되었다. 선한 병수의 얼굴이 떠올라 가슴이 저렸다.

"갑시다. 전하는 이룽양행 쪽으로 무사히 가셨을 겁니다."

보게가 아까와는 다르게 딱딱한 표정을 애써 펴며 억지로 웃어 보였다. 저만치 낡은 자동차 한 대가 서 있었다. 보게가 운전석에 앉으며 재촉했다. 그를 믿을 수는 없지만 아니 갈 수도 없는 상황이었다. 란사는 보게의 옆자리에 앉았다.

"이보게."

그녀는 보게의 얼굴을 빤히 들여다보며 말했다. 그의 표정을 하나도 놓치지 않을 듯이 눈도 깜빡거리지 않았다.

"예에."

그가 시동을 걸며 건성 대답했다.

"아까 말일세. 어떤 늙은 여자가 와서 전하가 잡혀갔다는 소리를 하던데……."

그 순간, 그가 잡은 운전대가 휘청거렸다. 그는 길가에 차를 세웠다.

"어떤 미친년이 그런 말을 하던가요? 아니, 여사님은 저를 하루 이틀 지켜본 것도 아니면서 어찌 그런 말씀을 하십니까?"

자신을 믿지 않는 란사에게 화가 나서인지 보게는 씩씩대며 란사를 노려보았다. 그가 그렇게 말하는데 더 이상 물어볼 수가 없었다. 물증도 없고 증인도 없지 않은가. 무엇으로 그의 배신을 확신할 것인가.

"그래, 미친년이 맞지? 그런데 하필이면 왜 그런 소리를 했을까?"

여전히 시선은 보게에게 붙박아놓고 말했다.

"그렇게 의심스러우면 내리시든지요."

그가 운전대를 쾅쾅 치며 큰 소리로 말했다.

"내, 내리라고?"

"예, 마음 내키는 대로 가시라고요. 그런 의심을 하신다면 제가 여사님 모시고 가다 일경에 넘길 수도 있지 않겠습니까?"

그는 란사를 똑바로 쳐다보며 말을 거칠게 내뱉었다. 싸늘한 그의 눈빛에 몸이 부르르 떨렸다.

"미안하네. 내가 너무 예민했던 것 같네."

의심을 거두지 못하면서도 란사는 더 이상 보게를 다그칠 수가 없었다.

"단둥에도 미친년들이 많아요. 에잇, 기분 나빠!"

그는 정말 화가 많이 난 듯이 운전을 거칠게 했다. 울퉁불퉁한 길을 조심하지도 않고 마구 몰았다. 덜컹거리는 차체 때문에 란사의 몸이 심하게 흔들렸다.

"기분 풀게. 얼마나 가야 하나?"

그는 대답도 하지 않았다. 그가 그렇게 화를 내는 건 처음이었다. 의심을 받아서 내는 화인지, 진심을 들켜서 내는 화인지 알 수 없었다. 머리가 지끈거렸다. 날은 어두워지는데 운전하는 보게는 입을 다물고 앞만 보며 거칠게 차를 몰았다.

낡은 자동차를 타고 달리는 사이 거뭇거뭇 어둠이 내려앉았다. 차는 구불구불 구부러진 길을 끝도 없이 달리는데 가고자 하는 길을 가고 있기나 한 건지 불안했다.

"보게 씨, 얼마나 더 가야 하오?"

"아직 서너 시간은 더 가야 합니다. 눈 좀 붙이세요."

보게가 힐끗 란사를 바라보며 하는 말이 의심스러웠다. 전하가 늘 곁에 두던 이보게가 혹시? 하지만 지금은 방법이 없었다. 저놈이 이 편인지 저 편인지 알아볼 수가 없는 것이다. 고물차는 덜컹거리며 끝도 없을 것 같은 황톳길을 달렸다. 피로가 엄습했다. 어스름 회갈색의 어둠이 내리자 란사는 더욱 불안했다.

"이보게, 그럼 어디서 전하를 다시 만나는가?"

"임시정부 교민회에서 만나시게 될 겁니다."

그는 란사와 눈도 마주치지 않고 기계적으로 말했다. 란사는 조금 서운했다. 그와 함께 가지 않을 것이면 굳이 보게와 동행할 이유가 없었다.

이강 전하를 모시고 임시정부로 간다는 꿈에 부풀었었다. 현실은 언제나 불현듯 벌어지는 일들이 많다지만 이번의 경우도 그랬다. 전하를 모시지 않고 가는 길은 의미가 없다. 늙은 부부로 위장해 가기로 다 맞추어놓고 갑자기 행로가 바뀌는 일도 당혹스럽다. 하지만 가지 않을 수는 없다. 그분이 무사하신 것을 확인해야 하기 때문이었다. 또 비밀한 임무를 수행해야 하지 않은가.

낡은 차는 헐떡거리며 밤길을 달렸다. 칠흑같이 어두운 길을 덜컹거리며 달리는 차 안에서 란사는 엄습하는 불안감을 떨칠 수 없었다. 여태껏 한 번도 느껴보지 못한 두려움이었다.

"아직 멀었는가?"

불안감 때문에 수도 없이 그 말을 물었지만 보게는 몇 번 대답하다 나중엔 아예 대꾸조차 하지 않았다. 마음대로 할 수 있다면 귀싸대기라도 올려붙이고 불손한 태도를 나무라고 싶지만 그분의 가장 가까운 자리를 지키는 이에게 그렇게 함부로 할 수는 없었다. 다만 그분이 무사하시기를, 오징어를 팔던 늙은 여자의 말이 미친 여자의 헛소리이기를 간절히 빌었다. 그러면서 병수도 걱정이 됐다. 그분 곁에 있다면 다행이지만, 만에 하나 헤어지는 상황이 생겼다면 중국말 한마디 못 하는 병수가 어찌 난관을 헤쳐 나갈지도 큰 걱정이었다. 사실 그녀는 이번 여행에 병수가 가담할 수 있도록 그분께 부탁했었다. 보게가 아주 언짢은 얼굴로 헛기침을 해댔지만 그분이 선선히 그러라 했다. 그건 란사를 믿기 때문이었다. 아니 병수의 사정을 들은 그분은 오히려 기특하게 여겼다. 병수 아비가 만주에서 활동하는 임시정부 요원 중의 한 명이라는 이야기를 들은 후였다. 건어물 가게 이 씨가 병수의 아비를 임정에서 확인하고 왔기 때문이었다. 이 씨는 처음 병수를 염천교 다리 밑 강 씨에게 보냈을 때 쪽지를 하나 전하라 했다. 쪽지를 읽고 강 씨가 크게 웃은 것은 그가 써 보낸 메모 때문이었다.

'이놈을 키워봅시다.'

강 씨가 웃은 것은 비쩍 마른 놈을 점찍어 보낸 이 씨가 제대로 판단한 건가 싶어서였고, 그럼에도 불구하고 사람 구하기 어려운 때 잘됐다 싶은 마음이기도 했다. 그런데 임정에 병수의 아비가 있다는 것까지 알게 된 이 씨가 병수에게 아비를 만날 기회를 만들어주고 싶어 란사의 일행에 짐꾼으로 병수를 투입했던 것이었다.

그러나 모든 것이 뒤틀어졌다. 모시고 가고자 했던 전하와도 떨어지게 됐고, 병수마저도 갈라져서 가게 되었으니 란사의 마음이 복잡한 건 당연했다.

"다 왔습니다."

얼마의 시간이 흘렀을까. 보게의 말소리에 정신이 퍼뜩 들었다. 란사는 얼른 몸을 일으켜 밖을 내다봤다. 그런데 어둠이 짙은 벌판에 차만 덩그러니 서 있는 것이 아닌가.

"여기가 어딘가?"

"다 왔다구요. 내리시라구요."

보게의 태도는 이제 불손하기 짝이 없었다. 차에서 먼저 내린 보게는 주위를 두리번거렸다.

"자네, 나한테 왜 이리 불손하신가? 내가 뭘 잘못하였는가?"

란사는 그동안의 불편한 심기를 더 이상 참지 못하고 터트렸다. 순간, 보게의 얼굴에 당황한 빛이 스치더니 곧 태도를 바꾸어 유순하게 말했다.

"저도 몹시 힘들어서 신경이 날카로워져 그런 것 같습니다. 용서하십시오."

그 순간, 란사는 그의 이름이 다시 궁금해졌다.

"자네, 이름이 뭔가?"

그 말에 보게의 표정에 불편한 기색이 드러났다.

"왜 자꾸 이름을 물어보십니까? 우리 대원끼리도 이름은 잘 부르지 않습니다."

"서로 믿을 만한 처지에 이름도 말하지 않으니 더 의심스러워 그러네."

"저도 하 여사님 이름을 모릅니다. 그렇지만 제가 이름을 묻던가요? 우리는 그냥 동지라고만 부릅니다. 김 동지, 이 동지……. 그냥 지금처럼 이보게라 부르십시오."

그의 목소리는 언제나처럼 딱딱하고 따스한 구석이라고는 없었다. 어이가 없는 일이지만 그래도 더 이상 그를 불쾌하게 해서는 안되겠다는 생각이 들었다.

"어찌 되었거나 운전하느라 고생했네."

"곧 교민회 사람들이 올 겁니다."

그는 아무것도 보이지 않을 만큼 캄캄한 어둠 속에서 무엇이 보이는지 천천히 사방을 둘러보았다. 차갑고 사나운 바람 소리가 피부를 파고들었다. 란사는 그의 곁에서 몸을 웅그린 채로 아무것도 보이지 않는 어둠을 노려보았다.

"저기 옵니다."

그가 말했다.

이 어둠 속에서도 그의 눈에는 뭔가가 보이는 모양이었다. 저벅저벅 발소리가 들리는가 싶더니 두 명의 남자가 나타났다. 그들은 어둠 속에서 스윽, 나타났다. 마치 검은 어둠의 한 조각이 튀어나온 것 같았다. 그들은 검은 옷을 입고 털모자를 깊숙이 눌러쓰고 있었다.

"오시느라 고생 많으셨습니다. 어서 가시지요."

얼굴도 보이지 않는 남자들을 따라 둔덕을 넘었다. 비로소 보이는 불빛이 그리 반가울 수 없었다. 낡은 농가 헛간 같은 곳에 도착한 그들은 란사에게 허름한 침낭을 내어주며 말했다.

"신분이 드러나면 안 되니 오늘밤은 불편하시더라도 여기서 주무십시오. 내일 아침에 모시러 오겠습니다."

그들이 어둠 속으로 다시 묻히자 보게가 건초더미 위에 침낭을 펼쳤다. 란사도 그를 따라 침낭을 펼쳤다. 침낭을 펼치는 것도 처음이고 이런 험한 잠자리도 난생처음이었다. 어둠이 깊어서 차라리 다행이었다. 겨우 침낭 속에다 몸을 묻고 나서야 조금 안정이 됐다. 침낭은 보기보다 따뜻했다.

"전하는 언제 오시는가?"

목소리가 더할 수 없이 간절해졌다. 그분도 이런 상황에 귀하신 몸을 누이고 계실까.

"내일 점심때나 되어야 만나실 수 있을 겁니다."

보게의 감정 없는 목소리만 건너왔다. 잠시 조용한가 싶었는데 보게의 코 고는 소리가 들려왔다. 장소가 어디든 누우면 잠을 잘 수 있다는 것은 열악한 환경에서도 적응하는 훈련이 되어 있는 탓인지도 모른다. 문득 그를 의심했던 게 미안해졌다. 딱한 생각도 들었다. 얼마나 피곤했으면 눕자마자 잠이 들까. 바람 소리와 보게의 코 고는 소리가 어지럽게 섞여들 때쯤 란사도 무거운 눈꺼풀을 내려놓았다. 오늘 하루의 시간들이 마치 악몽을 꾼 듯이 펼쳐졌다.

악몽

그가 저만치서 오고 있었다. 남루를 걸친 그대로였으나 표정이 안온했다. 그녀를 향해 빙긋이 미소까지 지으셨다.

"전하, 무탈하시옵니까?"

란사의 목소리가 떨려 나왔다. 그녀의 목소리에 화답이라도 하듯 손을 들어 흔드는 모습에 눈물이 날 것만 같았다. 그런데 그의 옆에 일본 경찰이 험악한 눈빛으로 총을 겨눈 채 바짝 붙어 있었다. 그의 가슴께가 붉게 젖어 있었다.

"이런 무엄한 놈들!"

란사는 목소리를 가다듬어 호통을 쳤다. 그들이 비웃듯 입꼬리를 올리며 싸늘하게 웃었다. 그녀는 전하 쪽으로 달려가려 했으나 어쩐 일인지 발이 움직이질 않았다. 아니, 거리가 좁혀지지 않았다. 아무리 달려도 그분은 저만치에 서 있고 그녀는 닿지 않았다. 애가 탔다. 더구나 일본 경찰들이 달려오는 그녀를 향해 총을 겨누었다.

"오지 마시오."

전하의 목소리가 메아리처럼 울렸다.

"아니옵니다. 상처를 보아야 합니다."

그녀의 목소리도 맥없이 우렁우렁 울렸다. 이를 악물고 뛰었다. 그녀를 향한 경찰의 총구에서 불꽃이 튀었다.

"아아악!"

그녀는 가슴을 안고 뒹굴었다. 둔통이 밀려왔다. 다시 한번 총구에서 불꽃이 터졌다. 탕! 그녀는 가슴을 움켜쥐었다. 그사이 그는 사라지고 없었다.

"전하, 전하!"

간절하게 그 이름을 불렀다. 그녀의 목소리가 힘없이 퍼져나갔다. 그녀는 눈을 떴다. 얼굴 그득 진땀이 나 있었다. 어둠이 눈에 익은 후 보게의 침낭이 있는 쪽을 바라보았다. 매미가 허물을 벗은 듯, 그 자리에 보게는 없었다.

아침이 될 때까지 란사는 불안하게 헛간 안을 맴돌았다. 밤새 보게는 어디를 다녀왔는지 햇살이 퍼질 때쯤 나타났다. 불안하게 서성이는 란사를 본 보게가 잠시 흠칫했다.

"어디를 다녀오는 길인가?"

"아, 예. 교민회 사람들을 만나고 왔습니다."

"전하는 어디에 계신가?"

그 소리에 보게의 표정이 일그러졌다.

"몇 번이나 물어보십니까? 점심때쯤 오십니다."

"병수도 오는가?"

"그러겠지요."

"아버지를 만났다던가?"

"모릅니다. 저한테 그런 놈 신상까지 물으시면 곤란합니다."

"뭣이라? 무슨 말을 그렇게 해? 일행이 안 보이면 걱정하는 게 당연하지."

란사는 참았던 울분을 터트리듯 큰 소리를 버럭 질렀다.

"정말 저한테 왜 이러십니까? 저는 전하의 심복이지 여사님의 심부름꾼이 아닙니다."

"심복? 너, 말 잘했다. 심복이라는 놈이 전하를 제대로 모시지 못하고 있으니 이 사달이 난 거 아닌가?"

"뭐라셨습니까? 놈?"

"그래, 놈이라 했다. 어쩔 테냐, 이 구더기 같은 놈아."

란사는 더 이상 자신의 감정을 통제할 수 없었다. 간밤의 꿈과 새벽녘 사라졌다 나타난 보게 놈에 대한 의혹이 점점 커졌다. 보게가 어이없다는 듯이 란사를 쏘아보며 씩씩거렸다.

"네놈이 전하를 잘 모셨으면 이런 일이 일어날 게 무어야?"

란사는 이제 보게에 대한 의심을 숨김없이 드러내고 있었다. 남자 같았으면 주먹이라도 한 대 날아올 듯한 분위기였으나 보게도 그렇게까지는 하지 못했다. 란사는 내친김에 보게에게 막 퍼부었다.

"어쩌다 전하께서 너 같은 놈을 심복으로 두셨는지 한심하고 염려스럽다. 내 이제부터 너를 유심히 살필 것이다. 똑바로 해라, 이 구더기 같은 놈아."

그 말을 듣고 보게는 알 듯 모를 듯한 미소를 지으며 란사를 쏘아봤다. 한바탕 퍼붓고 나니 속이 좀 후련했다. 그러나 아직 전하의 안위를 모르니 불안한 마음은 여전했다.

"왜 안 나오십니까?"

거적 같은 휘장을 친 헛간 문이 열리며 사내 하나가 얼굴을 내밀었다.

"아, 나, 나갑니다."

보게가 허둥지둥 앞서나가며 건초더미에다 가래를 퉤 하고 뱉었다.

"잘 주무셨습니까?"

얼굴을 들이밀었던 사내가 상냥한 음성으로 말했다.

"이런 데다 사람을 재우고도 그런 말이 나옵니까? 이게 헛간이지 사람 잘 데입니까?"

엄한 데다 화를 퍼붓는 꼴이었다. 치미는 성질을 어쩌지 못하고 부르르 떤 것이 이성적으로는 미안한 일이나 감정적으로 치미는 울화를 어쩔 수 없었다.

"하하하, 죄송합니다. 이따 전하를 만나시려면 화를 좀 푸시고 단장도 좀 하셔야 되지 않겠습니까? 가시지요. 따뜻한 목욕물을 준비해두라 일렀습니다."

사내는 보게와는 다르게 유들유들하고 붙임성이 있어 보였다.

비로소 마음이 좀 가라앉았다. 앞서 나간 보게는 여전히 화가 풀리지 않는 얼굴로 거칠게 숨을 내쉬며 란사의 시선을 피하고 있었다.

불편한 대로 따뜻한 물에 몸을 씻고 나니 먼지 뒤집어쓰고 온 먼 길의 여독이 좀 풀리는 듯했다. 시중을 들어주는 여인이 나긋나긋해 기분까지 좋았다. 게다가 여인은 말도 조분조분 잘했다. 아마도 이곳의 살림살이를 맡고 있는 여인 같았다.

"오늘 점심때 조국에서 오신 분들을 환영하는 만찬회를 열 거라 합니다."

"오, 그래요? 어디서요?"

"교민회에서 지금 준비하고 있다 들었습니다."

여인은 말을 하면서도 내내 란사의 옷차림을 훑어보고 있었다.

"선생님, 그런데 만찬회에 입고 가실 옷이 너무 험하네요. 적당한 옷을 한 벌 가져올까요?"

여인의 말에 그제야 란사는 어제의 일을 떠올렸다. 역 광장에서 우왕좌왕하다 가방을 못 챙겨온 게 생각났다. 보게의 손을 잡고 뛰다가 가방을 놓쳤는데 보게는 그런 것 따위 신경도 쓰지 않고 란사의 손목을 잡아끌었다. 하긴 그 상황에서 놓친 가방을 챙기려다가는 잡히기 십상이었을 것이다. 그래도 보게 생각만 하면 절로 인상이 찌푸려졌다.

"내가 입을 옷이 있을까?"

란사는 여인을 보며 살짝 웃었다. 상복을 입고 만찬회에 나갈 수는 없다는 생각이 들었다.

"마침 어울리는 옷이 있을 것 같아요. 곧 가져올게요, 잠시만 기다리세요."

여인이 상냥하게 웃으며 밖으로 나갔다. 목욕을 한 곳은 헛간을 개조해 만든 목욕탕이었다. 창밖을 보니 옹기종기 집들이 모여 있는 게 사람 사는 마을 같아 보여 마음이 푸근해졌다. 어제저녁과는 판이하게 다른 풍경이었다.

여인은 곧 옷을 가지고 나타났다. 뛰어온 듯 숨을 조금 가쁘게 쉬었다.

"오늘은 손님이 많을 거예요. 요인 분들이 다 오신다 하셨거든요."

"그래요? 전하는 언제 오신답니까?"

"저는 자세한 건 모르고요. 그저 시키는 일만 합니다."

순하게 생긴 여자는 어찌 보면 독립운동을 하는 누군가의 아내 같았다. 언제 어떤 일이 닥칠지 모르는 불안하고 외로운 상황에 저런 여인의 위로가 큰 힘이 될 거라는 생각이 들었다. 여인이 내민 중국풍의 옷을 입은 란사는 이리저리 옷매무새를 살폈다. 거울이 없어서 제대로 볼 수는 없었지만 다행히 몸에 딱 맞았다. 청록색의 원피스였다. 거기에 진주 목걸이 하나 걸면 금상첨화겠다는 생각이 들었지만, 이 상황에서는 언감생심이었다.

"어머나, 아주 잘 어울리세요. 선생님 옷처럼 딱 맞네요."

여인이 란사보다 더 좋아했다. 마음이 푸근해지면서 기분도 좋아졌다.

"일각이 여삼추라더니, 어찌 시간이 이리 더디 갈꼬."

란사는 전하를 기다렸다. 처음 계획대로 노부부를 가장해 끝까지 동행하지는 못했지만 최종 목적지에서 만나는 일은 차질이 없겠다고 생각하니 그제야 마음이 놓였다. 이륭양행 직원들이 전하를 모시고 올까? 아님 임시정부 요원들이 모시고 올까? 하루라도 나라의 독립을 앞당겨 전하가 용좌에 오르시는 모습을 보아야 한다. 그러기 위해서는 그녀도 앞으로 할 일이 더 많아질 것 같았다. 그렇다고 해도 기꺼이 그 일을 하리라. 전하의 나라가 단단해지는 일에 몸과 마음을 다 바쳐 헌신하리라. 생각만으로도 가슴이 벅차올랐다. 욕을 좀 했다고 그러는지 보게는 보이지 않았다. 어디 가서 화를 삭이고 있을지도 모를 일이었다. 그리고 보니 조금 미안한 마음이 들었다. 란사 자신도 자신의 불같은 성격을 좀 고쳐야 한다는 생각은 들었지만 그게 마음먹은 대로 되지 않았다.

"아침도 못 드셨지요?"

여인이 삶은 달걀을 두어 개 내왔다. 그러고 보니 어제저녁부터 아무것도 먹은 게 없었다. 보게도 그러할 터, 달걀을 넘기는데 목이 메었다.

"우선 요기나 하시지요. 이따 맛있는 거 많이 드실 테니 입맛만 다시세요."

따뜻한 물잔을 내려놓으며 여인이 말했다. 여인은 상냥하고 부드럽고 따뜻했다. 다 낡은 스웨터지만 아랫단에 어여쁜 꽃이 수놓여 있는 게 보였다. 그녀의 마음 같았다.

"어려운 형편에 맛있는 것을 바랄 순 없지요. 이곳도 무척 어렵다고 들었는데. 뜻을 같이하는 동지들이 모인다는 게 중요한 거죠."

란사도 여인을 향해 웃어 보였다.

"어서 일본 놈들이 물러가야 할 텐데⋯⋯."

여인이 물잔을 내밀며 한숨을 보탰다.

"곧 좋은 날이 올 겝니다. 다들 열심히 나라를 되찾기 위해 일하고 있지 않습니까."

여인이 란사의 말에 눈물을 보이며 고개를 끄덕였다. 참 순하고 선한 여인이었다.

"란사 선생님이 오신다고 해서 다들 기대에 부풀어 있습니다."

"어찌⋯⋯?"

란사는 자신의 칭찬에 조금 머쓱해서 시선을 한곳에 집중하지 못했다.

"선생님의 활약상을 우리도 알고 있습니다. 그래서 자랑스럽습니다."

모처럼 기분 좋은 말이었다. 이 먼 땅에서도 나라를 위해 애쓰는 사람들을 기억하고 있구나. 정말 이곳까지 오길 잘했다는 생각이 들었다. 그러면서 문득 배정자 생각이 났다.

"혹시 오늘 오는 손님 중에 배정자라는 여성도 있습니까?"

"배정자?"

여인이 고개를 갸웃했다.

"왜, 이토의 첩 노릇을 했던⋯⋯."

"저는 잘 몰라요. 저는 부엌일이나 하는 처지라……. 여자 분도 있다는 얘기는 들었어요."

"아, 네. 그나저나 시간이 왜 이리 더디지요?"

"호호호, 빨리 뵙고 싶은 분이 있으신 모양입니다."

여인은 이야기를 하는 중에도 잠시도 손을 쉬지 않았다. 행사를 위해 모아놓은 듯한 각양각색의 접시를 마른행주로 말갛게 닦아서 가지런히 놓았다. 참 바지런한 여인이었다.

"뭘 도와드릴까요?"

순한 그녀가 마음에 들어 그렇게 물었다.

"아니에요. 선생님 같은 분은 이런 허드렛일을 하시면 안 돼요. 보다 큰일을 하셔야지요. 이런 허드렛일은 저희들이 합니다. 손가락에 끼신 반지가 그리 고운데 어찌 이런 일을 하시려 합니까?"

여인의 눈길이 란사의 손가락에 머물러 있었다. 란사는 자신도 모르게 손가락을 만지작거렸다. 중지에 낀 붉은 옥반지가 전에 없이 크고 붉어 보였다.

"아, 이 반지는……."

란사는 말을 하다 말고 멈추었다. 어찌 그 사연을 말로 하랴.

그때 보게가 들어섰다.

"손님들이 오셨습니다. 강당으로 가시지요."

"전하께서도 오시었는가?"

란사는 조급한 마음에 서둘러 물었다.

"조금…… 늦으실 듯합니다."

보게가 란사의 시선을 피하며 우물거렸다.

"도대체 자네는 뭐 하는 사람인가?"

"예에?"

"전하가 어디 계신지 알고는 있는가?"

"……."

어쩐 일인지 보게가 란사의 눈길을 피했다. 순간, 단둥역에서 만났던 늙은 여자가 또 떠올랐다. 눈앞이 캄캄해지고 피가 거꾸로 솟는 것 같았다. 하지만 정확한 증거도 없이 어설프게 다그칠 수는 없었다.

그때 사람들이 우르르 몰려들어 왔다. 대부분 남자들로 임정의 요인들 같았다. 교민회 회장이라는 남자가 란사에게 다가왔다.

"반갑소이다. 선생의 활약상은 많이 들었소이다."

활달하고 쾌활한 성격인지 호탕하게 웃었다.

"전하는 언제쯤 오시는가?"

그가 보게를 향해 또 물었다. 보게가 란사의 눈치를 보며 말했다.

"곧 오실 겁니다."

그사이 부엌에서 나온 여인들이 상을 차리고 있었다. 테이블 위에 여러 가지 음식이 놓이자 음식 냄새가 빈속을 휘저었다.

"다들 먼 길 오시느라 빈속일 테니 우선 식사부터 하십시다."

군침을 삼키며 다가드는 사람들은 하나같이 굶주린 사람들 같았다. 상 가득 차린 음식들이 보기에도 먹음직스러웠다. 란사도 배가 고프기는 마찬가지였다. 교민회장이 간단한 인사말을 하고 먼저 수저를 들었다. 그러자 모두 우르르 달려들어 음식을 먹기 시작했다. 란사 앞에도 먹음직스러운 음식이 놓였다. 어제부터 음식다운 음식을 먹은 적이 없는 데다가 심하게 긴장도 하고 헛간에서 불편한 잠을 잔 터라 음식을 보자 군침이 돌았다.

"많이 드십시오."

젊은 여자 하나가 란사 앞으로 와서 시중을 들었다. 요것조것 음식을 덜어 먹기 좋게 란사 앞에다 놓아주었다. 얼마 만의 성찬인지. 란사는 즐겁게 먹기 시작했다. 술도 곁들였다. 주방에서 보았던 착한 여자는 보이지 않았다. 란사는 음식을 먹는 도중에도 출입문 주변을 살폈다. 아무리 배가 고플지라도 전하께서 오신다면 서둘러 마중을 할 것이다. 하지만 음식을 다 먹도록 전하는 나타나지 않았다. 그때 젊은 여자가 란사 앞으로 찻잔을 내밀었다.

"우롱차입니다."

순한 향기가 마음을 편안하게 했다. 따뜻한 차를 마시니 더 그런 것 같았다. 마지막 한 모금을 마시고 잔을 내려놨을 때, 머리가 지끈거렸다. 순간 몸이 기우뚱했다. 술을 급하게 마신 탓이려니 생각했다.

"왜 그러십니까?"

교민회장이 술잔을 들고 오다 놀라서 물었다.

"오랜만에 술을 마셔서 그런 것 같습니다."

란사는 애써 몸의 중심을 잡으며 웃어 보였다. 취기인지 모를 어지럼증이 몸을 휩쌌다. 구토감도 느껴졌다. 란사는 화장실로 달려갔다. 먹은 것을 다 토해내도 어지럽기는 마찬가지였다. 식은땀이 나고 몸이 부들부들 떨렸다. 세상이 멀어지고 모든 소리가 아득해졌다. 손가락조차 움직일 힘이 없었다. 서 있을 힘도 없었다. 란사는 그 자리에 풀썩 주저앉았다. 음식 시중을 들던 젊은 여자가 앞으로 다가와 야릇한 미소를 짓더니 출입구 쪽으로 사라졌다. 순간, 뭔가 뒤통수를 때리는 느낌이 강하게 왔다.

"도, 독……."

그 말을 하고 란사는 쓰러졌다. 눈앞이 캄캄해지는 순간, 별이 보였다. 아득한 저 너머에 별이 빛났다. 그 어느 날 밤, 하늘 높이 떠 있던 별도 생각났다. 〈관산융마〉를 들으며 한숨을 내쉬던 자신의 모습도 떠올랐다. 눈을 감으면 모든 것이 아련하게 떠올랐다.

"별은 멀리 있기에 아름다운 것이다……. 멀리 있기에 우러르는 것이다……."

혼자서 그리 중얼거렸던 기억이 새삼스러웠다.

"하 여사, 어찌 이러십니까?"

교민회장의 다급한 목소리를 들으며 란사는 별빛을 따라갔다. 급하게 병원으로 옮겼지만 란사는 일어나지 못했다.

비원

하상기에게서 기별이 왔다. 먼발치에서 몇 번 얼굴을 본 적은 있지만, 직접 만나거나 대화를 나눠본 적은 없었다. 그는 란사의 일 때문에 신경을 써서 그런지 몹시 늙어 보였다. 그가 만나자는 이유를 모르는 바는 아니나 초조한 눈빛의 그를 보자 화영은 괜히 만났다는 생각이 들었다.

"만나자고 해서 미안합니다. 하지만 부인을 만나면 뭔가 들을 이야기가 있을 것도 같아서."

그는 머리에 얹은 중절모를 벗었다 썼다를 반복하며 매우 불안한 표정으로 말했다.

"걱정이 많으시지요. 저도 그렇습니다."

화영은 애써 침착하게 말했다.

"전하께서는 돌아오셨다지요."

"돌아오신 게 아니라 단둥역에서 일경들에게 잡혀서 끌려 오셨다 들었습니다."

"가, 같이 갔다고 들었는데, 그, 그럼 우, 우리 집사람과는 어, 어디서 헤어졌다는 말입니까?"

그는 불안해서인지 말을 더듬고 있었다.

"알 수가 없지요. 그 일행 중에 누구라도 살아 돌아와야 소식을 들을 수 있을 터인데, 전하까지 잡혀온 터에 누가 살아 있겠습니까?"

"음, 저런…… 큰일입니다."

그는 손까지 부들부들 떨고 있었다.

"아직은 알 수 없으니 조금 기다려보시지요. 어떤 경로로 연통이 올지……."

눈앞에 자꾸 란사의 얼굴이 어른거렸다. 그녀의 혼인지, 아님 화영의 착각인지.

"혹시라도 뭐 부탁을 하고 갔다거나, 뭘 맡기고 갔다거나 그런 거는 없습니까?"

화영은 그의 말에 대번 일기장을 떠올렸으나 그건 그에게 보여줄 물건이 아니었다. 설사 란사가 돌아오지 못한다 해도 화영이 혼자 처리할 일이지 그에게 넘겨줄 것은 아니었다. 그건 그에 대한 예의가 아니라고 생각했기 때문이었다. 또한 란사가 화영에게 주고 간 뜻도 아닐 것이었다. 그건 그녀의 진실한 자기 고백서였으며 친구에게만 말하고 싶었던 비원(秘願)일 터였다.

"가기 전날, 들르기는 했어요."

"뭐, 남긴 말이나 다, 당부나 그런 거 없었습니까?"

그는 몹시 흥분하여 말까지 더듬었다. 그가 정말 란사를 사랑하고 있다는 생각이 들었다.

"없어요. 다녀와서 보자는 말밖에는요."

화영은 숨을 참아가며 천천히 말했다. 마음을 진정시키기 위해서였다.

그가 의자에 털썩 주저앉으며 한숨을 토했다.

"가기 전에……. 아, 그러면 안 되는 거였는데."

그는 무언가 몹시 후회하는 듯한 말투로 자신의 가슴을 툭툭 쳤다. 뭔가 답답한 게 있는 모양이었다.

"조금 더 기다려보시지요. 혹, 다른 인편에 소식이 올지 모르니."

화영은 애써 침착한 말투로 그에게 말했지만 그녀 역시 속이 벌벌 떨리는 것은 숨길 수 없었다.

"더 기다릴 수 없습니다. 저는 며칠 내로 상해에 갈 생각입니다. 가서 집사람이 어찌 됐는지 임정에 알아볼 생각입니다."

"네에……."

아무 말도 할 수 없었다. 란사가 살아 있으리라는 보장도 없는데 그 먼 길을 가겠다는 하상기의 정성이 갸륵했다. 아, 인간의 감정이란 어찌 갈 길을 제대로 찾지 못하는 것인지.

"건어물 가게 병수 총각도 같이 갔다 들었는데……."

그도 나름 이리저리 알아본 모양이었다.

"저도 그리 들었습니다만…… 그도 아직 돌아오지 않았다 합니다."

"으흠……."

그는 몹시 침통한 표정으로 이마를 짚고 긴 한숨을 토했다.

어젯밤 꿈에는 란사가 행복한 노파가 되어 나타났다. 마지막으로 화영을 찾아왔을 때의 모습이었다. 그분과 함께 중국에 가게 됐다고 들떠 있던 란사였다. 화영조차 몰라볼 만큼 분장을 그럴싸하게 한 란사는 그들의 계획대로 그분과 늙은 부부인 척 가장하기로 했다고 말했다. 겉으로는 아닌 척 시치미를 떼고 있었으나 그녀의 눈빛에는 어떤 설렘이 가득했다. 숨길 수 없는 것이 사랑의 감정이라 했다. 그녀는 대의를 위한 일이라고 굳이 강조하지만, 그녀가 하는 일은 사랑하는 사람을 위한 일이었다. 사랑은 참으로 여러 갈래다. 일기장에서 보았던 구절도 떠올랐다.

내가 살아 있는 것을 확인하게 해주신 분, 내 가슴이 뛰도록 해주신 분, 무엇을 하면서 살아야 하는지 가르쳐주신 분, 비록 온전히 품을 수는 없지만 늘 내 가슴에 살아 계신 분, 곁에 있을 수만 있어도 더없이 행복하나니, 이런 나를 욕하라, 아니 욕하지 말라. 나는 그분을 위해 어떤 가시밭길도 갈 수 있으며, 그분을 위해 죽을 수도 있나니. 그분이 주인이 될 나라에서 기꺼이 한 알의 밀알이 될지니.

서재를 늘렸다. 표면적인 이유는 책이 많아서였다. 방을 늘리고 책장을 짜 들이고 문을 새로 달면서 나는 모종의 음모를 꾸몄다.

그 누구도 모를 나만의 비밀. 나는 은애하는 이를 위해 비밀의 공간을 만들었다. 언젠가 그분이 필요하실 때 숨어 지낼 수 있는 공간. 그러나 너무 협소하다. 나 혼자 그 공간에 들어가 고요히 나만의 세상을 펼친다. 언제쯤 그분이 이곳에 오시게 될까? 아니, 오시는 날이 있어선 안 된다. 존귀하신 그분이 이런 곳에 오셔서는 안 된다. 그러나 만에 하나, 그런 날이 온다면? 나는 하루에도 열두 번씩 다른 생각을 한다. 가슴속에 피는 꽃을 내가 어이하랴. 꽃은 저 혼자서도 피는 것을.

머리를 흔들어 잡념을 쫓는다. 그리고 암시하듯 중얼거린다.

우리나라는 곧 일본의 손아귀에서 벗어날 것이며 영광의 그날에 나는 깃발을 흔들 것이다. 그분의 발아래서.

하상기에 대한 마음도 적혀 있었다.

나의 몸을 처음으로 연 남자는 그였다. 아버지에 대한 원망에서 나를 건져 올린 사람도 그였다. 어린 나를 다독이며 사랑하고 그윽한 눈길로 바라봐준 사람이었다. 철없는 나를 아끼며 무엇이든 하고 싶은 일을 다 할 수 있도록 해준 고맙기 그지없는 사람. 이토록 나를 살뜰히 여겨주시는 사람을 다시 만날 수 있을까? 허나 그것이 사랑은 아니었다. 존경과 신뢰의 몸짓이었다. 기대고 싶은 기둥이었다…….

한참을 고개 숙인 채 우울한 얼굴로 앉아 있던 하상기는 한숨을 깊이 내쉬었다.

"아무래도 불길한 예감이 들어요. 독살되었을지도 모른다는 생각이 자꾸만……."

그의 목소리가 떨리고 있었다.

"네에……? 그런 일은 없어야 할 텐데요."

화영은 그 말 외에 어떤 말도 할 수 없었다. 불길한 예감은 떠나기 전부터 있었다. 다만 기우이기를 간절히 염원했을 뿐이다.

"상해 다녀와서 연락드리겠습니다."

그가 벌떡 자리에서 일어났다. 몸이 중심을 잡지 못하고 비틀거렸다.

"아, 네에……."

화영도 엉거주춤 일어나 목례를 보냈다. 특별히 할 말도 없었다. 서로가 하는 서늘한 짐작이 맞을 것이나, 하상기는 그래도 란사의 흔적을 찾아 확인하고 싶은 것이리라. 중국까지 가서 란사의 행방을 확인하는 것이 그에게 깊은 슬픔을 안겨주는 일은 아니기를 화영은 빌었다. 쓸쓸한 그의 뒷모습이 전에 없이 마음에 밟혔다.

아내의 흔적을 찾기 위해 상해까지 다녀온 하상기는 아무것도 찾아내지 못한 채 귀국하여 란사가 스러진 이듬해 69세를 일기로 눈을 감았다.

결(結)

1919년 4월, 중국 상해에 대한민국 임시정부가 수립됐다.

의친왕은 독립운동가 및 상해 대한민국 임시정부의 지사들과 연락하며 망명 정부가 수립되면 황족으로서의 예우를 버리고 '일개 신민(臣民)'의 자격으로 정부를 받아들이겠다고 했다. 동농 김가진 등이 상해로 망명하였고, 이들은 임시정부와 의친왕 간의 연락선을 접선, 주선했다. 그해 의친왕은 상해로 가려다 만주 안동에서 발각되어 일본 경찰에 잡혔다.

의친왕을 내내 지켜보며 미행하던 일본 형사가 단동역에서 그에게 다가와 말했다.

"전하, 어디로 가십니까? 저희가 모시겠습니다."

황실 인사를 망명하게 하여 독립운동을 활성화하고자 한 대동단(大同團)의 전협(全協) 등은 의친왕의 탈출을 모의하여 대내외적인 화제를 일으켰으나, 도중 잡히게 되어 본국으로 송환되고 말았다. 이 사건으로, 당시 대한제국 황족들에게 허용되었던 한반도 내 여행의 자유를 박탈하는 보복을 당했다. 의친왕이 상해 대한민국 임시정부에 보낸 편지에 다음과 같은 내용이 있다.

나는 차라리 자유 한국의 한 백성이 될지언정, 일본 정부의 친왕이 되기를 원치 않는다는 것을 우리 한인들에게 표시하고, 아울러 임시정부에 참가하여 독립운동에 몸 바치기를 원한다.

1919년 11월 20일자의 『독립신문』에는 '의친왕의 친서', '의친왕 전하'라는 말과 함께 "의친왕 전하께서 상해로 오시던 길에 안동에서 적에게 잡히셨도다. 전하 일생의 불우에 동정하고 전하의 애국적 용기를 칭송하던 국민은 전하를 적의 손에서 구하지 못함을 슬퍼하고 통분하리로다."라는 내용의 기사가 실렸다.

그해 11월 25일자 『독립신문』 2면의 기사는 의친왕의 상해행 기사가 대부분 할애되었으며 이후 그 뒤에도 상당 지면 할애되었다. 이후 조선총독부는 일본 정부에 보고하여 의친왕에게 형식적으로 부여되었던 이강 공이라는 공족의 작위를 박탈했으며, 그의 공위는 장남 이건(李鍵)에게 습공되었다.

이강은 1919년 재판에 회부됐으며, 그는 같은 해 대동단 총재 명의로 〈독립선언서〉를 공포하기도 했다. 이후, 일본으로부터 계속

해서 도일 강요를 받았던 그는 끝까지 거절·저항하여 배일 정신을 지켜냈다. 일제에 의해 형식적으로 부여되었던 공족에서 강제로 물러나게 되었으며, 감시에 시달려야 했다. 의왕은 이후 광인처럼 주색에 빠진 것을 가장하여 일제의 감시를 피해 살았다. 이토의 정부였던 배정자는 만주에서 밀정 노릇을 하며 구차하게 살았다. 그녀는 1940년 태평양전쟁이 발발하자 70대 노구를 이끌고 조선 소녀 100여 명을 남양군도로 끌고 가 일본군의 성 노예를 강요했고 업자로부터 몸값을 받아 챙겼다. 1952년 2월 27일, 그녀는 파란만장한 81세의 생을 해방된 조국에서 마감했다.

의왕은 1945년 8월 광복 이후, 11월 23일 임정 요인들이 환국하자 김구·김규식 등과 면담했다. 그러나 해방 정국에서 그는 1947년 3월에서 1949년 8월까지 2년 5개월 동안 한국독립당 최고위원 겸 전임고문 직위를 역임한 것 이외에는 별다른 정치적 의사 표현을 삼갔다.

1955년 8월 9일 천주교로 개종, 병석에서 장면(張勉) 부통령(세례명 요한)을 대부로 하여 영세했다. 의왕의 세례명은 비오이다.

조선총독부에 의해 강제로 연금된 뒤에는 실의에 빠져 술로 세월을 보내던 그는 1955년 8월 16일, 서울특별시 종로구 안국동의 별궁에서 영양실조 후유증과 스트레스(화병) 등의 합병증으로 79세의 나이로 타계했다.

란사는 거침없는 신여성의 삶을 살면서 나라를 위한 일에 목숨을 다했다. 슬하에 자식 하나 없이 생을 마쳤지만 그녀의 생은 의로웠다. 자신의 뜻을 맘껏 펼치며 애국의 길을 걸었던 독립투사이자 신여성들을 키워낸 교육자로 우뚝 선 인물이었다.

1995년 대한민국 건국훈장 애족장을 수상했다. 하란사는 2018년 봄에야 국립서울현충원 애국지사 묘역에 '김란사'라는 이름으로 위패가 봉안되었다.

살아 있는 화영이 할 수 있는 것은 기도뿐이었다. 죽는 그날까지, 기억 속에 란사와 순이가 살아 있는 한 화영은 날마다 촛불을 켜고 기도를 올렸다. 작은 몸피가 쪼그라들어 한 잎 마른 낙엽처럼 바스라지고 한 점 먼지가 될 때까지, 그녀의 영혼이 그들을 기억하는 한, 풀잎에든, 나뭇잎에든, 지나가는 한 줄기 바람에든, 그 어디에든 마음을 얹어 간구할 것이다. 하여, 화영을 기억하는 이는 없겠지만, 그녀가 기억하고 기도한 순이와 란사의 영혼은 영원히 살아남을 것이다.

화영은 란사와 순이의 죽음을 애도하며 한 서린 삶을 연명해갔다. 화영의 가슴에 큰 구멍이 하나 생기고 무시로 서늘한 바람이 들락거렸다. 화영은 보지 않아야 할 것을 너무 많이 본 것 같아 차라리 눈이 멀었으면 싶었다. 그럼에도 불구하고 늘 나라를 위해 애쓰던 이들을 위해 촛불을 켜고 기도했으며, 자신이 하지 못한 그들의 행적을 기억하며 진정한 용기를 가진 그들을 존경했다.

화영은 그녀 자신의 목숨보다 더 소중한 딸에게도 그들의 순결한 영혼을 기릴 것을 부탁했다.

하란사에 대해 알게 된 것은 꽤 오래전이었다. 최초의 여기자 최은희 씨가 쓴 『여성을 넘어 아낙의 너울을 벗고』라는 책을 우연히 보게 된 덕분이었다. 개화기 여성들의 열전을 쓴 책이었는데 그 어려운 시기에 빛났던 여성들에 대한 기록이 무척 신선한 충격이었다. 그 책에 열거된 인물들은 순국의 여성 유관순, 여성 전투기 조종사 권기옥, 풍운의 여걸 민비, 신식 교육에도 열성을 쏟았던 영친왕의 어머니 엄 귀비, 독립군의 어머니 남자현, 상록수의 선구자 최용신 등 대부분 일제강점기를 통해 알려진 인물들로, 당당하고 뚜렷한 이상을 가진 이들이었다. 그런데 목록을 쭉 훑어가다가 눈에 띄는 인물, 하란사라는 이름 앞에서 시선이 멈추었다.

친일파에 독살당한 여걸, 최초의 미국 학사 하란사?

가장 관심을 끈 것은 그녀의 이름이었다. 란사? 영어도 아니고 한국어도 아닌 이름 앞에서 그녀에 대한 호기심이 발동했다. 개화기에 흔하게 불리던 이름이 아니었기 때문이었다. 그래서 그녀를 찾아 나서기 시작했다('란사'라는 이름은 이화학당에 입학해 세례를 받은 뒤 영어 이름 '낸시(Nancy)'를 음역해 '란사(蘭史)'로 부른 데서 비롯되었다).

하란사 그녀가 하상기라는 인천 감리의 후처였다는 사실을 가장 먼저 알게 되었는데, 그건 다소 의외였다. 그러나 하나하나 알아가는 과정에서 그녀에 대한 애정이 싹트기 시작했다.

－자신의 의지와 남편의 뒷받침으로 자비를 들여 1900년에 미국 유학길에 오름.
－유학 후 이화학당에서 영어를 가르치며 자신이 배운 것을 한국 여성을 위한 일에 바침.

"미국 유학 후 줄곧 양장 차림으로 활동한 그는 긴 소매가 끝에 가서 좁혀 주름 잡히고 목 둘레도 꼭 여며진 웃저고리에, 발 뒷굽까지 내려오는 긴 스커트를 입고 채양이 넓은 둥근 모자에 검은 망사 그물 베일로 얼굴을 가리고 자가용 차를 타고 외출하는 것이 예사인 우아한 품위 있는 여인이었다."

이는 『이화 80년사』에 실려 있는 글이다.

그녀의 성씨는 김 씨로, 1872년(고종 9) 평안남도 안주(安州)에서 태어났다는 것 외에 그 밖의 가정사에 대해서는 알려진 것이 없다. 훗날, 현충원 애국지사 묘역에는 김란사로 이름이 올랐다. 어디에서도 그녀의 본명은 알 수 없었다. 그 부분에서부터 나의 상상력은 살아 움직였다. 왜 본명을 알리기 싫어했을까? 그런 의문을 품은 채로, 이러저러한 다른 글을 쓰느라 잠시 잊었다가 다시 떠올리고, 잠시 딴짓을 하기도 하다가 아차 싶었다. 어느 순간부터 하란사에게 미안해지기 시작했다. 마음속에, 서운한 얼굴로 나를 보고 있는 하란사를 느끼기 시작했기 때문이었다.

자료는 여기저기 조금씩 흩어져 있었지만, 정작 알고 싶은 사실들은 알 길이 없었다. 거기에 상상력을 입혀 나라 위해 독립운동을 하고, 여성 교육에 힘쓴 란사의 일생을 써내려가기 시작했다.

고백하건대, 나는 어떤 인물에 푹 빠지게 되면 거의 무아지경이 된다. 나는 만나는 사람들에게 하란사 이야기를 하고 자료를 구걸하고 꿈에서도 그녀를 찾아다녔다. 『덕혜옹주』를 쓸 때와 비슷한 증세였다. 쓰는 동안 캄캄한 밤길을 걷는 듯한 느낌에 답답하기도 했지만, 그것이 내 몫의 '하란사 찾아내기'라는 생각을 지울 수 없었다. 초고를 완성하고, 원고를 다듬는 동안 그녀는 내 안에 머물렀다.

하란사는 1995년 대한민국 건국훈장 애족장을 수상했으나, 2018년 봄이 되어서야 국립서울현충원 애국지사 묘역에 '김란사'라는 이름으로 위패가 봉안되었다.

진실은 때때로 더디고 느리게 우리들 곁으로 다가온다.

2020년, 그녀의 위패가 현충원에 모셔져 있다는 사실을 알고 나는 현충원으로 달려갔다. 그녀를 본 듯이 반가워서 위패 앞에서 고개를 숙이고 그녀의 당당하고 거룩한 삶을 기리며 묵념했다. 램지어 교수의 망발이 회자되고 있던 터라 그녀의 고결한 삶이 더욱 우뚝 느껴졌다. 그녀가 내게로 다가와 웃어주었다. 나는 그제야 원고에 마침표를 찍고 출판사에 넘길 수 있었다.

억울하게 흩어진 영혼들이 얼마나 많을까. 나와 눈이 마주치는 영혼들의 이야기를 살려내 쓰는 것이 그들 영혼을 조금이라도 어루만져줄 수 있는 방법이 될까? 보다 많은 사람들이 그들의 숭고한 삶을 기억하는 일에 일조할 수 있을까?

책이 출간되는 날, 나는 현충원으로 달려가 그녀의 위패 앞에『하란사』를 바치리라. 또 어떤 경로로든 나와 마주칠 영혼이 있다면, 시간이 얼마가 걸릴지라도 그들의 이야기를 찾아내고 풀어내야 할 것 같다.

특별히, 내 이야기에 귀 기울여준 사태희 대표에게 감사한 마음을 전한다.

권비영

| 참고 도서 |

최은희, 『여성을 넘어 아낙의 너울을 벗고』, 문이재, 2003.
이덕주, 『한국교회 처음 여성들』, 홍성사, 2013.
이해경, 『나의 아버지 의친왕』, 도서출판 진, 1997.
제임스 S. 게일, 『조선, 그 마지막 10년의 기록』, 도서출판 책비, 2018.
박종윤, 『의친왕 이강』, 하이비전, 2009.

하란사

ⓒ 권비영, 2021

초판 1쇄 인쇄일 2021년 6월 28일
초판 1쇄 발행일 2021년 7월 12일

지은이 권비영
펴낸이 사태희
편 집 최민혜
디자인 권수정
마케팅 장민영
제작인 이승욱 이대성

펴낸곳 (주)특별한서재
출판등록 제2018-000085호
주 소 04037 서울시 마포구 양화로 59, 703호 (서교동, 화승리버스텔)
전 화 02-3273-7878
팩 스 0505-832-0042
e-mail specialbooks@naver.com
ISBN 979-11-6703-019-1 (03810)